손정모 평론집

이상과 김시습 및 기타 작품론

도서출판
청어

이상과 김시습 및 기타 작품론

손정모 지음

발행처·도서출판 **청어**
발행인·이영철
영 업·이동호
홍 보·박현우
기 획·천성래 | 이용희
편 집·방세화
디자인·김희주
제작부장·공병한
인 쇄·두리터

등 록·1999년 5월 3일
(제321-3210000251001999000063호)

1판 1쇄 인쇄·2017년 11월 1일
1판 1쇄 발행·2017년 11월 10일

주소·서울특별시 서초구 효령로55길 45-8
대표전화·02-586-0477
팩시밀리·02-586-0478

홈페이지·www.chungeobook.com
E-mail·ppi20@hanmail.net
ISBN·979-11-5860-511-7 (93810)

이 도서의 국립중앙도서관 출판시도서목록(CIP)은 서지정보유통지원시스템 홈페이지
(http://seoji.nl.go.kr)와 국가자료공동목록시스템(http://www.nl.go.kr/kolisnet)에서
이용하실 수 있습니다.(CIP제어번호: CIP2017010814)

손정모 평론집

이상과 김시습 및 기타 작품론

평론가의 분석 영역이 되는 것은 크게 2가지가 있다. 작가론과 작품론이 있다. 작가론은 작가의 작품 경향과 시대적 조류를 관련시켜 분석하는 것이다. 작품론은 작가의 개별 작품을 문학적으로 조명하여 분석하는 일이다. 필자는 작가와 평론가를 겸한 처지에서 작품들을 대하는 입장이다. 일반 평론가들이 느끼지 못했던 작가들의 창작 의도까지 선명히 들여다보인다.

작가들이 작품 한 편을 만드는 데 필요한 정신력은 어마어마하다. 작가가 되어 보지 않고서는 섣불리 추측할 수 없는 영역이다. 대다수의 평론가들에게는 작가의 창작 의도는 중요하게 여겨지지 않는다. 속 편한 소리로, 순수한 작품 위주의 분석을 한다고들 말한다. 작가는 감수성이 대단히 높은 인간이다. 어떤 언어들은 사용 여건에 따라 의미가 확연히 달라진다.

눈물은 기쁠 때도 흐르고 슬플 때도 흐른다. 눈물을 흘리는 여건을 파악하지 못하면 온전한 분석이 되지 못한다. 평론 일변도의 연구자들은 특히 작가의 창작 의도를 통찰해야 한다. 이런 수련이 제대로 되지 못하면 궤변을 늘어놓기 마련이다. 독자들에게 제대로 된 해석의 길잡이가 되지 못한다는 의미다.

이번 평론집에서는 김시습과 이상의 작품을 주로 분석했다. 그 이외의 경우에는 문예지에 발표했던 평론들과 현대 작가의 작품론들을 함께 엮었다. 시를 대할 때는 시인의 관점에서 창작 의도를 먼저 분석했다. 소설을 대할 때는 소설가의 관점에서 충분히 창작 의도를 헤아렸다. 그랬더니 김시습과 이상의 작품에서는 놀라울 정도의 작품의 향훈(香薰)이 느껴졌다. 진실로 경건한 마음으로 이들 작가의 작품을 분석하려고 노력했다. 가슴 뿌듯한 성취감을 느낀다.

청재 손정모 씀

차 례

비평가의 말 · · · · · · · · · · · · · · 4

1. 천이에 대한 분광학적 해석 · · · · · · · · · · 9

2. 환체의 출몰에 따른 남녀의 정한 · · · · · · 29

3. 천이 과정의 분광학적 해석 · · · · · · · · 51

4. 최단 천이에 의한 삶의 해석 · · · · · · · 72

5. 몽중 소설의 치밀한 구성 · · · · · · · · · 93

6. 몽중 여행 소설의 표본 · · · · · · · · · 114

7. 작품에 용해된 자연의 숨결 · · · · · · · · 134

8. 농밀한 정감의 빼어난 형상화 · · · · · · · 157

9. 섬세한 심리에 대한 환상적인 미학 · · · · · 168

10. 다채로운 이미지의 형상화와 탁월한 수사학적 표현

· 180

11. 주제의 양면성을 통찰하는, 빼어난 이미지화 · 197

12. 정제된 선율의 미학 · · · · · · · · · · 212

13. 개성적인 창작의 공간 · · · · · · · · · 223

14. 형상화에 따른 단련 · · · · · · · · · 228

15. 공명 구조론의 적용 · · · · · · · · · 233

16. 구성과 발화의 긴밀성 · · · · · · · · · 238

17. 작품의 구성과 완성도 · · · · · · · · · 243

18. 과거 시간으로의 산책 · · · · · · · · · 248

19. 심리에 대한 저공비행 · · · · · · · · · 256

제1장
천이(遷移)에 대한 분광학적 해석
─ 이상의 '날개'를 중심으로

1. 머리글

한국 문학에 있어서 발군(拔群)의 인물들이 간혹 드러나곤 했다. 이상(李箱)은 특히 어느 누구보다도 천재성이 두드러진 대표적인 인물이라고 판단된다. 그의 문학 작품의 수준과 위상은 가히 세계적이라고 말할 정도다. 작품들을 보다 충실히 분석하려면 다양한 해석의 방법이 동원되어야 한다. 지금까지 문학, 철학, 정신분석학, 수학, 물리학 등의 방식이 도입되었다. 이들 방식으로도 작품이 제대로 분석되지 못한 느낌이 없지 않았다. 이에 현대과학인 분광학(分光學: spectroscopy)을 도입하여 작품('날개')을 보다 충실히 분석하고자 한다.

이상은 1936년에 단편소설 '날개'를 문예지인 조광(朝光)에 발표했다. 날개는 난해한 내용과 상징성으로 인하여 1930년대 모더니즘(modernism)의 대표작으로 평가되었다. 여태까지 작품에 대한 평론의 주된 논조는 분열된 자아 이론(自我理論)이었다.

김종은은 이상의 정신건강과 작품과의 관계를 면밀히 살폈다. 유년기에 형성된 불안, 양가감정(ambivalence), 자폐 경향을 근원으로 분석했다.[1~2] 정귀영은 프로이트의 초자아 이론(超自我理論)[3]을 도입하여 작품을 분석했다. 의식과 무의식, 자아와 초자아를 넘나드는 현상으로 설명했다.[4] 조두영은 이상의 성장과정과 작품 내용을 대비시키는 분석 방법을 취했다. 이런 분석 방법으로 작가의 성장과정이 작품에 미치는 영향을 규명했다.[5]

심리학적인 측면 이외에도 비교적 다채로운 측면에서 많은 연구가 시도되었다. 존재론에 근거를 둔 철학적 접근의 분석도 시도되었다.[6]

많은 사람들이 작가가 불안 의식을 많이 가졌다고 전제했다. 3살 때에 큰아버지의 양자(養子)가 되었다는 점에 근거를 두려고 했다.[7] 작가에게는 친부모가 버젓이 살아 있었다. 양자가 되면 성장 환경이 달라 정서적으로 불안해지리라는 것은 명확하다.

작품에서는 '현실 세계'와 '동경(憧憬)의 세계'를 강하게 형상화시켜 놓았다. 구체적으로 '주인공의 방'과 '아내의 방'으로 이원화하여 형상화시켜 놓았다. 엄밀히 말하면 '아내의 방'이 곧바로 '동경의 세계'는 아니다. '동경하는 세계의 출입구(出入口)'의 역할을 한다. 하지만, 여기서는 '아내의 방'을 '동경의 세계'와 동일하다고 잠정적으로 가정한다.

두 세계는 간단히 '암흑(暗黑)의 세계'와 '빛(光)의 세계'로 비유된다.

다다이즘(Dadaism)에서 초현실주의(Surrealism)로 흘러가던 문예 사조 (文藝思潮)의 상황은 격변(激變)이었다. 두 세계에는 문예 사조의 격변 과정까지도 잘 반영되어 있다. 두 세계를 넘나드는 상징적인 존재는 빛 (光)이다. 빛(光)을 파장(波長) 단위로 분류하는 기능이 분광(分光)이다.

분광학적 도구인 거울과 돋보기가 천이(遷移) 구조에 기여하는 바가 중요하다. '천이(遷移)'란 다른 에너지(energy) 영역으로 진입(進入)하는 것을 뜻하는 분광학의 용어이다. 작가가 이들 도구를 도입한 근원을 분석하기로 한다. 이것은 자아론(自我論)을 비롯한 숱한 이론을 결속시 키는 중요한 근거가 된다.

2. 서사의 구조 단위에 기여하는 이원화된 세계

현실 세계와 동경의 세계. 이들 세계가 각 구조 단위에 어떻게 기여 하는지를 살펴보기로 한다. 서사 구조에 따라, 4개의 구조 단위로 나 뉘진다. 구조 단위는 발단, 전개, 절정, 종말이다.

1). 발단: 주인공은 자신을 박제된 천재라고 간주한다. 평소 때엔 의식이 흐릿하고 피로했을 때만 주인공의 의식이 맑아진다. 천재일망 정 19세기의 천재인 도스토예프스키나 위고를 닮지 않겠다는 의지를 드러낸다. 발단에서 '현실의 세계'는 천재성이 박제된 상태로 제시된 다. '동경의 세계'는 박제 상태에서 깨어나는 세계를 나타낸다.

2). 전개: 전개 장면에는 3차례의 주인공의 외출 과정이 제시되어 있다.

(2-1). 첫 번째 외출과 천이와의 의미

첫 외출은 5원을 지출하려고 행해졌지만 실패에 그친다. 자정 이전에 돌아와서 아내의 심기마저 불편하게 만든다. 아내와 화해하려고 밤늦게 아내의 방으로 간다. 그러면서 5원을 아내에게 건네주고는 아내와 33번지에서 최초로 동침한다. 5원이란 돈이 아내의 방으로 상징된 빛의 세계로 천이하게 만든다. 주인공이 천이의 수단으로서의 화폐의 가치를 알게 된다.

(2-2). 두 번째 외출과 천이와의 의미

두 번째 외출은 첫 외출 다음 날 밤에 이루어진다. 자정이 지나야만 귀가한다는 규정을 주인공이 잘 지킨 외출이다. 귀가하면서 2원을 아내에게 건네주고 아내와 동침한다. 둘째 외출의 의미는 천이 수단으로서의 화폐 가치를 재확인하는 과정이다. 천이가 이루어지는 메커니즘(mechanism)이 확실한지를 점검한 단계이다. 첫 외출에서 천이가 우발적으로 이루어진 것이 아님을 입증한다.

(2-3). 세 번째 외출과 천이와의 의미

아내한테 돈을 타서(자립적이지 못함) 세 번째의 외출이 이루어진다. 비를 맞아 한기(寒氣)가 들어 자정 이전에 귀가한다. 곧바로 잠든 주인공이 심한 감기에 걸린다. 아내가 외출하지 말라고 하며 정제약을 주인공에게 준다. 주인공은 정제약을 아스피린이라 여긴다. 세 번째의 외출은 자립적이지 못하여 천이에 제동이 걸린다. 감기에 따른 정제약을 교부받고는 외출이 통제된다. 거의 한 달가량이나. 아내의 방을 경유한 동경의 세계로의 천이가 차단되고 만다.

3). 절정: 네 번째 외출이 진행되는 부분이 소설의 절정 부분이다. 한 달 만에 주인공이 놀라운 사실을 아내의 방에서 알아내었다. 해열제가 아닌 최면약을 한 달간 복용했다고 깨달았다. 주인공이 극심한 충격을 받아 남은 아달린 6알을 지참하여 외출했다. 그러다가 아달린 6알을 씹어 먹고 주인공이 깊이 잠들었다. 하루 밤낮을 꼬박 잔 뒤였다.

오전 8시 무렵에 아내에게로 달려갔다. 혹시라도 주인공이 오해했다면 사과할 마음을 먹고서였다. 급한 마음에 노크도 못한 채 아내 방의 출입문을 열었다. 내객(來客)과 아내와의 못 볼 장면까지 봤다. 그러다가 아내에게 멱살이 잡혀 넘어져 깨물리기까지 했다. 그러다가 내객이 나와서 아내를 번쩍 안고는 방으로 들어갔다. 아내는 내객에게 몸을 맡기며 방으로 들어가 버렸다. 아내가 방으로 들어가면서도 주인공에게 고함을 지르며 윽박질렀다. 주인공은 무척 불만이 컸다. 그래서 가진 돈을 죄다 아내의 방에 밀어 넣었다. 그리고는 집을 나왔다.

절정 부문의 논의에 있어서 조두영은 말했다. 유아 2세 무렵의 특성인 수동성, 의존성, 우울한 기분. 이들 요소에 지배받은 무의식의 징후가 작품에 깔려 있다고 밝혔다.[8] 이태동은 순수자아가 비순수자아에 속박되어 주인공이 분노를 느끼게 된다고 말했다. 주인공의 자의식인 순수자아가 주변 속박을 벗어나려는 과정으로 설명했다.[9]

절정 부문에 있어서의 천이를 살펴보기로 한다. 현실 세계는 아내와의 신뢰에 있어서 완전히 금이 간 상태다. 아내로부터 벗어나려고 외출하기는 했지만 천이 과정이 무척 암담하다.

아내가 내객의 품에 안겨 방으로 사라지는 장면이 나온다. 아내의 남편은 주인인데도 불구하고 내객이 아내를 안고 방으로 들어간다. 진정한 주인이 자신의 권리를 상실하는 장면이다. 이태동의 관점으로는 주인공이 순수자아를 상실하는 상황으로 설명된다.

이런 현상을 빛의 성질로 설명하면 다음과 같다. 일정한 파장을 갖는 빛에 다른 빛이 뒤엉키는 현상과 같다. 이런 경우를 분광학에서는 파동 간섭(干涉)이라고 한다. 간섭이 일어나면 원래의 빛은 고유한 파장과 진폭을 상실하게 된다. 간섭의 결과로 새로 형성된 파장과 진폭을 갖는 전자기파가 만들어진다. 순수자아의 상실은 파동 간섭에 의한 재창출로 비유될 수 있다.

조두영과 이태영을 비롯한 숱한 평론가들의 이론들이 파동 간섭에 대응하여 통합된다. 아내에 대해 수동적인 의존성을 갖거나 순수 자아를 상실하는 정황. 이것들이 얽혀서 주인이 자신의 권리를 상실하는 극한점을 드러낸다. 극도의 충격을 감당하기 어려워 탈출하는 심정으로 주인공의 천이가 시도된다.

4). 종말: 주인공이 집을 뛰쳐나와 서울역으로 갔다. 몇 시간이 지난 후엔 대낮에 미쓰꼬시 옥상에까지 올랐다. 자신을 돌이켜보다가 부부는 숙명적으로 발이 안 맞는 절름발이였음을 깨달았다. 때마침 정오의 사이렌이 울렸다. 이 무렵에 주인공의 겨드랑이가 가려워지기 시작했다. 그러면서 마음속으로 통렬히 지껄였다.

'날개야, 다시 돋아라. 날자. 날자.'[10]

하지만, 종말에서의 천이는 '절름발이'라는 자각을 통해 실현될 가능성이 차단된다.

3. 분광학적 매체의 기능과 역할

박제된 천재를 박제 상태로부터 해제할 수 있는 세계가 있다. 바로 '동경(憧憬)의 세계'다. 19세기 낭만주의의 대가인 위고와 심리 묘사의 달인인 도스토예프스키. 이들의 천재성이 주인공의 시와 논문에 재현되도록 하는 세계. 주인공이 당당한 위상을 회복할 수 있는 세계가 동경의 세계다. 이러한 동경의 세계의 출입구가 아내의 방으로 형상화되어 있다.

1). 분광학적(分光學的) 매체로서의 거울과 돋보기의 기능

거울이나 돋보기의 기능은 가시광선(可視光線)을 이용하여 사물을 바라보는 것이다. 거울의 경우에는 대상의 실제 크기만큼을 보게 된다. 돋보기의 경우에는 대상의 크기보다 큰 형상을 보게 된다. 사물의 원래 크기냐, 확대된 크기냐만 다를 뿐이다.

(1-1). 거울의 기능

거울의 상징적 의미는 현실에 처한 주인공의 실상에 관한 관찰이다. 외출마저 통제를 받고 있는 주인공이다. 아내한테서 주기적으로 용돈을 탄다. 용돈을 타더라도 외출이 어렵기에 지출하는 것이 불가능하다. 용돈을 받았다가 넘겨주더라도 거래의 진정한 의미를 주인공은 알고 싶었다. 첫 번째 외출에서 주인공은 화폐 거래의 의미를 깨달았다. 염원하던 아내의 방에 머물 권리를 보장받았다.

(1-2). 돋보기의 기능

돋보기는 가시광선을 받아들여 확대된 허상을 보여주는 도구다. 돋보기는 단지 눈으로 보이는 것에만 국한되지 않는다. 빛을 흡수하여 물체를 태울 수도 있다.

'지리가미'라고 지칭된 연소 대상의 실체를 파악해 볼 필요가 있다. 결코 단순한 휴지만을 의미하는 것은 아니다. 동경의 세계에 도달하는 데 따른 제반 장애 요소를 가리킨다. 이들 장애 요소는 크게 세 가지로 분류된다.

① 아내에 대한 경제적 의존성

② 천재성을 박제시킨 시대 상황(일제 강점기)

③ 아내와의 진정한 의사소통의 결여

위의 장애 요소를 태워서 제거하고 싶은 것이 주인공의 욕구이다. 하지만 주인공이 극복하기에는 어느 하나도 용이하지 않다. 극복할 수 없는 요소를 소멸시키려는 욕구가 돋보기를 들게 한다.

2). 분광학적 매체와 상응하는 대상의 분석

(2-1). 은화와 지폐

내객은 성욕을 해소하기 위해 아내에게 돈을 건넨다. 아내는 남편의 사회 활동을 위해 돈을 건넨다. 하지만 주인공은 아내로부터 돈을 받아도 쓸 능력마저 없는 사람이다. 그러면서도 아내에게 의존하는 삶에 대해 극도의 부끄러움을 느낀다. 아내에게서 받은 저금통을 화장실에 던지는 행위가 이를 말해 준다.

(2-2). 대문과 장지문

대문은 33번지 주민들의 하나인 주인공이 바깥세계로 나서는 출입문이다. 장지문은 주인공이 자신의 방과 아내의 방으로 넘나드는 출입문이다. 주인공의 방은 박제된 천재성으로 상징된, 활력(活力)이 단절된 현실 세계다. 빛의 경우에도 흘러가는 길목이 있다. 길목에 해당하는 요소가 대문과 장지문이다. 이들 요소는 주인공에게 천이의 기회를 제공하는 통로이기도 하다.

(2-3). 오포 소리와 날개

오포(午砲)는 정오에 울리는 사이렌이다. 오포는 사람들에게 청각적으로 시간을 헤아리게 만드는 중요한 수단이다. 오포는 주인공의 천이를 돕는 청각적인 장치로 간주된다. 오포 소리가 청각적 장치라면 날개는 시각적 장치다. 작품에서는 현실 세계에서 동경의 세계로 비상하도록 유도하는 상징물이다. 날개의 상징적 의미는 주인공의 천이를 유도하는 시각적인 장치다.

4. 분광학적 매체와 천이와의 관계

천이(遷移)란 특정 세계에서 다른 세계로 넘어가는 현상으로 비유된다. 이어령은 '날개'에서의 천이를 나름대로 밝힌 바가 있다. 주인공이 자신의 방에 머물던 생활을 수평적인 활동으로 분류했다. 미쓰꼬시 옥상에서의 행동을 수직적인 활동으로 분류했다. 그래서 작품에서의 천이는 수평적 활동에서 수직적 활동으로 변한다고 밝혔다.[11] 분광학적 매체는 현실 세계에서 동경의 세계로의 천이를 유도한다. 천이의 양식이 수평에서 수직이든, 33번지에서 바깥세상이든 관점에 따라 흡수된다.

세상의 빛(光)을 내뿜는 근원은 원자핵(原子核) 둘레의 전자(電子)이다. 높은 에너지의 전자가 낮은 에너지 상태로 변하면서 빛을 내뿜는다. 반드시 출발점과 종착점이 일대일(一對一)로 대응된다. 작품에서도 여기와 관련하여 8개의 출발점과 8개의 종착점이 제시되어 있다.

1). 거울과 천이 사이의 관계

거울은 사물의 배율을 실제 크기로 비춰 주는 도구이다. 현상을 제대로 인식해야만 다양한 변화에 대처할 수 있다. 주인공의 실상을 나타내는 영역은 아래의 8가지로 대별(大別)된다. 거울에 의해 비춰진 이들 8가지는 천이의 출발 기점이 된다. 이들 8가지는 돋보기에 의한 새로운 8가지의 천이 종착점을 낳는다.

(1). 경제 능력이 없는 상태로 아내에게 의존하는 삶을 자각(自覺)함.

(2). 검정색 코르덴 단벌 양복만 사시사철 입고 지내야 함.

(3). 자신의 방에서 머릿속으로만 발명하고 시와 논문을 씀. 창작의 결실이 출판으로 연결되지 못함.

(4). 외출을 해도 아내의 눈치를 봐야 함. 또한 자정 이전에서는 귀가해서는 안 됨.

(5). 내객들과 아내와의 관계를 철저히 묵인해야 함.

(6). 돈을 지니고 있어도 마음대로 쓰지 못하는 사회적 부적응 상태임.

(7). 아내와 냉전을 벌이고서도 달리 빠져 나갈 길이 없는 처지임.

(8). 박제 상태로부터 자신을 되돌릴 만한 잠재력에 대한 확신감이 부족함.

위의 '8가지 항목(項目)'은 다시 '4개의 영역(領域)'으로 분류된다. 항목

1~3은 '경제 여건' 영역이다. 항목 4~5는 '양보 묵인' 영역이다. 항목 6~7은 '대외 처신' 영역이다. 항목 8은 '내부 수련' 영역이다. '경제 여건'은 '빛의 직진(直進)'이라는 특성에 비유된다. 경제적 자립도를 키우는 영역은 빛이 곧게 나가는 것에 대응한다. '양보 묵인'은 '빛의 회절(回折)'이라는 특성에 비유된다. 자존심을 다스려서 양보하는 것은 빛이 휘어져 나가는 것에 대응한다.

'대외 처신'은 '빛의 굴절(屈折)'이라는 특성에 비유된다. 주변에 적응하는 현상은 빛이 매질들의 경계에서 꺾이는 것에 대응한다. '내부 수련'은 '빛의 반사(反射)'라는 특성에 비유된다. 자신을 수련하는 일은 빛이 특정한 평면에서 반사하는 것에 대응한다. 제시된 4개 영역 간의 결합으로 얼마든지 많은 상호작용이 예견된다. 천이의 어떤 과정도 빠짐없이 묘사할 수 있는 근거가 된다. 또한 천이의 내용을 객관화할 수 있는 지표로 작용한다.

크게 위에 제시된 4가지의 영역에 있어서 주인공은 갇혀 있다. 작가는 거울을 도입하여 주인공이 자신을 객관적으로 파악하게 한다.

권택영은 거울에 대해 대칭성과 불합치의 의미를 부여했다. 거울에 비치는 상과 실체는 닮았지만 완전히 합치되지는 않는다. 거울 속의 손과 실제의 손은 맞잡을 수 없다고 예시했다. 이런 관계로 유추하여 거울에 관련된 의미를 부여했다. 출구가 없는 불안의 근원을 의미한다고도 여겼다.[12]

2). 돋보기와 천이 사이의 관계

돋보기는 사물을 실제보다 확대시켜 보여 주는 기능을 가진 도구이다. 그냥 헤아려 보기에는 힘든 영역을 세밀히 분석하는 기능을 시사(示唆)한다. 동경의 세계로 향하여 돋보기가 제시하는 영역은 다음과 같다. 거울에서 제시된 8가지의 출발점에 관련하여 8가지의 종착점이 돋보기로 제시된다.

(1'). 경제적인 자율성을 회복함.

(2'). 다양한 형태와 색상을 가진 외출복을 갖춤.

(3'). 창작물을 제 때에 출간할 수 있는 여건을 조성함.

(4'). 아내에게 매춘하지 않아도 될 경제적인 여건을 제공함.

(5'). 아내에게 떳떳한 직장을 가질 여건을 조성해 줌.

(6'). 주인공이 경제인으로서 당당하게 사회적 참여를 함.

(7'). 언제나 의사소통이 자연스러운 부부 관계를 유지함.

(8'). 내면적인 자신감에 의한 천재성을 회복함.

위의 항목들은 거울이 확인한 기준점으로부터 돋보기에 의해 천이할 목표들이다. 즉, (1')은 (1)의 천이 도달 목표이다. (2')은 (2)의 천이 도달 목표이다. 이후의 (3')에서 (8')까지가 죄다 앞의 것과 마찬가지 방식으로 대응한다. 이들 천이를 전자전이(電子轉移)에 비유하면 8가지의 고유한 빛줄기에 대응한다. 작품을 쓰면서 이런 부분에까지 배려한 작가의 감각이 탁월하다.

독일의 장 아르프(Jean Arp)는 다다이즘과 초현실주의의 격변기의 대표적인 작가다. 관람객들이 추측할 수는 있지만 해석하기에는 어려운 이미지(image)를 작품으로 표현했다. 그는 관람객들의 마음에 무의식적인 연상 작용을 불러일으켰다. 그리하여 관람객들이 탐구 과정을 거쳐서 창조적으로 상상력을 발현하도록 유도했다.[13] 정한숙도 '구성의 효과'를 설명하면서 작품 속으로의, 독자들의 참여를 언급했다. 이에 따르면 서사의 구조가 객관화될수록 독자들의 감동을 증폭시킨다고 했다. 독자들의 감성이 서사에 적극적으로 빨려들 때에 감동이 극대화된다고 했다.[14~15]

천이의 출발점과 종착점을 일대 일로 배열한 의미가 보다 뚜렷해진다. 장 아르프와 정한숙의 관점을 바탕으로 설명하면 다음과 같다. 작중 의도를 숨기고 객관적으로 묘사하여 독자들을 서사에 참여시키려는 측면이다. 독자들을 서사 구조에 적극적으로 참여시킴으로써 감동을 극대화시키려는 취지라고 판단된다.

독자들이 천이 과정에 참여하는 의미는 대단히 크다. 독자들은 자신들이 고뇌하면서 생생한 체험에 임하게 된다. 체험을 통해 얻은 감동은 커지기 마련이다. 빛은 직교(直交)하는 두 가지의 파동으로 이루어진다. 전기파(電氣波)와 자기파(磁氣波)가 그것이다. 작가가 거울과 돋보기라는 매체를 동원한 근거는 입체성의 부각이다. 생동감의 부여와 감동의 극대화가 여기에 해당한다.

거울에서 확인된 천이의 출발점이 돋보기로 확인된 천이의 종점으로 유도한다. 모든 천이 과정에서는 에너지의 출입이 따른다. '에너지(energy)'란 일을 할 수 있는 능력을 나타낸다. 천이에서 드나드는 에너지의 형태가 바로 빛이다.

천이 출발점과 천이 종착점의 에너지 대소 관계(大小關係)를 살펴보겠다. 8항목의 천이 출발점의 에너지는 8항목의 천이 종착점보다 작다. 에너지가 작은 상태에서 큰 상태로 천이하려면 빛을 흡수해야 한다. '날개'에 설정된 천이에는 기본적으로 커다란 에너지가 공급되어야 함을 뜻한다. 이들 에너지가 분광학에서는 빛에 해당되지만 작품에서는 주인공의 열정에 대응한다. 비상하려는 강렬한 열정이 천이를 가능케 하는 에너지가 된다. 하지만 안타깝게도 주인공은 '절름발이 부부'라는 깨달음으로 천이의 꿈을 상실한다.

도저히 천이가 불가능한 한계의 극점은 물질의 연소(燃燒) 반응이다. 주인공이 돋보기에 광선을 모아 휴지를 불태우곤 했다. 광선이 휴지를 태운다는 것은 빛이 에너지임을 증명하는, 명확한 예(例)다. 휴지를 불태우면서까지 주인공이 처절히 깨달은 것은 무엇인가? 천이가 아무래도 현실에서는 불가능하다는 통렬한 자각이었다.

천이의 불가능성을 자각한 주인공은 지푸라기에도 매달리고 싶어졌다. 지푸라기의 역할을 한 것이 정오의 사이렌이었다. 지푸라기만으로도 숨이 안 차서 설정된 것이 날개이다. 날개는 현실적으로 버거운 천이를 쉽게 해 주는 상징물이다. 빌린 날개옷이 아닌 자신의 겨드랑이로부터 돌출할 날개가 필요하다고 피력한다.

사이렌이 울린 '정오'에 대한 의미는 대단히 중요하다. 사람의 눈에 보이는 가장 많은 빛을 방출하는 주체가 태양이다. 관측 지점에서 태양이 가장 높이 치솟을 때가 정오이다. 정오란 태양이 자오선(子午線)을 통과할 때이며 고도(高度)가 가장 높아지는 시점이다. 태양이 관측 지점에다가 가장 많은 햇살을 방출하는 시점이기도 하다. 이태동은 정오를 순수자아와 비순수자아의 밝은 정신면끼리 마주치는 시점이라고 해석했다.[16]

햇살이 최대로 발출되는 시점을 정신작용의 극대점이라 해석한 것은 자연스럽다. 천이를 가능케 하는 것이 에너지이고 햇빛은 강렬한 에너지이기 때문이다. 천이에 많은 에너지가 필요하다는 것을 상징적으로 드러낸 것이 '정오'다. 정오의 개념까지 동원하여 천이를 설정한 작가의 통찰력이 비상하다고 판단된다.

많은 평자들이 정오를 12 또는 2와 연관시켜 해석하기도 했다. 고원은 12에서 1을 작가 자신으로, 2를 양가(兩家)로 간주했다. 여기에서 양가는 친부모 집과 양부모 집을 말한다. 12는 2를 은폐하면서도 내비치는 숫자로 여겼다.[17] 조두영은 정오를 시침(時針)과 분침(分針)이 만나는 시각이라고 의미를 부여했다. 엄마가 시침이라면 아기는 분침이라고 의미를 부여했다. 엄마와 아기가 서로 포옹하여 합체가 된다는 데에 의미를 부여했다. 일찍 양자(養子)가 되면서 겪은 모성애의 결핍을 해소하려는 염원이라고도 보았다.[18]

고원의 관점에서 12는 주인공과 주변의 상호작용을 의미한다고 판단된다. '주인공과 양부모간의 관계'와 '주인공과 친부모간의 관계'를 나타낸다고 여겨진다. 고원의 관점은 조두영의 관점까지도 수용하는 측면이 있다. 여기에다가 이태동의 관점까지 수용한다면 '정오'라는 의미가 입체적으로 정립되리라 판단된다. 부연하면, 정오는 단순히 낮 12시만을 의미하는 것은 아니다. 모자(母子)가 화합하고 양가(兩家)의 관계가 해소되어 정신이 최상으로 정화되는 시점이다.

종말부분에서는 진정으로 동경의 세계로 천이하고 싶은 욕구를 드러낸다. 이런 욕구의 관철이 어려움을 '절름발이 부부'라는 용어로 시사한다. '절름발이'에 대해서는 여러 평자(評者)들이 말한 바가 있다. 김상환은 자아가 분열된 상태를 나타낸다고 했다.[19] 고원은 절름발이가 나겠다는 발상은 책임 의식이 결여된 '불장난'으로 해석했다.[20] 이태동은 주인공이 19세기의 관념밖에 갖추지 못했다는 것을 지적했다. 주

인공이 20세기에는 부적응 현상을 보인다고 하여 절름발이로 지칭했다고 해석했다.[21]

어떤 견해로 해석하든 '절름발이'는 현실 세계를 벗어나지 못함을 시사한다. 따라서 천이가 실제적으로는 어렵다는 것을 나타낸다. 희망이라곤 없는 자신을 불태워 없애 버리고픈 충동이 연소로 대변된다. 작가의 의도를 설명이 아닌, 현상의 묘사로 제시하는 작가의 능력. 이것은 타의 추종을 불허할 정도라 판단된다.

5. 작가의 천재성과 작품의 위상

퇴직할 무렵의 각혈(却血)에도 불구하고 작가는 치료에 전력을 기울이지 못했다. 미국의 왁스먼(Waksman)이 1943년에 스트렙토마이신(streptomycin)을 개발하기 전에는 결핵의 치료약이 없었다. 하지만 휴식과 보양식의 섭취라는 재래의 치료의 길은 있었다. 치료에 최선을 다하지 못한 데에는 관련된 원인이 있다고 판단된다. 나날이 다가드는 절망감을 가슴으로 안고 삶을 산 작가이다. 그러면서 소멸되는 시간의 소중함을 떠올리며 창작에 열정을 쏟았으리라 판단된다.

1). 죽음을 닮은 암울한 상황 설정

작가는 출장 매춘부의 삶과 그녀에게 얹혀 생활하는 주인공을 그렸다. 얼마든지 밝은 소재로도 글을 쓸 수 있었을 것이다. 그럼에도 불구하고 암울한 장면을 설정한 데에는 특정한 이유가 내비친다. 인간의 스산한 내면 심리를 풀어 헤치기에 최적격이라 여겼으리라 판단된다.

김윤식은 작가에게 내재된 공포의 근원이 작품들에 투사되어 나타난다고 생각했다.[22~23] 암울한 정황의 근거가 무엇이든 작가의 심리와 관계가 있으리라 판단된다. 심히 암울하면서도 뭐라고 쉽게 단언할 수 없는 안타까운 상황. 이런 상황이야말로 심리 묘사를 하기에는 최적합의 요건을 갖췄다고 판단된다. 또한 어떤 소재로도 역작을 만들 수 있어야 빼어난 작가이다. 작가는 이런 점에서 탁월한 능력을 보여주었다.

2). 시대를 초월하는 내면 심리의 탐구

작품에서 깔아 놓은 매춘옥(賣春屋)은 현실의 암울한 상황과 직결된다. 한국은 세계에서도 고학력자의 취직이 어려운 나라라고 근래의 매스컴에서 보도되었다. 이런 암울한 시대적 상황을 매춘옥에 비유할 수 있으리라 여긴다. 주인공은 단순한 작중 인물이 아닌, 고뇌하는 현대인들일 수 있다. 극복하고자 하나 쉽게 헤어날 수 없는 현실 세계다. 현실의 아픔을 돌파하기에 너무나 무기력한 현대인의 고뇌가 실감나게 표현되었다.

작가의 천재성에 대해서는 그의 시(詩) 작품들에도 잘 드러나 있다.[24] 김명환은 수학자(數學者)로서 작가의 작품을 평가했다. 등비수열과 대수 및 현대수학인 위상수학(topology)의 영역까지 꿰뚫은 작품이라고 평가했다.[25] 언어학자인 소쉬르(Saussure)의 기호론에 입각하여 해석한 이어령도 작품(詩)들을 높이 평가했다.[26]

6. 맺는 글

작품에서 현실 세계와 동경의 세계가 선명하게 형상화되어 있다. 주인공의 방과 아내의 방으로 구획되어 있다. 두 세계는 다다이즘에서 초현실주의로 뒤엉키는 과정의 빛의 출입과도 관련된다. 개인적인 자아와 시대적 변환 국면을 이중적인 의미로 설정한 장치이다.

현실 세계에서 동경의 세계로 천이시키는 분광학적 매체는 거울과 돋보기이다. 거울은 현실의 실상을 내비친다. 돋보기는 확대된 동경 세계로의 천이를 제시한다. 돋보기에 의한 살을 태우는 듯한 통각(痛覺)의 과정을 무수히 거친다. 주인공은 호흡이 안 맞는 숙명적인 절름발이 부부임을 자각한다. 아무리 비정하게 싸워도 돌아갈 곳은 매춘옥밖에 없음을 깨닫는다.

오포를 떠올리고 날개를 생각해도 벗어날 수 없는 현실임을 깨닫는다. 여기에 관련하여 권영민은 다음과 같이 말했다. 자아의 형상과 존재 방식에 대한 회의와 그로부터의 탈출 욕망. 이들 관계를 공간화의 기법으로 형상화했다고 평했다.[28]

작가는 분광학적 매체를 통한 2원화된 세계를 제시했다. 그리하여 작가의 의도를 감추면서 객관적인 묘사를 극대화했다. 반면에 스스로 현실의 아픔에 동참하도록 독자들을 작품으로 끌어들였다. 현대인들의 심층적인 고뇌를 형상화함으로써 독자들에게 커다란 감동을 주었다.

작가의 시(詩)에 대한 분광학적인 분석은 향후의 과제라고 판단된다. 분광학적으로 분석하면 난해하고 모호하게 여겨졌던 부분들이 선명히 분석되리라 예견된다.

〈참고 문헌〉

1. 김종은, 〈李箱의 理想과 異常〉, 『문학사상』, 1974. 7.
2. 김종은, 〈이상의 정신세계〉, 『문학비평의 방법과 실제』, 삼지원, 1990, p. 305
3. 이가형, 〈프로이드 심리학과 현대 문예〉, 『20세기의 문예』, 박우사, 1963, pp. 23~25
4. 정귀영, 〈이상 문학의 超意識心理學〉, 『현대문학』, 1973. 7~9.
5. 조두영, 〈이상의 인간사와 정신분석〉, 『문학사상』, 1986. 11.
6. 김상환, 〈이상 문학의 존재론적 이해〉, 『이상 문학 연구 60년』, 문학사상사, 1998, pp. 133~164
7. 장석주, 〈모독당한 최초의 모더니스트〉, 『이상전집1』, 가람기획, 2004, p. 22
8. 조두영, 〈정신의학에서 바라본 이상〉, 『이상 문학 연구 60년』, 문학사상사, 1998, pp. 130~131
9. 이태동, 〈자의식의 표백과 반어적 의미, '날개'를 중심으로〉, 『이상 문학 연구 60년』, 문학사상사, 1998, pp. 289~308
10. 이상, 〈날개〉, 『이상전집1』, 가람기획, 2004, p. 264
11. 이어령, 〈이상 연구의 길 찾기〉, 『이상 문학 연구 60년』, 문학사상사, 1998, p. 21
12. 권택영, 〈출구 없는 반복〉, 『이상 문학 연구 60년』, 문학사상사, 1998, p. 59
13. Dietmar Elger(역자 金錦美), 『다다이즘』, 마로니에북스, 2008
14. 정한숙, 『현대소설작법』, 장락, 1994
15. 정한숙, 『현대소설 창작법』, 웅동, 2000, pp. 93~118
16. 이태동, 문헌 9와 동일한 책, p. 296
17. 고원, 〈날개 3부작의 상징 세계〉, 『이상 문학 연구 60년』, 문학사상사, 1998, pp. 363~386
18. 조두영, 문헌 8과 동일한 책, p. 130
19. 김상환, 문헌 6과 동일한 책, p.134
20. 고원, 문헌 16과 동일한 책, p. 371
21. 이태동, 문헌 9와 동일한 책, p. 307
22. 김윤식, 〈공포의 근원을 찾아서〉, 『이상 연구』, 문학사상사, 1988, pp. 17~72

23. 김윤식, 〈이상 문학과 지방성 극복의 과제〉, 『이상 문학 연구 60년』, 문학사상사, 1998, pp. 44~47

24. 이상, 〈날개〉, 『이상전집2』, 가람기획, 2004

25. 김명환, 〈이상의 시에 나타나는 수학 기호와 수식의 의미〉, 『이상 문학 연구 60년』, 문학사상사, 1998, pp. 165~182

26. 이어령, 문헌 11과 동일한 책, pp. 13~17

27. 권영민, 〈이상 연구의 회고와 전망〉, 『이상 문학 연구 60년』, 문학사상사, 1998, pp. 31~37

〈월간문학, 2011. 6월호 발표〉

제2장

환체(幻體)의 출몰에 따른 남녀의 정한

- 만복사저포기(萬福寺樗蒲記)에 대한 분석

1. 머리글

　김시습(1435~1493)은 조선의 세종과 성종 사이에 생존했던 인물이다. 21살 때에 세조에 의해 왕위 찬탈이 일어나면서부터 전국을 떠돌았다. 삭발한 중의 신세가 되어 사방을 떠돌았다. 31세 때에는 경주의 금오산(金鰲山)에서 금오신화(金鰲新話)를 지었다. 환속하여 47살 때에는 안 씨와 결혼하기도 했다. 아내가 사망하자 홀몸으로 지냈다. 말년에는 충청도 홍산(鴻山)의 무량사(無量寺)라는 사찰에 머물다가 사망했다.

　여기서는 금오신화 중의 만복사저포기(萬福寺樗蒲記)에 대해 살펴보겠다. 만복사(萬福寺)에서 양생(梁生)이 저포(樗蒲) 놀이를 하다가 생긴 이야기를 적은 글이다. 만복사는 전북 정왕동의 얕은 산록에 자리 잡은 사찰이다. 교룡산(蛟龍山)을 이루는 기린봉 아래에 자리 잡고 있다. 고려 문종 때에 창건되었지만 1597년의 정유재란 때에 소실되었다. 현재는 석탑과 석불 등의 몇 점의 유물만 남긴 유적지다.

만복사는 주인공인 양생이 머물던 곳이다. 어려서 부모를 잃고 홀몸의 신세로 절에서 체류하던 양생이다. 양생은 절의 방 한 칸을 얻어 유학(儒學)을 공부하는 총각이다. 양생의 사랑을 소재로 한 작품을 분석하기로 한다.

2. 작품의 개괄적 구조 분석

운문이나 산문의 공통적 골격 구조는 기승전결(起承轉結)이다. 소설 분석의 관점에서 발단, 전개, 절정, 종말로 분석하겠다. 지금까지의 작품 분석은 주로 단편적인 소재 분석에 그치고 있다.[1~4] 이런 분석 방법으로는 작품을 심도 있게 분석하기가 어렵다. 그래서 여기에서는 서사 구조에 따른 세밀 분석을 하기로 한다.

1). 발단: 남부 지방에서는 배꽃이 4월 말에 활짝 핀다. 주인공의 방 앞에는 배나무가 커다랗게 치솟아 있다. 마침 배꽃이 흐드러지게 피어 달빛을 받아 눈부시게 빛나는 달밤이다. 작품의 시간적 무대는 4월 말 무렵의 이른 밤이라고 판단된다.

주인공은 배꽃 아래를 거닐다가 흥취에 겨워 시가(詩歌)를 지어 읊조린다. 눈부신 달빛, 반짝이는 꽃잎, 스며드는 꽃향기로 감미로움에 취했으리라 판단된다. 시가의 내용은 외로운 달밤에 인연을 못 구하여 근심한다는 것이다. 시가의 낭송이 끝나자마자 허공에서 기묘한 소리가 들린다. 배필을 얻고자 하면 얻을 수 있으리라고 예견하는 말소리다. 여기에서 말소리의 주인은 작품의 무대로 볼 때에 부처라 여겨진다. 법당(法堂)을 지키던 부처가 신통력을 발휘하여 사람의 목소리를 들려주었다고 판단된다.

용기를 얻은 주인공은 그 이튿날 저녁에 법당에 들어선다. 그 이튿날은 음력 3월 24일이고 양력으로는 4월 말에 해당한다. 그 날은 주변의 사람들이 만복사로 몰려들어 축원하는 전통이 있다. 많은 사람들이 절에 몰려들어 축원하고 가곤 했다. 그 날 저녁 무렵이다. 주인공은 법당에서 부처를 향해 저포(樗蒲)로 내기하자고 말한다. 내기에서 이긴 주인공을 위함인 듯 법당에 아리따운 처녀가 나타난다. 작성해 온 축원문을 불단에 올려놓고는 처녀가 흐느낀다.

주인공이 처녀 앞에 나타나 축원문을 보며 처녀와 대화를 나눈다. 점차 대화를 하다가 행랑의 판자방(板子房)으로 이동하여 육정을 나눈다. 밤이 깊어지자 처녀의 시녀가 찾아온다. 시녀에게 주과(酒果)를 차려오게 하여 셋이 시간을 보낸다. 날이 밝을 무렵에 처녀가 시녀를 먼저 내보낸다.

2). **전개:** 처녀가 주인공에게 말한다. 인연이 정해졌기에 주인공에게 그녀의 집으로 가자고. 그래서 주인공이 흔쾌히 대답하고는 처녀와 함께 새벽에 절을 나선다. 절 밖에는 닭이 울고 사람들이 나다니

고 있다. 길에서 만난 사람들의 눈에는 주인공 곁의 처녀가 안 보인다. 사람이 아니라 귀신이기 때문이다. 처녀 귀신은 주인공의 눈에만 선명히 보인다.

절을 나서서 개녕동(開寧洞)의 산골짜기에 묻힌 초옥(草屋)을 찾아 들어선다. 규모는 작지만 아주 화려한 집이다. 여기에서 3일간을 주인공이 처녀와 함께 보낸다. 처녀 집에서의 사흘간의 체류는 세속의 시간으로 3년에 해당한다. 세속의 시간을 기준으로 하면 결국 3년간을 주인공이 처녀의 집에서 살았다. 3년이 지나자 처녀가 헤어질 시간이 되었다고 주인공에게 일러준다. 작별하기에 앞서서 이웃의 미혼 규수(閨秀)들 넷을 부른다. 규수들 역시 이승에서는 결혼하지 못했던 처녀 귀신들이다.

규수들이 나타나 차례대로 축시(祝詩)를 읊조린다. 이웃의 네 규수들이 시가를 읊조린 뒤에 처녀가 답시(答詩)를 읊는다. 주인공도 연이어 답시를 읊는다. 규수들과의 향연이 끝난 뒤다. 규수들은 각자 자신의 집으로 돌아간다.

규수들이 돌아간 뒤다. 처녀가 주인공에게 주발 하나를 건네주며 부탁한다. 그 이튿날에는 처녀의 부모가 보련사(寶蓮寺)에서 그녀의 재(齋)를 올린다고 알려준다. '재(齋)'란 사찰에서 진행하는 제례 의식을 말하는 불교 용어이다. 주인공에게 주발을 들고 그녀의 부모를 만나 재에 참가하라고 부탁한다.

3). 절정: 그 이튿날 주인공은 보련사 입구의 길가에서 처녀의 부모를 기다린다. 재를 지내려고 수레와 말이 줄지어 사찰로 향할 때다. 처녀 부모의 하인들이 주인공의 손에 들린 주발을 발견한다. 그 주발

은 처녀의 시신과 함께 묻은 유품이다. 이를 알아본 하인들이 처녀의 부모에게 일러준다. 처녀의 부모가 놀라서 주인공에게 다가가 연유를 알아본다. 주인공이 차분하게 처녀의 부모에게 처녀를 알게 된 경위를 들려준다. 처녀의 부모가 주인공에게 처녀와 함께 오라고 말하며 먼저 떠난다.

재를 올릴 시간이 되었을 때다. 주인공의 앞으로 처녀가 시녀를 데리고 나타난다. 주인공과 처녀가 만나 즐거워하며 손을 잡고 사원으로 들어선다. 처녀가 법당에 들어서자 부처에게 배례하고는 흰 휘장 안으로 들어간다. 하지만 처녀의 모습은 처녀의 가족이나 승려들에게는 보이지 않는다.

처녀가 주인공에게 식사하라고 말한다. 처녀의 말을 주인공이 그녀의 부모에게 전해 준다. 그녀의 부모가 확인하고 싶어서 주인공과 처녀가 같이 식사하라고 말한다. 부모에겐 수저 소리만 들렸으나 인간이 식사하는 형용과 마찬가지로 보인다. 그녀의 부모가 경탄하여 주인공에게 휘장 옆에서 동침하라고 부탁한다. 남녀의 목소리가 밤중에 분명히 들렸으나 엿들으려 하면 중단되곤 했다. 이렇게 하여 밤이 지나자 처녀는 완전히 이승을 떠난다.

4). **종말:** 재에 처녀가 다녀갔음을 알게 된 부모는 주인공을 확실히 믿는다. 처녀의 부모는 주발의 처리 권한을 주인공에게 맡긴다. 또한 처녀 명의의 토지와 하인들까지 주인공에게 넘긴다.

그 이튿날 주인공이 개녕동(開寧洞)의 처녀 무덤을 찾는다. 무덤 앞에서 제물을 차리고 지전(紙錢)을 불태우며 장례 의식을 치른다. 그리고는 제문을 지어 처녀의 영혼을 위로한다.

장례 의식을 치른 뒤다. 주인공은 처녀 명의의 재산을 죄다 팔아 절에서 사흘간 재를 올린다. 의식이 끝나자 처녀가 허공에 모습을 드러내며 주인공에게 말한다. 주인공의 은덕에 감사하며 주인공에게도 잘 지내라고.

재를 지낸 뒤에 주인공은 장가도 가지 않고 지리산으로 들어간다. 그리고는 약초를 캐며 생계를 유지한다. 그러다가 언제 어디서 일생을 마쳤는지는 아무도 모른다.

3. 환체(幻體)의 출현과 실종의 기능

1). 환체(幻體)의 정의: 환체란 망인(亡人)의 영혼이 생시(生時)처럼 특정인의 눈에만 드러나는 형체(形體)를 말한다. 주인공만이 환체를 볼 수 있도록 소설의 골격이 잡혀 있다. 이런 설정은 명혼 소설(冥婚小說)이나 전기 소설(傳記小說)의 특성이다. 작가는 은연중 이런 용어의 정의를 독자들이 받아들이도록 만든다. 작품을 읽는 중에 용어의 개념을 정립하여 독서하게 만든다.

2). 서사 구조에 관여하는 환체의 기능
작품 전체의 구조와 관련된 환체의 기능을 살펴보기로 한다.
(2-1). 발단과 관련된 환체의 기능
발단은 작품의 도입 부분에 해당한다. 고아이며 총각 유생(儒生)인 주인공이 춘흥(春興)을 못 이겨 경내를 서성거린다. 숙소 앞에는 배꽃이 흐드러지게 피어 있고 달빛마저 눈부시게 흘러든다. 큰 뜻을 품고 학문에 정진하려고 하나 총각이기에 마음이 신산스럽다. 마침 이때 어디선가 퉁소 소리도 귓전으로 흘러든다. 주인공이 마침내 고독한 정취를 시를 통해 낭랑히 읊조린다. 주인공이 시를 읊고 나자 허공에서 부처의 소리가 들린다. 배필을 얻는 데에 무엇이 어렵겠느냐는 내용이다.

주인공에게 부처의 목소리는 들리지만 부처의 모습은 안 보인다. 부처의 경우에는 주인공에게 환체가 생기지 않는다. 연인이 되거나 연인의 친구가 되는 귀신들만 환체가 된다. 주인공은 부처의 목소리를 들은 다음 날에 법당을 찾는다. 법당에서 부처에게 내기를 하자고 제안한다. 주사위 비슷한 저포(樗蒲)를 날려 주인공이 부처에게 이긴다. 그리하여 부처에게 배필을 구하도록 도와 달라고 요구한다.

부처가 주인공의 부탁을 받아들인 듯한 장면이 금세 펼쳐진다. 주인공이 법당의 불상(佛像) 뒤에 몸을 숨기고 있을 때다. 얼굴이 잘 생긴 처녀가 법당에 들어선다. 처녀가 불단(佛壇)에 축원문을 얹고는 축원을 하다가 흐느껴 운다. 그러자 주인공이 불상 뒤에서 나와서는 처녀와 이야기를 나눈다. 처녀는 이승의 인물이 아닌 환체다. 처녀의 영혼과 감응된 사람의 눈에만 띄는 귀신의 몸뚱이가 환체다. 감응된 사람에게 있어서 환체는 실제의 인간과 접촉의 느낌이 같다. 즉, 주인공에게 환체는 완전한 이승의 사람으로 느껴지는 대상이다.

① 경계를 초월한 신뢰의 표상(表象)
부처는 사람들이 현실에서는 직접 접촉하지 못하는 상징적 존재이

다. 그럼에도 작품에서는 주인공이 부처의 목소리를 듣고 부처와 내기도 한다. 저포 놀이에서 진 부처는 주인공에게 배필을 정해 주기로 한다. 부처는 주인공에게 현세의 규수를 소개시킬 수도 있었을 것이다. 그랬는데도 처녀 귀신을 소개시켜 준 이유를 분석해 보겠다.

부처에게는 현세의 사람들을 비롯한 죽은 영혼들까지도 소원을 빌리라 여겨진다. 부처에게 염원을 한 생자(生者)들과 사자(死者=鬼神)들이 무수히 많았으리라 추정된다. 부처에게도 어떤 기준이 있으리라 가정해 본다. 염원이 접수된 순서대로 소원을 성취시키려 한다고 가정하자. 생자보다는 사자가 먼저 염원을 접수했을 가능성이 크다. 그래서 주인공에게 죽은 처녀 귀신이 부처로부터 소개되었으리라 간주된다. 하여간 일의 처리에 있어서 기준이라는 건 있기 마련이다. 어떤 기준에서건 처녀 귀신이 생자에 우선적으로 주인공에게 소개되었다.

부처는 생자에게나 사자에게나 신뢰(信賴)를 보여주어야 권위를 유지하게 될 것이다. 약속을 지키려고 환체 형태의 귀신을 주인공에게로 내보낸다. 주인공의 눈에는 환체가 현세의 사람인지 귀신인지 식별하기가 어렵다. 귀신에게 환체의 모습을 갖추게 허가하는 존재는 옥황상제다.

부처의 관점에서는 주인공에게나 환체에게나 짝을 맞춰 주면 임무를 완성한다. 주인공이 짝을 염원했을 뿐이지 현세의 처녀라고 밝히지 않았기 때문이다. 부처는 이승과 저승을 망라하여 약속을 지키려는 데에 초점을 둔다. 환체의 존재는 이승과 저승을 초월하여 부처의 신뢰를 보여주는 존재이다.

②. 명혼(冥婚)의 주체로서의 기능 부여.

명혼이란 생전에 결혼하지 못했던 귀신들을 결혼시키는 것을 말한다. 명혼을 진행하려면 환체끼리 결합시키는 방법도 있다. 하지만 명혼의 참뜻을 살리려면 귀신과 사람을 결합시키는 것이 바람직하다. 주인공(사람)을 처녀 귀신과 어울리게 하려면 귀신을 사람처럼 만들어야 한다. 외관상으로 사람과 같이 보이도록 하는 가상적인 몸체가 환체이다. 모양뿐만 아니라 체온이라든지 작용까지도 사람과 같도록 만들어야 한다. 이런 환체를 창조하는 주체는 옥황상제(玉皇上帝)이다. 옥황상제는 도교(道敎) 최상의 가상적인 절대자다.

환체를 지닌 처녀 귀신은 당당하게 사람을 만날 자격을 갖춘다. 그래서 밤낮을 불문하고 현세의 사람을 만나 사랑할 수 있다.

③. 천지조화의 극점(極點)으로서의 음양(陰陽)의 결합 주체

무릇 남자와 여자는 성적인 기능으로 반대적인 성향을 취한다. 애초에 태어날 때부터 한쪽의 성(性)만으로는 부족한 존재다. 그래서 보다 완전해지기 위해 배우자를 찾게 마련이다. 남자는 여자를 찾고, 여자를 남자를 찾으려고 한다. 남자끼리만 어울린다거나 여자끼리만 어울린다는 것은 음양의 조화를 깨뜨린다. 그래서 우주의 조화를 이루려는 측면에서 남녀가 만나 어우러지려고 한다. 남녀를 탄탄하게 결속시키는 원동력은 '사랑'이다. 정신적인 사랑을 육체에까지 미치게 하는 것이 육정(肉情)이다.

육정은 남녀의 사랑을 완성 단계로 끌어들이는 역할을 한다. 정신적 사랑만으로는 허전한 심정을 최대한 만족스럽게 만드는 결정체다.

배필이 없이 숨진 청춘남녀들은 천지의 조화를 체험하지 못한 대상들이다. 그래서 예로부터 원을 풀지 못했다고 여긴다. 그래서 통상적으로 이들 청춘남녀들의 귀신을 원귀(寃鬼)라고 부른다.

처녀 귀신(이후부터는 '처녀'로 약칭함)이 주인공과 법당에서 대화를 나눈다. 그러다가 주인공의 손에 이끌려 행랑의 끝에 있는 판자방(板子房)으로 들어선다. 대화를 통해 마음의 문이 열리자 둘은 단숨에 육정까지 나눈다. 생명이 단절되어 다시는 사랑을 체험하지 못할 뻔한 처녀가 아닌가? 그러다가 사내를 만났으니 처녀의 가슴이 얼마나 설레었을지 상상이 된다. 이들에게는 잠깐의 시간도 한없이 소중하게 여겨졌으리라. 그래서 판자로 얼기설기 만들어진 방에서 남녀가 뒤엉켜 육정을 불태웠다.

모처럼 맛보는 환희에 젖어 둘은 시간 가는 줄도 모른다. 그러다가 달이 서녘에 질 무렵이 되었을 때다. 처녀의 시녀가 나타난다. 처녀의 시녀 또한 귀신이다. 그렇기에 시녀 귀신은 처녀 귀신의 소재를 금세 파악한다. 하지만 처녀가 회포를 풀 때까지 기다렸다가 천천히 나타난 것이다. 처녀는 시녀에게 주과(酒果)를 차려오라고 지시한다. 이윽고 시녀가 주과를 차려오자 셋이서 판자방에 둘러앉는다.

중국 송(宋)나라 때 장군인 악비(岳飛)가 지었던 사(詞)가 만강홍(滿江紅)이다. 사(詞)는 누구든 노래를 부르도록, 운율과 악곡이 만들어져 있는 운문이다. 악비가 금나라와 싸워 이겨서 사기가 충천했을 때의 작품이 만강홍이다. 시녀가 기존의 창가(唱歌)를 부른 뒤다. 처녀가 만강홍의 곡조에 맞춰 새로운 창가를 짓는다. 굳이 만강홍의 곡조를 취한 것은 활기찬 출발을 의미한다고 간주된다. 처녀가 새로 지은 창가를 시녀에게 부르도록 한다. 이렇게 하여 셋이서 판자방에서 새벽 시간을 보낸 뒤다. 처녀가 시녀를 먼저 그녀의 집으로 돌려보낸다.

(2-2). 전개와 관련된 환체의 기능

처녀의 제안으로 주인공이 처녀의 집으로 가면서 전개 부문이 시작된다. 개녕동(開寧洞)의 산골짜기에 묻힌 초옥(草屋)은 처녀가 가매장된 무덤이다. 처녀의 집은 실제로는 처녀가 가매장된 무덤을 뜻한다. 하지만 주인공에게는 산골짜기에 자리 잡은 호화로운 저택으로 보이게 된다.

주인공의 눈에 비친 처녀의 집은 호화로우면서도 정갈하기 그지없다. 세간과 집기류 어느 것도 고급스럽고 기품이 돋보이는 것들이다. 사흘 동안을 취한 듯이 주인공은 처녀와 함께 보낸다. 처녀와 사흘 동안의 시간은 세속의 3년 세월에 해당한다. 헤어지기에 앞서서 처녀가 친구들인 4명의 처녀 귀신들을 부른다. 이들 친구들이 차례대로 축시(祝詩)를 읊조린 뒤다. 처녀가 먼저 답시(答詩)를 읊고 주인공이 연이어 답시를 읊는다.

처녀의 친구들이 돌아간 뒤다. 처녀가 주발 하나를 주인공에게 건네주며 말한다. 그 이튿날 처녀의 부모가 보현사에서 재를 올린다고 들려준다. 사찰 근처에서 기다리다가 그녀의 부모를 만나서 재에 참석하라고 말한다. 주인공이 지닌 그녀의 주발을 보면 그녀의 부모가 알아보리라고 말한다.

①. 연이은 사건 접속의 주체

환체는 주인공과 더불어 이야기를 끌어 나가는 주체적 요소로 작용한다. 주인공을 산골짜기에 있는 그녀의 집으로 데리고 간다. 3일간을 지낸 뒤에 친구들도 소개시키고 주발도 주인공에게 건네준다. 이런 사건을 연속적으로 휘몰아 가는 이야기 속의 주체로 작용한다.

②. 주인공에게 각성을 암시하는 주체로서의 역할

너무나 정갈하면서도 우아하고 기품 있는 집기류들. 이런 집기류들을 통해서 주인공으로 하여금 속세가 아님을 은연히 내비친다. 주인공도 수시로 이상한 분위기를 알아차리되 내색하지 않고 환체와 생활한다.

환체에 의한 암시 기법은 이중으로 사용되고 있다. 이 작품의 시작 무대가 사찰이다. 이런 특성을 감안하면 불교의 윤회설이 은연중에 작용된다고 판단된다. 작품 전체를 통해서도 윤회설의 분위기가 깔려 있다. 그러다가 작품의 결말에서는 확실한 윤회의 근거를 밝힌다. 처녀가 저승을 거쳐 내생에는 다른 나라에서 남자로 태어난다고 일러준다.

작가적 시각이나 의도가 확실한 작품이라 판단된다. 인연설에 근거하여 환체를 통해 암시하는 바가 크다. 현실의 삶은 한정적인 것이 아니라 내생에서 확장되리라는 점을 일깨운다. 그렇기에 현실이 아무리 고달파도 극복할 만한 것이라는 전제가 내비친다. 작품의 분위기가 애조를 띠면서도 아늑한 정감을 주는 원인이 된다.

주인공은 은연중에 처녀가 환체임을 알아차리면서도 처녀가 말할 때까지 기다린다. 미리 아는 척하여 분위기를 깨뜨릴 필요가 없기 때문이다. 처녀도 주인공이 그녀의 실체를 알아차려도 당분간 모르는 척하고 지낸다. 이 부분이 심오하다. 서로가 서로를 잘 알면서도 묵인하며 지내는 관계. 이것은 크게 우주의 관점에서 인간 세상을 바라보는 척도로 보인다. 세상살이가 힘들거나 슬퍼도 견딜 만한 요소가 있음을 시사(示唆)하는 부분이다.

③. 신물(信物) 제시를 통한 현생과 저승의 중재 역할

때가 되자 처녀는 자신이 환체임을 주인공에게 밝힌다. 처녀의 가족들에게 주인공의 처지를 알리기 위한 신물(信物)로 주발을 건네준다. 주발은 원래 처녀와 함께 무덤에 묻혔던 유품(遺品)이었다. 처녀의 부모들은 유품을 알아볼 것이기에 처녀가 주발을 주인공에게 건네주었다. 마침내 주인공이 주발을 매체로 처녀의 부모와 자연스레 만난다. 그리고는 그녀의 부모와 함께 재에도 같이 참석한다.

무덤에서 신물을 꺼낼 수 있는 것은 환체에 한해 가능하다. 다른 사람이 부장품을 발굴했다면 아마도 도굴꾼일 것이다. 환체는 신물을 제시함으로써 자신의 존재를 확연히 밝힌 셈이다. 주인공에게 주발을 넘겨줌으로써 그녀 자신과 주인공의 관계를 부모에게 알려주었다. 주인공과 그녀 부모에 대한 배려는 현생과 저승의 중재에 해당한다. 현생과 저승을 잇는 의사소통의 가교로서 주발을 제시한 것이다.

(2-3). 절정과 관련된 환체의 기능

주인공이 주발을 매체로 처녀의 부모와 사찰 입구에서 만난다. 그리고는 처녀와 함께 재(齋)에 참석한다. 처녀가 식사하라는 말을 하

면서 재가 시작된다. 재의 마지막 의식으로 휘장 안에서 주인공과 처녀가 동침한다. 이튿날 새벽에 처녀가 법당을 떠나는 소리가 들린다. 이승에서의 마지막 작별인 셈이다. 여기까지의 이야기 진행이 절정에 해당한다.

① 인간이 느낄 수 있는 경계 영역의 제시

환체의 존재를 인식하고 싶은 인간의 마음을 환체는 안다. 그래서 환체는 고심한다. 환체로서 드러낼 수 있는 한계점이 있기 때문이다. 주인공에게는 자신의 모습을 보여주고 가족의 눈에는 드러내지 못한다. 가족에게마저 환체의 모습을 보여준다면 저승의 질서가 깨지게 된다. 가족에게 모습은 보여주지 못해도 환체의 존재는 알려야 할 처지다. 그래서 수저와 그릇이 움직이는 음향도 들려준다. 주인공과 동침하며 대화하는 미세한 목소리도 근거로 들려준다. 하지만 이야기 내용까지는 가족들이 못 듣게 목소리를 죽인다.

인간이 느낄 수 있는 경계 영역을 지키려고 환체는 노력한다. 자칫 세속의 정감에 얽히면 저승의 질서를 위배하기 때문이다.

② 인간 정감에 대한 최상의 순화 과정을 제시

재(齋)는 사찰에서 거행하는 제례 의식이다. 승려가 의식을 주관하여 끝까지 진행한다. 제례의 대상도 조상신(祖上神)이 아니다. 불교에서 설정된 부처와 보살들이 승려에게 권능을 부여하는 체제이다. 이런 관점에서 재(齋)는 세속의 제(祭)와는 완연히 다르다.

망인(亡人)의 영혼을 위로하여 새 세상에서 윤회하게 하는 의식. 재를 치르고 나면 처녀의 영혼은 완전히 이승을 떠나게 된다. 생자와 망인이 영원히 작별하는 의식이다. 잠깐 동안의 이별도 애절할진대 영원한 이별이라면 비통함이 그지없을 것이다. 작별할 때의 처절한 정감이 재를 치를 때에 시종 들끓는다. 이런 들끓는 정한을 통해 인간은 순화된 마음을 갖게 된다.

주인공은 환체를 통해 최상의 상태로 마음을 정화했으리라 여겨진다. 이런 소중한 순화의 기능을 환체가 주인공에게 부여한다.

(2-4). 종말과 관련된 환체의 기능

재를 지낸 뒤다. 처녀의 부모는 환체의 존재를 진실로 인정한다. 처녀의 주발의 처리를 주인공에게 맡긴다. 또한 부모는 처녀에게 배당되었던 토지와 노비들까지 주인공에게 넘겨준다. 그 이튿날 주인공이 처녀의 무덤을 찾아 주과를 차려 배례한다. 제문을 지어 처녀의 영혼을 위로한 뒤에 무덤을 떠난다.

그런 뒤에 주인공은 처녀에게 딸린 재산을 모두 팔아 버린다. 그 돈으로 사찰에서 사흘간 처녀를 위해 재를 올린다. 재가 끝나는 날에 처녀가 허공에서 모습을 드러내며 주인공에게 말한다. 자신은 다른 나라에서 남자로 태어나게 되었음을 알린다. 주인공에게도 잘 지내라고 위로하고는 흔적을 감춘다.

재를 지내고는 주인공이 지리산으로 들어간다. 거기에서 약초를 캐며 생계를 연명하다가 세상에서 사라진다.

①. 신뢰(信賴)의 극한적인 표상

보현사에서의 재를 마친 뒤에 분명히 환체는 이승을 떠나갔다. 그런 뒤에 주인공이 다시 다른 사찰에서 재를 올릴 때였다. 사흘간의 재가 끝날 시점에서였다. 환체가 주인공에게 허공에서 마지막으로 그녀의 모습을 보여주었다. 이승과 저승을 초월한 극한 상태의 신뢰를 보여주는 장면이다.

②. 양가치(兩價値) 개념까지의 확장

주인공이 험하면서도 신령(神靈)스러운 산인 지리산을 찾아 들어선다. 세속에 초연하여 살아가려는 측면을 보여준다. 그러면서도 신령스러운 산이 지리산임을 생각해 볼 필요가 있다. 신령스럽다는 점은 세속과는 거리가 멀다는 뜻이다. 지리산은 도교에서 상징하는 선계(仙界)의 일부일 수 있다.

처녀의 영혼과의 이별은 단순한 작별이 아님을 내비친다. 불계(佛界)가 아닌 선계(仙界)에서 다시 이어질 수도 있음을 암시한다고 판단된다. 주인공이 어디에서 죽었는지 모른다는 의미가 심오하다. 영산인 지리산의 어느 지점에서 벌써 신선이 되었으리라는 점을 시사한다. 신선이 되기만 하면 우주의 모든 섭리와 통하게 된다.

현대의 심리학에서는 양가치(兩價値) 개념이 등장한다. 서로 다른 극한의 끝은 오히려 같다는 내용을 담은 개념이다. 이런 개념은 이미 불교의 반야심경에서도 잘 드러나 있다. 작품에서는 주인공이 재를 지낸 뒤에 지리산으로 들어간다고 설정되어 있다. 겉으로는 처녀의 영혼과 영원한 단절로 비칠 수도 있다. 하지만 작별의 끝이 선계의 진입이라는 사실로부터 양가치가 적용된다고 판단된다.

작가는 유교와 불교와 도교에 통달한 철학을 지닌 사람이다. 그런 관점에서 쓴 작품이기에 작품의 향기가 드높다.

③. 주인공의 가슴에 영원히 용해된 정감의 실체

주인공의 가슴에는 처녀의 아름다운 혼이 용해되어 있다. 재를 올리고 사찰을 떠나서는 다른 규수를 찾지 않았다. 세속에서는 총각이기에 얼마든지 아름다운 규수와 혼인할 수도 있었으리라 간주된다. 그럼에도 불구하고 주인공은 다른 여인들과의 결혼은 단념한다. 처녀귀신과의 사랑만으로도 우주가 꽉 찬 느낌이라고 여겼을 것이다. 그랬기에 더 이상의 다른 여인과의 인연은 아예 단념한 것이다.

일생 동안 마비될 정도의 사랑에 빠지고 싶은 것이 인지상정이다. 하지만 꿈꾼다고 하여 다 그렇게 되는 것은 절대로 아니다. 오늘날 이혼으로 파탄이 생기는 가정의 수가 얼마나 많은가? 주인공의 경우는 정말 만족할 만한 사랑을 나누었다고 판단된다.

4. 작품의 격조를 구축하는 요소들

이제부터는 작품의 격조를 구축하는 요소들을 살펴보겠다. 발단 부분에서 양생이 읊조린 시구의 일부는 다음과 같다.[5]

1). 절대자로서의 부처의 권능(權能)

호젓한 들창가에 홀로 누웠으니
어디선가 고운 임 퉁소를 불어 주네

  외로운 심정에 잠긴 주인공에 귀를 적시고 파고든 퉁소 가락. 퉁소
를 분 사람은 주인공의 배필이 된 처녀 귀신이다. 이승에서는 주인공
이 외로워서 잠을 못 이룬다. 저승에서는 처녀 귀신이 외로워서 퉁소
를 불어댄다. 이 퉁소 소리를 법당의 부처는 놓치지 않고 들었을 것이
다. 단순히 듣는 것에 끝나지 않고 그 연유까지 파악했을 것이다. 그
래서 주인공이 시를 읊자마자 허공에서 뜻을 이루리라는 암시를 준
다. 배필을 얻는 것이 뭐가 어렵겠느냐는 말이 그렇게 해서 나왔다.
  게다가 귀신의 퉁소 소리를 '고운 임'이 분다고 주인공이 읊었다. 부
처가 아니라 바보라 할지라도 구애 성사(求愛成事)의 가능성을 알아차
렸으리라 판단된다. 다음으로는 주인공과 처녀의 성사 가능성을 점검
해 본다. 주인공이 읊은 시에는 다음과 같은 시구가 있다.

기보를 풀어 보며 인연을 그리다가
등불로 점치고는 창가에서 시름하네.

  기보를 헤아리거나 등불의 명암으로 인연이 이루어질 점을 친다는
내용이다. 주인공이 마음의 상태를 시로 읊조렸다. 부처에게 따로 말
하지 않더라도 이미 부처는 시구의 내용을 들었다. 만복사(萬福寺) 법
당의 부처는 절대자의 권능(權能)을 지녔음에 틀림없다. 퉁소 소리와
주인공의 시만 듣고서도 인연을 맺어 줄 작정이었다.

2). 시경의 시 낭송을 통한 정겨운 분위기의 연출

처녀가 주인공을 안내해서 이슬 젖은 산길을 갈 때였다. 사방의 수목들이 이슬에 흠뻑 젖어 길 찾기가 어려웠다. 이럴 때에 처녀가 인용한 시경의 시구는 다음과 같다.

축축이 내린 길가의 이슬

이슥한 밤 어찌 가지 않으려만

이슬이 많아서 가지를 못하였지요.

새벽의 길가에 이슬이 내려 축축하게 젖었다. 이슥한 밤이 느리게 가는 이유가 자욱한 이슬 탓이라는 얘기다. 또한 길을 찾기가 어려운 것이 새벽의 이슬 탓이라는 설명이다. 구차한 설명이 아닌 시경의 시구를 인용한 설명이 애교스럽게 비친다. 여기에 대한 주인공의 응대에도 꽤 익살스러운 점이 내비친다. 주인공도 처녀와 마찬가지로 시경의 시구를 인용하여 응답했다. 눈에는 눈, 이에는 이의 방식으로 대응 방식도 날렵하다고 판단된다.

어슬렁어슬렁 수여우는 다리 위를 거니네.

노(魯)나라로 뻗어간 길도 훤하여

제(齊)의 아씨 넋 잃고 달려가네.

주인공이 인용한 시구에 상당히 익살스런 내용이 담겨 있다. 길도 없는 산을 헤쳐 나가는 처녀를 제(齊)나라의 아가씨에 비유했다. 수여우에 홀려 국경을 넘어서 미친 듯이 달리는 여인에 비유했다. 처녀와 손을 잡고 걷는 주인공이다. 처녀가 미친 듯이 달린다면 주인공 역시 마찬가지 상황이다. 자신도 함께 묶어서 비웃는 꼴이다. 그러니 둘이 마주 보고 깔깔거리며 웃었을 것이다. 정겨운 정경이 확연히 연상되는 장면이다.

3). 친구들을 초대하여 송별연을 연 처녀의 따스한 정감

육신에서 영혼이 분리된 저승의 세계는 삭막하리라 여기기 쉽다. 이런 선입관에서 독자들이 벗어나도록 작가는 독특한 장치를 마련했다. 친구를 초대한 송별연의 개최가 여기에 해당한다. 친구들 역시 처녀 귀신들이다. 이들 처녀들은 생시에 문벌 집안의 규수들이었음이 시구에서 드러난다. 시의 문장은 다들 유려하며 거기에는 해박한 지식이 용해되어 있다. 정씨(鄭氏) 처녀의 시구(詩句)의 일부는 다음과 같다.

남교(藍橋)에 지나는 길손 볼 길 없어 하나니
어느 때에 배항(裵航)처럼 운교(雲翹) 만나 볼꼬?

남교(藍橋)는 중국 섬서성 남전현 남동쪽의 산야(山野) 지역이다. 과거에 급제하기 전에 당(唐)나라 때의 배항(裵航)이 남교를 지나게 되었다. 남교에서 운교(雲翹) 부인을 만나 신선이 사는 굴을 알게 되었다. 거기에서 선녀인 운영을 만나 환상적인 시간을 갖게 되었다. 이런 고사(故事)를 아는 정씨 처녀는 문벌 집안의 여인임에 틀림없다.

김씨(金氏) 처녀가 읊은 시구의 일부는 다음과 같다.

고당(高唐)의 정사(情事)를 신기하다 자랑 마소
풍류스런 그 사연이 인간에 전해지리.

중국 초(楚)나라 시인인 송옥(宋玉)이 쓴 고당부(高唐賦)에 나오는 이
야기가 언급된다. 초회왕(楚懷王)이 고당(高唐)에서 잠들었다가 꿈에 무
산(巫山)의 선녀(仙女)와 정사를 나누었다는 얘기다. 고사를 송옥에게
서 전해들은 사람은 초양왕(楚襄王)이다. 그는 초회왕의 아들이다. 고
당의 운몽대(雲夢臺)에서 송옥과 거닐다가 송옥으로부터 고사를 전해
들었다.

5. 맺는 글

작품은 총각인 주인공과 처녀 귀신 간의 사랑을 다루고 있다. 이런
서사 구조를 위해 작가에 의해 독특한 장치가 제시되었다. 환체(幻體)
가 그것이다. 환체란 주인공에게만 보이고 다른 사람들에게는 보이지
않는 귀신의 몸뚱이다.
환체가 소설 구조에 미치는 영향은 다음과 같다.
1). 발단에서의 기능: 이승과 저승의 경계를 초월한 신뢰의 표상(表
象)으로 작용한다. 명혼(冥婚)의 주체로서의 기능을 나타낸다. 천지조
화의 극점(極點)으로서의 음양(陰陽)의 결합 주체의 기능을 나타낸다.

2). **전개에서의 기능:** 연이은 사건 접속의 주체가 된다. 주인공에게 각성을 암시하는 주체로서의 역할을 한다. 신물(信物) 제시를 통한 현생과 저승의 중재 역할을 한다.

3). **절정에서의 기능:** 인간이 느낄 수 있는 경계 영역을 제시한다. 인간 정감에 대한 최상의 순화 과정을 제시한다.

4). **종말에서의 기능:** 신뢰(信賴)의 극한적인 표상으로 작용한다. 양가치(兩價值) 개념까지 의미를 확장한다. 주인공의 가슴에 영원히 용해된 정감의 실체가 된다.

환체의 역할 이외에 작품의 격조를 구성하는 요소들이 제시되어 있다. 절대자로서의 부처의 권능이 제시되어 있다. 시 낭송 형식을 통한 정겨운 분위기를 연출한다. 친구들을 초청하여 송별연을 열어 따스한 분위기를 내보인다.

작품은 명혼 소설로서 청춘남녀의 사랑과 애절한 정한을 나타내었다. 각 구성마다 환체의 기능을 세분화하여 감동을 극대화시켰다.

━━━━━━━━━━━━━━━ 〈참고 문헌〉 ━━━━━━━━━━━━━━━

1. 설중환, 〈금오신화연구〉, 고려대학교 민족문화연구소, 1983
2. 주종연, 〈한국고전문학 장르 연구〉, 한신문화사, 1993
3. 소재영, 〈고소설통론〉, 반도출판사, 1983
4. 김일렬, 〈고전소설신론〉, 새문사, 1991
5. 김시습, 〈금오신화〉, 신원문화사, 2003, pp. 13~34

〈노원문학, 2011년 12월 발표〉

제3장

천이 과정의 분광학적 해석

– 이생규장전(李生窺墻傳)에 대한 분석

1. 머리글

김시습(1435~1493)은 세종과 성종 사이의 시기에 생존했던 유학자(儒學者)다. 금오신화(金鰲新話)는 우리나라 최초의 한문 소설이다.[1] 여기서는 금오신화 중의 이생규장전(李生窺墻傳)에 대해 살펴보겠다.

작품의 역사적 배경은 고려 공민왕(1351~1374) 치세 무렵의 시기이다. 1361년 10월에 십여 만 명에 이르는 홍건적이 고려를 침입했다. 고려는 이듬해 1월까지 빼앗긴 상태였다. 이 기간 중에 홍건적은 개경인근의 주현과 원주까지 노략질했다. 홍건적에 의해 숱한 백성들이 재물을 탈취당하고 생명까지 잃었다.[2]

작품의 지리적 무대는 1361년의 홍건적의 내습에 의한 개경이다. 주인공의 친가와 처가의 부모들은 홍건적에 의해 살해당하는 비운을 겪었다. 개경이 함락되었을 때에 공민왕은 안동에까지 내려가 피신했다.

작품들을 보다 충실히 분석하려면 다양한 해석의 방법이 동원되어야 한다. 이에 현대과학인 분광학(分光學; spectroscopy)을 도입하여 작품(李生窺墻傳)을 보다 충실히 분석하고자 한다. '천이(遷移)'란 다른 에너지(energy) 영역으로 진입(進入)하는 것을 뜻하는 분광학의 용어이다. 일정한 영역에서 다른 종류의 영역으로 이동하는 현상은 천이에 해당한다.

2. 작품의 개괄적 구조 분석

서사 구조의 관점에서 발단, 전개, 절정, 종말로 분석하겠다.

1). 발단: 주인공인 이생이 서당에 가다가 최 규수의 담장을 엿보았다. 규수가 수(繡)를 놓다 말고 이생을 발견하고는 즉흥시를 읊었다. 규수를 바라보는 도령에게로 제비가 되어서 날아가고 싶다는 구애의 시였다. 일단 규수의 시를 듣고는 조용히 이생이 서당으로 갔다. 서당에서 돌아오면서 답례의 시를 써서 기와에 묶어 마당으로 던졌다. 이생의 시를 본 규수가 황혼 무렵에 찾아오라고 응답했다. 저녁 무렵에 규수가 담장 밖으로 그넷줄을 넘겨주었다. 그넷줄을 타고 담을 올라 이생이 규수를 만나게 되었다.

만나서 대화를 하다가 둘은 당일 곧바로 동침했다. 그리고는 사랑에 빠져 며칠간을 연이어 밤에 만나는 일이 잦아졌다.

2). 전개: 이생의 행동을 수상히 여긴 이생의 아버지가 이생을 울주(蔚州)로 보내었다. 규수에게 연락할 시간마저 없었던 이생이다. 그길로 소식이 단절된 채로 두어 달의 시간이 흘렀다. 나중에서야 이생이 영남으로 내려간 사실을 규수가 알게 되었다. 이때부터 규수가 상사병을 앓게 되었다. 생명이 위태로울 지경에 이르러서야 양가의 부모들이 내막을 알게 되었다. 그리하여 이생을 불러 올려 규수와 결혼시켰다.

이듬해엔 이생이 대과에 급제하여 벼슬길에 나섰다. 그러면서 한동안 유복한 생활을 하게 되었다.

3). 절정: 고려 공민왕 10년의 일이었다. 홍건적이 무리를 지어 고려를 침공했다. 이생의 일가족이 변란 중에 오랑캐에 쫓겨 다급히 도망하던 중이었다. 아슬아슬하게 이생은 살아남고 부인은 오랑캐에게 살해당했다. 변란이 끝난 뒤에 이생이 자신의 집을 찾아 돌아왔다. 이미 집은 완전히 불타 사라지고 없었다. 양가부모마저 죽고 없었다. 아내의 집은 불타지는 않았지만 황폐한 모습으로 남아 있었다.

아내의 생가 다락에서 이생이 아내의 환체(幻體)를 만나게 되었다. 환체란 마치 실제의 육신처럼 보이는 허상의 육신을 일컫는다. 옥황상제가 아내를 환체 상태로 이생과 수년을 같이 살도록 허용했다. 양가부모의 시신을 수습하여 땅에 묻고 제사도 지냈다.

4). 종말: 옥황상제가 허용한 환체의 기간이 지난 뒤였다. 아내의 영혼이 영원히 이승을 떠났다. 아내의 유언에 따라 아내의 유골을 찾아 분묘를 만들어 주었다. 그런 뒤에 병이 들어 두어 달간을 앓고 지냈다. 그러다가 어느 날 조용히 세상을 떠났다.

3. 다른 세계로의 전환에 따른 매체의 기능

1). 기와의 기능

(1-1). 기와의 외형적 기능:

규수의 집에는 높이 치솟은 담장이 있다. 담장을 통해 바깥 세계와 통하는 수단으로는 목소리와 기와가 있다. 목소리에 대한 예는 규수가 시를 낭송하여 구애(求愛)의 마음을 드러내었다. 이생마저 목소리로 화답하기에는 곤란한 점이 있었다.

①. 최 씨 댁 내부의 사정을 정확히 모른다는 사실.

②. 혹시 지나가던 사람들에 의해 소문이 날 우려가 있다는 점.

위의 2가지를 해결하는 간단한 수단이 기와이다. 기와는 담장 덮개로도 많이 사용되는 재료이다. 담장을 덮은 기와를 하나 벗겨 답시(答詩)를 날려 보냈다. 규수가 이생의 글에 대한 대답을 또한 기와로 날려 보냈다.

(1-2). 기와의 상징적 기능:

기와는 진흙을 빚어서, 1,000~1,200도의 온도로 구워서 만든다. 일단 기와가 만들어지면 성질이 변하지 않는다. 돌멩이도 있고 나무

토막도 있겠지만 굳이 기와를 쓴 이유라고 판단된다. 기와에 매달린 글의 내용은 기와처럼 신뢰할 만하다는 것을 시사한다.

4. 경계에 의해 분할되는 세계

작품에는 경계에 의해 분할되는 서로 다른 세계들이 제시되어 있다. 작품의 발단 영역에서 대립되는 세계는 다음과 같다. 일정 영역에서 다른 영역으로 이동하는 현상은 분광학의 천이에 해당한다. 천이가 이루어지려면 에너지의 출입이 이루어져야 한다. 에너지(energy)란 일을 할 수 있는 능력을 의미한다. 천이에 관련되는 에너지는 빛(光)의 형태로 제시된다.

빛을 내뿜는 근원은 원자(原子) 내의 전자(電子)이다. 높은 에너지 상태로부터 낮은 에너지 상태로 변하면서 빛을 내뿜는다. 그 반대 과정이 될 때에는 주변으로부터 빛을 흡수하게 된다. 영역이 지닌 에너지의 상대적 크기에 따라 빛을 흡수하거나 방출한다. 중요한 것은 에너지의 출입이 없이는 천이가 이루어지지 못한다는 사실이다. 작가에 의해 제시된 영역으로는 아래의 7개 세계가 있다. '처녀의 집', '바깥세상(이생의 집)', '통제 영역', '허용 영역', '이승의 삶', '환생의 삶', '저승의 삶'.

처녀의 집 ↔ 바깥세상(이생의 집) : 발단 부분에 제시됨
통제 영역 ↔ 허용 영역 : 전개 부분에 제시됨

이승의 삶 ↔ 환생의 삶 : 절정 부분에 제시됨

환생의 삶 ↔ 저승의 삶 : 종말 부분에 제시됨

(4-1). 처녀의 집과 바깥세상

처녀 집의 주체 인물은 최 씨 규수이다. 바깥세상의 주체 인물은 이생이다. 처녀의 집과 바깥세상의 경계는 높다란 담장이다. 담장은 두 세계를 쉽게 닿지 못하게 하는 경계이다. 하지만 규수는 소문으로 이생의 내력에 대해 알고 있다. 담장 안의 누각 내부에서 수를 놓으면서도 마음은 이생을 떠올린다. 푸른 소매 자락으로 수양버들을 젖혀 담장 안을 들여다보는 도령. 그의 멋들어진 풍도에 혹해 뛰노는 마음을 추스르지 못하는 규수다.

그리하여 규수가 먼저 구애의 마음을 시로 읊는다. 규수의 목소리는 담장을 날아올라 이생의 귓전으로 파고든다. 이생과 규수는 사랑하는 마음을 담은 세계의 주체이다. 이들 세계를 가로막은 것이 담장이다. 경계를 넘어서는 서신의 전달 도구는 기와이다. 기와는 다른 경계를 뛰어넘는 단순한 매체만은 아니다. 고온의 열처리를 통해 만들어진 기와의 속성은 불변의 신뢰(信賴)이다. 기와에 묶여 전달되는 서신의 내용은 신뢰의 표상임을 시사한다.

(4-2). 통제 영역과 허용 영역

선비의 처신을 행하지 못한다고 하여 이생은 영남 울주로 내쫓겼다. 규수에게 하직 인사마저 할 기회도 차단된 채 내쫓겼다. 규수는 두어 달이나 지나서야 이생의 처지를 알게 되었다. 개성과 울주로 떨어진 세계는 명백한 통제 영역이다. 가까이 해서는 안 된다는 강력한 통제 의사가 포함되어 있다.

통제 영역에 놓임을 자각하자 규수는 상사병을 앓기 시작했다. 식음을 전폐하여 거의 생명이 위독할 지경에까지 이르게 되었다. 규수의 부모가 규수로부터 사연을 캐묻게 되어 진상을 파악하였다. 그리하여 이생의 부모에게 매파를 보내어 규수를 이생과 결혼시키기로 했다.

이생과 규수가 결혼하기로 한 것은 허용 역역을 가리킨다. 양가의 부모가 합의한 허용의 세계임이 틀림없다. 이 경우에 통제 영역과 허용 영역의 경계는 관념 체계이다. 혼전에 육체관계를 갖는 일은 용인받지 못할 악행으로 여겨졌다. 이러한 도덕상의 관념을 양가 부모들이 머리를 맞대고 슬기롭게 받아들였다. 괜한 고집으로 규수의 생명을 잃고 싶지 않았기 때문이다. 양가 부모의 슬기로운 현실 대처가 경계를 연 열쇠였다.

(4-3). 이승의 삶과 환생(幻生)의 삶

이승의 삶은 현실 세계의 삶을 의미한다. '환생(幻生)의 삶'이란 허상(虛像)을 갖는 아내의 영육의 삶을 뜻한다. 실제로 아내의 몸은 죽었기에 육신과 영혼마저 달아난 상태였다. 그럼에도 불구하고 주인공에겐 이승의 실제 여인처럼 느껴지는 아내의 삶. 이런 삶이 '환생(幻生)의 삶'이다.

홍건적의 침입을 당해 주인공은 하마터면 죽을 뻔하다가 살아났다. 반면에 아내는 정조를 지키려다가 살해되고 말았다. 주인공에게나 아내에게나 부부의 인연이 단절된 아쉬움이 지극했을 터이다.

이승과 저승의 경계를 여는 매체가 '옥황상제의 명령'이다. 도교(道教) 최고의 절대자가 옥황상제이다. 아무리 옥황상제이긴 해도 아내에게 환생의 삶을 준 것은 파격적이다. 대자연의 질서를 뒤엎는 행위이기도 하다. 그렇기에 아내는 환생의 삶을 무기한으로 부여받지 못한다. 환생의 삶에 대해서는 수년의 기간이 한시적으로 부여되었을 따름이다.

아내의 환생의 삶을 맞게 되자 이생은 벼슬마저 반납해 버린다. 단한 순간이라도 아내 곁에 더 머물고 싶기 때문이다. 이런 절절한 심정은 배우자와 사별한 누구나 깊이 공감할 것이다. 환생의 세계는 눈물 어린 정한의 세계이기도 하다. 피 끓는 듯한 절절한 심정이 담뿍 녹아 있는 부분이다. 이런 작품의 요소로 인해 이생규장전은 작가의 대표작이라 판단된다.

(4-4). 환생의 삶과 저승의 삶

환체(幻體)가 주인공의 눈에 보이는 부분은 환생의 삶이다. 아내의 환체마저 보이지 않는 순간부터는 아내에게는 저승의 삶이다. 아내의 환체가 보이느냐 안 보이느냐가 다른 세계를 결정한다. 이때의 경계는 환체의 의지이다. 환체가 옥황상제의 명령에 따라야만 순리적인 세상이 된다. 하지만 옥황상제의 명령을 어기면 그 피해가 주인공에게까지 미친다. 주인공의 삶을 위하여 환체가 자신의 존재 수명을 철저히 지킨다.

자신이 안은 아내의 환체가 점차 사라짐을 느끼는 순간의 주인공. 풍선에서 바람이 빠져 나가듯 서서히 스러지는 존재의 안타까움. 주인공의 가슴은 형언하기 어렵게 공허하고 스산했을 것이다. 이런 정서를 객관적인 정황으로 차분하게 표현한 작가의 능력은 탁월하다. 의욕이 넘치는 작가들이 흔히 실수하는 사례가 작가 의도의 노출이다. 차분하고도 객관적인 묘사로 표현해야 하는 것이 서사(敍事)의 핵심이다.[3~4]

5. 분할된 세계들 사이의 천이 요인

(5-1). 처녀의 집과 바깥세상 간의 천이 요인

앞서 살핀 바와 같이 작품에서는 7개의 세계가 존재한다. 7개 세계를 부연하면 다음과 같다. '처녀의 집', '바깥세상(이생의 집)', '통제 영역', '허용 영역', '이승의 삶', '환생의 삶', '저승의 삶'. 작품에는 이들 세계를 넘나드는 중요한 천이 요인이 있다. 이들 천이 요인을 살펴보는 것은 작품의 내면 분석에 해당한다.

처녀의 집과 바깥세상을 넘나드는 천이 요인은 '그리움'이다. 총각은 처녀를, 처녀는 총각을 그리워하기 마련이다. 이런 그리움이 두 세계를 연결하는 천이 요인이다. 이들 요소는 청춘남녀에게는 강력한 흡인력으로 작용한다.

강력한 흡인력의 범주에서는 보편적인 관점이 적용되지 않는다. 적극적이라는 관점에서 남성이 여성에게 먼저 구혼해야 하는 것도 아니다. 작품에서는 처녀가 총각에게 먼저 구애를 했다.

이 몸이 화신하여 대청 안의 제비 되면

주렴을 사뿐 걷어 담장 위를 넘어가리.[5]

정사(情事)에 있어서도 보편적으로는 남성이 여성에게 먼저 요청하리라 생각한다. 여성보다는 남성이 능동적이라는 관점 때문이다. 그런데 작품에서는 처녀가 총각에게 몸을 합치자고 먼저 제안했다.

"오늘 일은 결코 작은 인연이 아닙니다. 도련님은 저를 따라 오셔서 두터운 정의를 맺는 것이 좋겠습니다."[6]

두 세계를 잇는 그리움은 보편적 경향마저도 뒤엎는 강력한 요인이다. 지기(知己)는 처음 만나도 충분히 감응이 되는 법이다. 지기 중의 지기가 부부다. 감응이 된 상태이기에 세속의 경향을 초월할 수가 있다. 작품 서두에서 규수는 분명히 행실이 바른 처녀로 알려졌다고 밝혔다. 행실이 바른 처녀 같으면 혼례를 올리고 정사를 가져야 마땅하다. 그럼에도 불구하고 혼례를 올리기 전임에도 운우의 정을 나누자고 말한다. 이것은 그리움이란 강력한 요인이 세속의 관습마저도 떨쳐 버리려는 것이다.

(5-2). 통제 영역과 허용 영역 간의 천이 요인

처녀와 총각 간의 연정을 차단하려는 영역이 통제 영역이다. 총각은 개성에서 영남의 울주까지 내쫓겼다. 그것도 처녀한테 한 마디 소식도 못 전한 채로. 허용 영역은 매파를 통해 양가가 혼약을 정한 것이다. 그래서 총각과 처녀가 결혼하는 것이 허용 영역이다. 통제 영역과 허용 영역 간의 천이 요인은 '이해심(理解心)'이다.

처녀의 부모가 처녀의 입장을 먼저 이해했다. 무조건 야단을 치거나 집 밖으로 내몰지 않았다. 처녀의 건강 상태가 생명이 위독할 지경에 이르기도 했다. 어느 부모에게나 자식의 생명은 소중하다. 명예와 허상의 예절에만 매달리는 사람 같았으면 양상은 달랐을 것이다. 처녀가 죽든 말든 가문의 명예를 지키지 못했다고 내쫓았을지도 모른다. 차라리 자살하라고 마구 윽박질렀을 부모도 있었을지 모른다.

하지만 처녀의 부모는 처녀를 이해심으로 구제해 주려고 했다. 처녀 부모의 간절한 마음이 총각 부모의 마음까지 이해시켰다. 양가 부모의 이해는 총각과 처녀를 결혼하게 만들었다. 유교의 관습이 만연하던 시대에 처녀의 부모는 허례(虛禮)보다는 이해심을 선택했다. 그리하여 자식도 살리고 자신들의 마음도 확 풀리게 했다.

(5-3). 이승의 삶과 환생의 삶 간의 천이 요인

이 영역은 작가의 창의력이 최대로 표출된 부분이다. 아내가 사망했다는 사실을 주인공은 잘 안다. 환체(幻體)가 되어서라도 부부 생활을 지속하면 어떻겠느냐고 아내가 주인공에게 물었다. 주인공은 진실로 바라던 바라고 대답하며 흔쾌히 수락했다. 주인공은 벼슬자리에 있었기에 언제든 재혼이 가능한 처지였다. 환체가 아닌 새 처녀를 아내로 맞을 수도 있었으리라. 주인공과 아내 사이에는 자식이 없었다. 자식이 생기기 전이므로 결혼 기간도 길지 않았다고 여겨진다.

통상적인 관점에서는 아내가 사망한 것이 틀림없으므로 재혼을 선택했으리라 판단된다. 그럼에도 불구하고 주인공은 아내의 환체를 위해 벼슬마저 그만두었다. 이승의 삶과 환생의 삶 간의 천이 요인은 '헌신적인 사랑'이다. 주인공은 현실의 벼슬을 내던지고 아내의 환체를 선택했다. 반면에 아내는 옥황상제의 마음을 움직일 정도로 헌신적으로 주인공을 사랑했다. 자신의 몸뚱이마저 내던지고 사랑에 몰두하겠다는 데야 무엇이 장애가 되겠는가?

(5-4). 환생의 삶과 저승의 삶 간의 천이 요인

작가의 상상력에 의해 구축된 환체의 세계에도 수명은 있는 법이다. 환체의 수명이 소진될 무렵에 아내가 주인공에게 말했다. 환체의 수명이 거의 소진되었으니 그녀의 유골을 처리해 달라고 부탁했다. 환생의 삶과 저승의 삶 간의 천이 요인은 '영원한 신뢰(信賴)'이다.

망자(亡者)와 산 사람 간의 신뢰까지도 소중히 여기는 장면이다. 이러한 신뢰심이 없었다면 주인공과 환체는 교감을 나누지 못했으리라 판단된다. 주인공과 아내 환체와의 신뢰심이 끊기는 순간에 환체는 시야에서 사라진다. 환체를 존재하게 만드는 것은 견실한 신뢰심이다.

환체가 작별하겠다고 고했을 때에 주인공의 마음은 무척 신산스러웠으리라 여겨진다. 이런 애절한 마음이 여러 시구(詩句)들로 제시되었다.

6. 문학성에 기여하는 천이 현상

작품에서는 7개의 다채로운 세계가 제시되어 있다. 이들 세계의 기능과 경계에 대해서는 이미 살펴보았다. 다른 세계들로 옮아가는 현상을 천이(遷移)라고 일컫는다. 이들 천이가 문학성에 기여하는 바를 면밀히 살펴보기로 한다.

(6-1). 문학성(文學性)의 의미

문학의 성질을 간단히 문학성이라고 한다. 보편적인 시각으로 간주되는 문학성에는 다음과 같은 속성이 함축되어 있다.

(1). **정서 순화의 기능**: 문학성의 가장 큰 요소가 정서적 순화성이다. 작품을 읽고 난 뒤엔 가슴속까지 정화되는 느낌이 와야 한다. 범죄를 다루는 작품들에 있어서는 정서적 순화의 기능이 특히 강조된다. 범죄 행위만을 다룬다면 범죄를 유도하는 지침서밖에는 되지 않는다. 범죄 행위를 통해 인간이 번뇌하고 각성하는 과정이 다루어져야 한다. 고서(古書)에서 나타나는 권선징악형의 이야기들의 서사(敍事)는 정서 순화의 방향으로 흐른다. 작품에 나타난 유형별에 따른 정서 순화의 기능을 살펴보기로 한다.

① 담장을 엿보는 행위에 대한 순화의 기능: 주인공이 수양버들 나뭇가지를 젖혀서 담장을 엿보는 행위. 이런 행위는 선비로서 취할 바가 아니다. 남의 가옥을 엿보는 행위는 도둑이나 강도에게나 어울린다. 학문을 닦아 선비가 되려는 주인공으로서는 결코 취할 행동이 못된다.

선비에게 어울리지 않은 행위임에도 불구하고 정감을 자아내는 요소가 있다. 행위의 본질은 강도나 절도에 바탕을 두고 있지 않다. 가슴 설레는 청춘남녀들의 자연스러운 호기심에 기저를 두고 있다. 비록 행위 자체는 떳떳치 못할지라도 얼마든지 이해할 만한 정경이다.

그렇기에 독자들도 마치 자신이 담장을 엿보는 심정으로 빨려들게 된다. 문학이란 이처럼 독자들로 하여금 자연스레 주인공처럼 움직이게 유도해야 한다. 한 마디로 독자들의 간접 체험을 극대화시켜야 한다.

작품을 읽는 과정에서 독자는 어느새 주인공이 되어 움직여야 바람직하다. 작품을 읽어도 주인공과 독자의 교감이 없으면 작품은 생명력을 상실한다. 주인공이 담장을 엿보고 호기심이 극도에 차올라 가슴이 설레었다면 성공적이다. 이런 설렘이 규수에게는 정신적인 피해로 작용한다면 문제가 된다. 달리 말하면 범죄 행위가 된다는 말이다. 하지만 작품에서는 규수도 기다렸다는 듯 시가를 낭랑히 읊조린다.

주인공의 행위가 처녀에게는 그리움을 표출하는 기회로 작용했다. 그랬기에 주인공의 행위를 통해 독자들도 아늑한 정취에 잠기게 된다. 이런 기능이 독자들의 정서를 순화시켜 준다.

②. 혼전 정사에 대한 순화 기능: 전통 유교적 사회 기반에서는 허용되지 못하는 정경이다. 총각이 담장을 넘나들며 규수와 혼전 정사를 벌이는 국면을 말함이다. 사회 통념상으로는 도저히 용납되기 어려운 행위임에 틀림없다.

하지만 작품을 읽게 되면 독자는 어느새 주인공으로 흡수되고 만다. 마치 독자가 주인공처럼 담장을 넘어가는 정황이 가상적으로 펼쳐진다. 만약 담을 넘어가다가 규수의 부모에게 발견되었다면 어떠했겠는지 상상이 된다. 표현하기 어려울 만큼 봉변을 당하여 치욕스럽기 그지없었을 것이다.

남녀 간의 근원적인 그리움. 쉽게 만날 수 없는 처지라면 그리움이 증폭되어 작용하게 된다. 이런 근원적인 그리움은 사람이라면 누구나 체험하는 요소이다. 누구나 체험하는 요소이기에 독자들은 쉽게 공감하게 된다. 사회 통념에 위반될지라도 상대가 마음에 들면 정감을 추스르기가 어렵다. 더구나 결혼을 전제로 하는 사랑의 고백이라면 마음이 뒤설렐 것이다. 나중에 발생할 어떤 사태까지도 수용하겠다는 결의가 생기리라 판단된다. 바로 이 점에 순화의 기능이 깔려 있다.

③. 아내를 구하지 못하고 혼자만 생존한 자괴심: 세상살이가 이론과 예측대로 되는 것은 아니다. 살아가는 과정에서 숱한 이변이 발생하는 게 인생 여정이다. 도의적인 관점에서 주인공은 아내의 생명을 먼저 구해야 옳았다. 가장(家長)이란 어떤 위난을 당해서도 가족의 안전을 보살펴야 하기 때문이다. 만약 이런 역할을 행하지 못한다면 제대로 된 가장이 아니다. 가장이라면 응당 가족의 생명을 안전하게 지켜야 한다.

주인공은 자신의 생명을 구하기에 급급하여 아내를 돌보지 못했다. 도의상 주인공의 행위는 도저히 용납되기 어렵다. 이런 해석은 평상시의 도의적인 이론에서는 명쾌하게 내려진다. 하지만 실제 상황에서는 충분히 달라질 수 있는 여지가 있다. 자신의 목이 오랑캐의 칼날에 잘릴 절체절명(絶體絶命)의 상황이라면 사정은 다르다. 자신의 목숨도 다급한 처지에 가족을 돌볼 겨를이 없었으리라 간주된다. 이런 경우는 일가족이 급류에 휩쓸렸을 때와 비슷한 정황이라 여겨진다.

자신의 위기부터 피하려는 것이 생명체의 본능이다. 가까스로 물의 소용돌이에서 벗어났을 때가 되어서야 가족을 떠올리게 된다. 자신을 제외한 다른 가족이 모두 익사했을지라도 속수무책의 상태가 된다.

주인공이 오랑캐를 피하느라고 아내를 잃은 것은 불가항력적인 사건이다. 자신만 살아남고 보니 자신의 신세가 처량했으리라 판단된다. 그래서 아내의 환체를 위해 벼슬도 반납하고 동거를 시작했다. 환체의 수명이 다한 뒤에 주인공은 병이 든다. 그러다가 두어 달 앓다가 결국은 숨지고 만다. 아내를 제 때 돌보지 못했다는 자괴심으로 주인공은 괴로웠을 것이다. 도의를 다하지 못했다는 자괴심이 끝내는 주인공을 죽음까지 내몰았다.

생명까지 내놓으면서까지 아내의 영혼을 쫓은 주인공의 사랑은 가히 감동적이다. 설혹 목석같은 사람들에게도 코끝이 찡하게 울리게 하는 감동을 준다. 가히 순화의 극치를 드러내는 작품이라 판단된다.

(2). 간접 체험으로의 유도

작품은 다양한 구조와 형태로 독자들의 간접 체험을 유도하고 있다. 독자가 남성인 경우에는 주인공과 같은 간접 체험을 갖게 한다. 독자로 하여금 총각이 되어 담장을 넘게도 만든다. 그뿐이랴? 규방에 들어가 첫 만남에서부터 여인과 정사를 갖기도 한다. 영남의 울주로 가서 농사를 짓게도 만든다. 오랑캐를 만나 아내를 잃기도 하고 아내의 환체를 만나기도 한다. 그러다가 환체의 수명이 다하면 목숨까지 대자연으로 되돌려 주어 버린다.

한편 독자가 여성이라면 규수 혹은 아내로서 간접 체험하게 만든다. 마음에 드는 총각을 향해 멋진 시를 지어 읊조려 본다. 그러다가 총각에게 먼저 동침하자고 제안도 해 본다. 가상의 공간에서 행해지는 얼마나 가슴 설레는 간접 체험인가?

하여간 독자는 작품을 읽으면서 가상공간에서 실컷 간접 체험하게 된다. 이런 간접 체험이 가슴 설레는 영역이라면 독자들은 황홀해질 것이다. 황홀경을 계속 맛보기 위해서는 반복해서 작품을 읽게 되리라 판단된다. 천이를 필요로 하는 영역들을 설정하여 독자들의 체험을 유도하는 방식. 이러한 구성법은 독일의 장 아르프(Jean Arp)에 의해서도 제시된 바가 있다.[7]

(3). 새롭게 접한 세계의 일상적 형상화

독자들은 예전에 접하지 못했던 새로운 세계를 작품에서 접하게 된다. '새로운 세계'란 경험하지 못했던 일체의 감응(感應) 영역을 나타낸다. 예컨대 부부애가 튼실하지 못했던 사람들은 작품을 통해 감화받았으리라 판단된다. 생명을 내놓을 정도로 절절한 부부의 사랑을 깨닫게 될 것이다. 어떤 감응을 통하건 작품은 독자들에게 새로운 세계를 보여주게 된다. 이러한 새로움이 독자들에게 삶의 활력으로 작용하게 될 것이다.

(6-2). 문학성과 천이와의 관계

앞서 언급한 바와 같이 작품에는 크게 7개의 세계가 존재한다. 이들 세계들을 넘나드는 천이 요인들도 설명했다. 덧붙여 문학성과 천이의 관계에 대해 살펴보기로 한다. 7개 세계를 넘나드는 천이와 문학성에 대해 개별적으로 살펴보기로 한다.

(1). 처녀의 집과 바깥세상 간의 천이와 문학성

천이를 통하여 근원적인 그리움을 갖는 남녀가 만나는 과정이 펼쳐진다. 가슴속에서만 조용히 들끓던 그리움이 교감(交感)을 통해 홍수처럼 어우러진다. 세속의 규범을 초월하는 황홀한 사랑의 진경을 보여준다. 마음이 통하는 상대를 위해서라면 없던 용기마저 생기게 됨을 보여준다. 잠시라도 마음에 통하는 상대와 더 머물고 싶은 애틋한 정감. 정체된 그리움이 교감을 통해 홍수처럼 어우러지는 과정이 제시되었다.

이런 교감의 극치는 누구나 꿈꾸기는 했겠지만 체험하기는 어려웠으리라 판단된다. 독자들은 겪지 못했던 세계를 가상공간에서 체험하게 된다. 설사 시인이라 한들 누가 초면의 연인 앞에서 시를 읊었겠는가? 하지만 작품에서는 그런 체험이 충분히 가능하다. 아무리 체중이 무거운 사내일지라도 담장을 가뿐히 올라서게도 된다.

실행하기 어려운 가상의 체험은 독자들에게 오래토록 아름답게 기억되리라 여겨진다. 천이의 문학성은 정체된 그리움의 전이에 따른 아늑한 정감의 형성이다. 천이 요인은 그리움이며, 이것은 빛의 직진(直進)에 비유된다. 빛이 에너지를 실어 곧바로 상대에게 향함을 의미한다.

(2). 통제 영역과 허용 영역 간의 천이와 문학성

청춘남녀를 격리시켜 이들의 사랑을 해체시키려는 일이 통제 영역이다. 허용 영역은 이들을 불러들여 결혼시켜 살림하게 만드는 일이다. 양가부모의 이해를 통한 자식에 대한 사랑의 허용 국면이다. 이해심과 사랑의 근원은 결코 다르지 않다. 이해를 한다는 것은 상대에 대한 사랑을 가질 때에 가능하다. 사랑한다는 것은 연인에 대한 충분한 이해를 바탕으로 한다. 이해와 사랑은 '상대에 대한 관심'이라는 공통의 요소를 갖는다.

영역 간의 천이에 따른 문학성은 상대에게 관심을 가진다는 점이다. 여기서 '상대'는 반드시 현실적인 사람만을 의미하는 것은 아니다. 독자한테 주인공이 상대가 될 수 있다. 독자가 주인공에게 관심을 가지면 주인공은 독자에게 관심을 갖는다. 독자가 주인공에게 사랑의 마음을 보이면 주인공은 이해심으로 와 닿는다. 이해심과 사랑의 정감이 독자와 주인공 사이를 굽이치면서 문학성이 증폭된다.

영역 간의 천이 요인은 이해심이며 빛의 회절(回折)에 대응한다. 이해심은 장애물에 대해 휘어져서 나가는 빛의 성질에 비견된다.

(3). 이승의 삶과 환생의 삶 간의 천이와 문학성

아내의 환체와의 삶이 환생의 삶이다. 환체가 아닌 세속인들 간의 삶이 이승의 삶이다. 두 세계 간의 천이는 '헌신적인 사랑'이다. 사회는 숱한 가정(家庭)이라는 단위로 구성되어 있다. 부부 사이의 헌신적인 사랑을 헤아려 볼 간접 체험의 공간이다. 작품을 읽고서 부부의 각별한 애정을 느끼는 가정이라면 행복할 것이다. 문학성이란 독자의 가슴에 헌신적인 사랑을 감응시켜서 행복감을 안겨 준다.

영역 간의 천이 요인은 헌신적인 사랑이다. 이것은 빛의 굴절(屈折)에 해당한다. 빛을 전하는 물질인 매질과 매질의 경계에서 빛이 꺾이는 성질. 이것을 빛의 굴절이라 하며 이것은 헌신적인 사랑에 비유된다.

(4). 환생의 삶과 저승의 삶 간의 천이와 문학성

환체인 아내와의 삶이 환생의 삶이다. 환체로서 주인공 곁을 떠나버린 아내의 삶이 저승의 삶이다. 환생의 삶과 저승의 삶 간의 천이는 영원한 신뢰로 통한다. 진실로 아내를 신뢰해야만 환체와 삶을 누리게 된다. 천이와 관련된 문학성은 신뢰를 토대로 하는 포근한 정취의 전달이다.

영역 간의 천이 요인은 영원한 신뢰이다. 이것은 빛의 반사(反射)에 비유된다. 물체의 표면에 빛이 부딪혀 되돌아나가는 현상이 반사이다. 상대를 신뢰한 만큼 거울처럼 고스란히 상대로부터 되돌려 신뢰받는다는 점이다.

7. 맺는 글

작품에는 작가가 설정해 둔 7개의 세계가 존재한다. 이들 7개의 세계는 다음과 같다. '처녀의 집', '바깥세상(이생의 집)', '통제 영역', '허용 영역', '이승의 삶', '환생의 삶', '저승의 삶'. 특정 세계에서 다른 세계로 이동하는 현상을 천이(遷移)라고 한다. 이웃 세계를 넘나드는 천이 요인과 문학성이 독자에게 작용한다. 작품에 제시된 천이는 4가지 유형으로 나타난다.

(1). 처녀의 집과 바깥세상 간의 천이: 이들 영역을 넘나드는 천이 요인은 '그리움'이다. 관련된 문학성은 정체된 그리움의 전이에 따른 아늑한 정감의 형성이다.

(2). 통제 영역과 허용 영역 간의 천이: 이들 영역을 넘나드는 천이 요인은 '이해심'이다. 관련된 문학성은 상대에 대한 관심 증대이다.

(3). 이승의 삶과 환생의 삶 간의 천이: 이들 영역을 넘나드는 천이 요인은 '헌신적인 사랑'이다. 관련된 문학성은 헌신적인 사랑의 감응을 통한 행복감의 고취이다.

(4). 환생의 삶과 저승의 삶 간의 천이: 이들 영역을 넘나드는 천이 요인은 '영원한 신뢰'이다. 관련된 문학성은 신뢰를 토대로 하는 포근

한 정취의 전달이다.

지금까지 살펴본 바와 같이 작가는 독특한 세계를 형상화하고 있다. 작품은 경계를 넘나드는 천이를 통해 독특한 정감과 문학성을 보여준다. 작품은 최초의 한문소설로서 운문과 산문을 배합하여 정감을 극대화시켰다. 오랜 세월 동안 방랑을 통해 체험한 세계가 정교하게 구축되었다. 작가가 글을 남긴 지도 무척 오래되었다. 작가가 산중에 머물면서 형상화시킨 요소들을 현대적 안목으로 분석해 보았다.

━━━━━━━━━━ 〈참고 문헌〉 ━━━━━━━━━━

1. 김시습, 〈금오신화〉, 신원문화사, 2003, pp. 35~57
2. 이상각, 〈고려사〉, 들녘, 2010
3. 정한숙, 『현대소설작법』, 장락, 1994
4. 정한숙, 『현대소설 창작법』, 웅동, 2000, pp. 93~118
5. 김시습, 문헌 1과 같은 책, p. 36
6. 김시습, 문헌 1과 같은 책, p. 41
7. Dietmar Elger(역자 金錦美), 『다다이즘』, 마로니에북스, 2008

〈한국을 빛낸 문인들, 2011년 12월 발표〉

제4장

최단 천이에 의한 삶의 해석

- 취유부벽정기(醉遊浮碧亭記)에 대한 분석

1. 머리글

김시습(1435~1493)의 작품이 금오신화(金鰲新話)에 실려 있다. 최초의 국내 한문 소설집인 금오신화에는 5편의 작품이 전해져 내려온다. 금오신화에 수록된 작품들을 볼진대 작가의 창의성과 문학성이 대단히 탁월하다. 금오신화에는 더 많은 작품들이 수록되었으리라 여겨지는데 나머지는 실전되어 아쉽다.

여기서는 금오신화 중의 취유부벽정기(醉遊浮碧亭記)에 대해 살펴보겠다.[1] 주인공인 홍생(洪生)이 평양의 부벽정(浮碧亭)에서 취해 놀다가 선녀를 만난다는 얘기다. 그녀를 만난 뒤에 곧바로 이승을 떠난다는 점이 특징적이다.

벼슬도 하지 않고 승려가 되어 전국을 떠돌던 작가이다. 전국을 떠돌면서 쌓은 견문들이 작품의 소재가 되고 있다. 작가는 31살 때에 경주의 금오산에 머물며 창작 활동에 몰입했다. 금오신화는 그 무렵에 만들어진 작가의 작품이라 판단된다.

이 작품이 다른 것과 다른 것은 독특한 주인공의 세계이다. 주인공이 취몽 중에 선녀를 만났다가 헤어지게 된다. 그러다가 곧바로 이승을 떠난다는 작품 구조를 취하고 있다. 귀신이 주인공의 눈에만 띄는 육신(肉身)을 환체(幻體)라고 한다. 환체의 작용과 체류 시간이 다른 작품들과 상당히 다르다.

이생규장전(李生窺墻傳)[2]이나 만복사저포기(萬福寺樗蒲記)[3]의 경우에 환체의 수명이 최소한 몇 년은 된다. 또한 환체도 주인공의 연인이 되어 사랑을 나누는 구조가 아니다. 환체가 이승에 머무는 시간에 비해 주인공의 변화가 너무 심하다. 곧바로 이승에서 저승으로 떠나는 관계로 설정되어 있기 때문이다. 여기에 관한 특이점에 대해서 살펴보고자 한다.

2. 작품의 개괄적 구조 분석

작품의 분석에 있어서는 골격의 분석이 선행되어야 한다. 제대로 된 골격 분석을 바탕으로 작품 분석이 가능해진다. 장문이나 단문의 공통적 구조는 기승전결(起承轉結)의 골격을 갖는다. 소설 분석의 관점에서 발단, 전개, 절정, 종말로 분석하겠다.

1). **발단:** 세조 3년인 1459년에 주인공인 홍생(洪生)이 평양에 배를 가지고 왔다. 홍생은 부잣집 자식으로서 시장에 팔 비단을 싣고 온 거였다. 한가위를 맞이해서 친구들과 함께 대동강의 강변에 배를 정박시켰다. 재물이 풍족한 귀공자이기에 기생들이 몰려들어 주인공에게 추파를 던질 지경이었다.

평양성 내의 친구인 이생(李生)이 잔치를 베풀어 주인공을 반갑게 맞았다. 이생과 작별한 주인공이 배로 돌아갔지만 잠이 오지 않았다. 그래서 달빛을 맞으며 배를 저어 부벽정(浮碧亭) 밑으로 갔다.

2). **전개:** 배를 갈대에 묶어 두고 주인공이 부벽정(浮碧亭)에 올랐다. 난간에 기대어 주인공이 시를 지어 읊었다. 고조선의 고도(古都)로서의 평양성을 굽어볼 때에 주인공의 마음이 무척 신산스러웠다. 그래서 탄식하는 마음으로 여섯 연으로 된 시를 지어서 읊었다.

주인공이 시를 읊은 뒤에는 손바닥을 문지르며 춤까지 추었다. 시를 읊고 주인공이 발길을 돌릴 때는 삼경 무렵이었다. 주인공이 누각을 내려오려고 할 때에 낯선 처녀가 나타났다. 처녀는 두 명의 시녀를 데리고 나타났다. 처녀는 주인공의 눈에만 띄는 환체(幻體)였다. 처녀가 주인공에게 이미 읊었던 시를 다시 들려달라고 부탁했다. 주인공이 다시 암송할 무렵에 시녀들이 주과(酒果)를 야외에 차렸다. 이때를 이용하여 처녀가 화답하는 시를 썼다. 그 시를 시녀가 주인공에게 전했다.

3). **절정:** 주인공이 시를 건네받고는 처녀의 이름과 가문 내력을 물었다. 처녀가 기자의 후손인 왕녀라고 그녀의 신분을 밝혔다. 주인공

이 흥취에 젖어 처녀에게 가을의 시를 지어 달라고 말했다. 처녀가 시를 짓더니 시녀에게 몇 마디 이르고는 승천해 버렸다. 옥황상제의 명령을 준수하러 하늘로 올라간다고 했다. 보다 오래 주인공과 얘기를 나누지 못해서 안타깝다고 말했다. 처녀는 떠났지만 주인공이 답시(答詩)를 지어 읊었다.

답시를 읊을 때는 새벽의 범종이 울리고 닭이 울 때였다. 그래서 배를 저어 원래 배를 정박했던 곳으로 갔다. 그랬더니 친구들이 여러 가지 질문을 했다.

여인과 작별한 뒤에 몸이 쇠약해져 집으로 돌아갔다. 언어에 혼란이 생기고 정신마저 혼미해졌다. 병상에 누운 지 오래되었으나 잘 낫지 않았다.

4). 종말: 그러던 어느 날 밤에 한 여인이 나타나서 주인공에게 말했다. 여인은 처녀의 시녀였다. 처녀가 주인공의 얘기를 옥황상제에게 말했다고 한다. 그랬더니 옥황상제가 주인공의 재주를 높이 평가하여 하늘로 부른다고 했다. 견우성 예하의 관리로 근무하라고 명령했다고 한다. 옥황상제의 명령이기에 피할 길이 없이 따라야 한다고 일러주었다.

주인공이 놀라서 깨니 꿈이었다. 잠에서 깨자 목욕재계하고는 뜰에 자리를 깔고 잠깐 누웠다. 그러자 갑작스레 저승으로 가게 되었다. 사망한 지 사나흘이 지나도 안색이 변하지 않았다. 주인공의 영혼이 신선을 만났기에 죽음에서 해탈된 탓이라고 사람들이 해석했다.

3. 주인공의 흥취와 사건의 진행

1). 고도(古都)인 평양의 내력

고조선 전기 무렵부터 평양은 중요한 도시였다. 중국 연(燕)나라와
의 대결로 인하여 수도가 요동에서 평양으로 옮겨졌다. 고조선 후기
의 약 200년 동안 평양이 수도가 되었다. 주인공이 몸을 담아 사는
곳은 개성이다. 개성은 고려의 수도였다. 자신의 주거지가 옛 왕조의
수도라는 사실이 주인공에게는 의미가 깊다. 새로운 왕조는 이전의
왕조를 전복시키면서 일어나곤 했다. 거주지에 살면서도 예전의 역사
를 떠올리는 주인공이다.

비단과 면직물을 파는 개성의 부호로서의 위상은 고려 시대로부터
발원된다. 고려 시대의 개성 상인은 대단한 상권을 장악하던 무리들
이었다. 그들의 위세는 권력만큼이나 당당했다. 한반도에서 재물과 교
역에 대한 기능이 전성기를 누렸던 시기라 판단된다.

주인공이 평양을 찾았을 때의 관점은 고구려 시대로 맞춰진다. 평
양은 고조선과 고구려의 수도였기 때문이다. 작품의 서두에서 언급된
곳은 다들 평양의 명승지다. 금수산(錦繡山), 봉황대(鳳凰臺), 능라도(綾
羅島), 기린굴(麒麟窟), 조천석(朝天石), 추남허(楸南墟)덧붙여 영명사(永明
寺)와 부벽정(浮碧亭)도 빼어난 명승지에 해당한다. 특히 영명사(永明寺)
는 고구려 동명왕의 궁궐이 있던 자리의 유적지다.

고구려의 유적지를 바라볼 때부터 주인공의 마음은 설레었으리라
판단된다. 주인공의 흥취를 자아낸 발상의 근원은 고도(古都)이다. 고
도로서의 개성과 평양이 연계되어 주인공에게 과거사의 향취를 일깨
운다.

2). 친구인 이생의 환영연(歡迎宴)

예로부터 평양에는 가인(佳人)들이 많이 배출된 곳이다. 특히 조선조(朝鮮朝)에는 색향(色鄕)이라 알려질 정도였다. 이런 평양에서 친구인 이생이 잔치를 베풀었다. 친구를 만난다고 하여 잔치를 열 정도의 이생이다. 이 정도면 이생과 주인공의 사이는 지기(知己)임에 틀림없다고 판단된다. 지기가 베푸는 잔치의 풍정이 오죽했을까? 규모가 문제가 아니라 격조했던 마음을 해소하려고 대접이 융숭했으리라 여겨진다. 이런 자리 같으면 술잔이 꽤 빈번히 오갔으리라 여겨진다.

술에 취한 뒤에 친구의 집을 떠난 주인공이었다. 강가에 정박한 자신의 배로 돌아갔지만 선실(船室)에서 쉽게 잠들지 못했다. 한가위 날의 달빛이 고운 가을이기에 주인공의 취흥이 고조되었기 때문이다. 취흥을 야기한 근원은 친구의 환영연에서 마신 주기(酒氣)라고 판단된다.

3). 재력을 겸비한 학식

주인공이 평양을 찾은 것은 고려가 망한 지 67년 만이다. 고려 개성 상인의 후예로서의 주인공은 재력과 학식을 겸비한 상태다. 재력을 갖추었다는 것은 씀씀이에 별로 구애받지 않는다는 것을 의미한다. 재력에다가 학식까지 겹쳤으니 정감에 대한 감수성이 섬세했으리라 판단된다. 비단과 면직물을 실은 배를 대동강에다가 정박시킬 정도의 여유로움. 성(城) 안의 기생들이 몰려들어 추파를 보낼 정도의 재력. 이런 요소를 갖춘 주인공이기에 쉽게 취흥에 젖을 만하다고 여겨진다.

4). 장계의 '풍교야박(楓橋夜泊)'이란 시(詩)[4]

月落烏啼霜滿天 (월락오제상만천)

江楓漁火對愁眠 (강풍어화대수면)

姑蘇城外寒山寺 (고소성외한산사)

夜半鐘聲到客船 (야반종성도객선)

달이 지고 까마귀 울어 서리는 온 천지에 가득하여

강촌교(江村橋)와 풍교(楓橋) 밑 어선의 불빛을 바라보다가

근심에 잠겨 잠들었는데

고소성 바깥의 한산사에서

야밤에 울리는 종소리가 나그네의 뱃전으로 밀려드네.

장계(張繼)가 과거 시험에 낙방하여 귀향하는 길에 쓴 시다. 고소성은 오(吳)나라의 수도였던 소주(蘇州)를 나타낸다. 당나라 현종 때인 755년에 만들어진 시다. 과거에 낙방하여 수심에 잠긴 처연한 심정이 잘 드러나 있다.

고구려의 역사를 떠올리는 마음이나 장계가 낙방한 심정은 유사하리라 여겨진다. 한없이 비감스럽고 신산스러운 마음을 달래려 배를 저었음에 틀림없다.

위에 언급한 4가지 요인이 취흥을 야기한 원인이라 판단된다. 이런 요인으로 취흥에 잠긴 홍생이 부벽정까지 올라가게 된다. 부벽정 위에서 탁 튄 대동강의 달밤에 취해 시를 읊는다. 시를 읊자 환체가 나타

나면서 사건이 전개된다.

4. 정서 교감의 매체와 심리 작용

1). 역사의 유적과 회귀 본능

역사 고도(古都)로서의 평양이 지닌 유적과 유물이 적지 않다. 금수산(金繡山)은 평양 북쪽에 있는 명산이다. 봉황대(鳳凰臺)는 평양 서남쪽에 있는 가파른 언덕이다. 능라도(綾羅島)는 평양 북동쪽에 위치한 기다란 섬이다. 동서 방향으로 기다랗게 펼쳐진 모양을 한 섬이기도 하다.

기린굴(麒麟窟)은 부벽루 아래에 위치한 석굴(石窟)이다. 여기에 관련한 고구려 동명왕의 전설도 있다. 동명왕이 기린마를 타고 굴로 진입했다가 땅속을 거쳐 조천석(朝天石)으로 나왔다. 조천석을 거쳐 땅속에서 나오자마자 왕과 기린마(麒麟馬)는 하늘로 날아갔다. 그 말굽의 자취가 지금도 돌에 새겨져 있다는 전설이 있다. 조천석은 기린굴 남쪽의 물가에 자리 잡고 있다.

영명사(永明寺)는 금수산의 부벽루 서쪽의 기린굴 위에 있는 절이다. 부벽루(浮碧樓)는 을밀대 아래쪽이며 영명사의 동쪽에 자리 잡고 있다. 부벽정(浮碧亭)은 부벽루에 딸린 작은 정자(亭子)다. 이처럼 평양에는 숱한 유적지들이 별처럼 깔려 있다.

유적과 유물은 관련 역사를 지니고 있다. 역사는 세상을 살다가 떠난 사람들에 의하여 만들어진다. 선대(先代)의 사람들이 남긴 역사는 후대(後代)의 사람들에 대한 흡인력으로 작용한다. 그래서 후대의 사람들은 자연스레 유적과 유물을 찾게 마련이다. 이런 현상은 일종의 자연의 섭리라고 여겨진다. 개성 상인의 후예로서의 주인공은 더욱 유적지에 관심이 많았을 것이다.

고조선과 고구려와 고려로 이어진 평양의 역사를 회상할 수가 있다. 이러한 역사에 대한 흡인력이 주인공의 정서를 자극했다고 판단된다.

2). 대동강 주변의 빼어난 풍경과 순화의 기능

대동강은 평양을 관통하여 흐르는 아름다운 강이다. 배를 저어가다가 멈추는 곳마다 명승지요 절경인 곳이 허다하다. 그래서 예로부터 많은 시인묵객들이 대동강을 굽어보며 시(詩)와 그림들을 남겼다. 뛰어난 풍광은 사람의 마음을 정화시키는 기능을 갖고 있다. 아무리 마음이 암울할 때에도 빼어난 경치를 보면 마음이 정화된다.

3). 취흥(醉興)에 의한 정서 교감

주인공이 친구의 접대를 받아 술이 취한 상태가 되었다. 술의 순기능(順機能)은 날카로운 심리 상태를 완화시키는 역할이다. 번민, 공포, 슬픔, 근심 따위의 격한 정서로부터 긴장을 완화시킨다. 긴장 상태가 완화되면 보다 정감(情感)이 풍부하게 된다. 이런 연유로 주인공이 부벽정까지 오르게 된다. 또한 거기에서 시를 지어 읊조리게 된다.

5. 최단 천이 구조의 배치 내력

다른 작품에 비하여 환체가 저승으로 전환하는 시각이 너무나 짧다. '만복사저포기'의 경우는 이승의 3년에 해당한다. '이생규장전'의 경우는 이승의 3년이 다소 경과한 시점에 해당한다. 반면에 '취유부벽정기(醉遊浮碧亭記)'의 경우는 고작 서너 시간 동안이다. 자정 무렵부터 날이 밝을 무렵까지의 서너 시간에 해당한다.

이처럼 환체의 체류 시간이 적은 것에는 4가지의 원인이 결부된다.

5-1). 환체의 생시 신분(生時身分)

환체의 생시 신분은 고조선 기자(箕子)의 후손인 왕녀(王女)다. 왕녀라는 신분이 서민인 주인공의 곁에 오래 머물게 하지 못한다. 생시의 왕녀는 죽어서도 그 신분을 유지하려는 속성이 엿보인다. 이런 연유로 환체의 이승 체류 시간이 짧게 설정되었다고 판단된다.

5-2). 오랜 세월의 벽

환체가 죽은 시점이 아주 오래되었다는 점이다. 환체가 이승의 연인을 찾기에는 너무나 많은 시간이 흘렀다는 점이다. 만약 죽은 지 얼마 안 된다면 상황은 달라졌을지도 모른다. 긴 세월로 인해 원통함이 다른 형태로 승화되었으리라 여겨진다.

5-3). 환체와 주인공의 공명 현상

주인공은 평양을 고도인 관점에서 조망하려고 부벽정에 올랐다. 환체는 선영(先塋)에 참배하고 유적지를 둘러보려는 의도에서 부벽정을 찾았다. 주인공과 환체는 유적지를 통해 과거를 회상하겠다는 공통적인 관심사를 지녔다. 그랬기에 환체와 주인공이 절절하게 만날 필요성이 보이지 않는다.

5-4). 농축된 정서 전달의 극대화 도모

주인공과 환체와의 농축된 정서 교환을 위해 설정된 장면이라 여겨진다. 일상적인 대화보다는 시(詩)를 통한 대화를 위주로 했다. 환체와 주인공의 대화를 통해 주인공의 삶의 방식이 선명히 드러난다. 환체와의 교류했던 정감을 최대로 농축하려고 설정된 장치라 여겨진다.

4가지 원인에 의해 환체의 체류 시간이 짧게 설정되었다고 판단된다.

6. 정감 교류에 기여하는 시문(詩文)의 기능

다른 작품에 비하여 대화에 있어서 시가 많이 활용되었다. 주인공이 부벽루에 올라서서 6연으로 된 시를 읊었다. 내용을 압축하여 간결하게 나타내면 다음과 같다.

1연: 왕조도 무너지고 영웅도 사라진 고도의 부벽정에 올라 시를 읊는다.

성곽은 예전 모습인데 세상이 변하여 영명사 종소리만 아득히 들려온다.

2연: 궁궐에는 풀이 뒤덮이고 돌층계마저 구름에 가려져 흐릿하게 보인다.

성터의 곳곳에는 잡초로 뒤덮이고 강물만 예전처럼 하염없이 흐른다.

3연: 우물은 말라붙어 있고 돌담에는 이끼가 끼어 능수버들에 가려져 있다.

술에 취해 난간에 서니 달빛 아래 나무 그림자만 흔들거린다.

4연: 한가위 달빛이 너무나 곱지만 성터는 볼수록 슬프게 여겨진다.

잡초에 뒤덮인 유적지 위로 휩쓸리는 달빛만이 처량하게 옷깃에 휘감긴다.

5연: 달 뜰 무렵에는 까마귀가 울어대더니 한밤중엔 이슬이 차갑게 느껴진다.

승천한 고구려 동명왕의 흔적조차 아련한데 노승만 홀로 길을 걸어간다.

6연: 부벽정 남쪽에는 돌사닥다리가 있는데, 왼쪽은 청운제(靑雲梯)요 오른쪽은 백운제다.

정자에 올라 시를 읊어도 함께 즐길 이 아무도 없구나.

주인공이 위의 내용이 담긴 시를 읊은 뒤였다. 손바닥을 치며 춤까지 추었다. 한 구를 읊을 때마다 한 번씩 흐느껴 울었다. 이런 주인공의 정서는 자연에 몰입된 극도의 정취를 반영한다. 읊은 시의 내용은 유적지에 올라보니 한없이 처량하다는 것이다. 무너진 왕조에 대해 후손이 감회에 젖어 시를 읊은 것이다.

단순히 유적지에 올랐더니 처량하다고 생각만 한 것이 아니다. 이런 정서에 대하여 시를 지어 읊으며 눈물까지 뿌렸다. 슬픈 마음을 천지신명에게 알린 행위라고 생각된다. 읊은 시에 감동하여 환체가 모습을 드러내게 된다.

환체를 주인공에게로 불러들인 것은 시(詩)다. 시는 사람의 마음에 파고들어 정감을 전하는 강력한 수단이다. 시를 통해 주인공의 정감이 깔끔하게 정리되어 환체에게 전달되었다. 환체가 나타나서 주인공인 읊었던 시를 다시 읊어 달라고 말했다. 그리하여, 주인공이 재차 자신의 시를 읊었다.

주인공이 시를 읊고 나자 환체가 음식상을 차렸다. 주인공이 음식을 먹을 때에 환체가 종이에 시를 적었다. 기록한 시를 시녀를 통해 주인공에게 전했다. 주인공이 환체가 쓴 시를 훑어보았다. 환체가 주인공에게 쓴 시의 내용을 압축하면 다음과 같다.

1연: 달빛 밝은 부벽정에서 주인공의 얘기 들으니 감개무량하다.
　　세월은 유수처럼 흘러가 유적지를 둘러보는 환체의 마음을 누가 알겠는가?
2연: 임금과 임금이 타던 수레는 자취도 없이 사라졌다.
　　풍악도 끊기고 흙무덤이 늘어선 유적지는 서글퍼서 보기가 힘들다.
3연: 높은 정자에 오르니 생각조차 아득하고 옛 일이 슬프게 여겨진다.
　　가을이라 물소리가 크게 들리고 강물에 비친 누각에 달빛이 처량하다.
4연: 금수산 언덕 아래 강물이 흐르고 강가의 단풍들이 바람에 흩날린다.
　　난간에 기대어 옛날을 생각하니 달빛과 파도가 슬픔을 자아낸다.
5연: 하늘엔 별들이 깔렸고 은하수 흐르는 밤엔 달빛만 눈부시게 밝다.

옛 영웅들이 죽어서 흙에 묻혀 이름만 전해진다.

6연: 환체가 주인공과 함께 밤 시간을 즐겨 보고 싶다.

이후에 다시 만날 가능성은 거의 희박하다.

　주인공이 환체가 쓴 시를 보자 반가운 마음이 들었다. 환체가 곧 사라질까 두려워 그녀에게 성씨와 가문 내력을 물었다. 환체가 기씨(箕氏)의 후손이라고 밝혔다. 위만(衛滿)에 의해 왕조가 무너지면서 소녀가 곤경에 목숨을 잃었다. 목숨을 잃자마자 선인을 따라 하늘에 올라 항아의 시녀가 되었다. 그러다가 조상의 분묘에 참배하고 부벽정을 둘러보려고 평양에 내려왔다고 말했다.

　주인공이 환체의 얘기를 듣고는 자신이 체득한 관점도 그녀에게 들려준다. 자연을 즐기려면 네 가지 요인이 갖춰져야 함을 말한다. 시간적인 요인으로는 좋은 계절을 만나야 함을 말한다. 공간적인 요인으로는 아름다운 풍경을 찾아야 함을 말한다. 심리적인 요인으로는 풍경을 보고 즐거워할 마음의 자세를 갖추었는지를 묻는다. 행동적인 요인으로는 마음에 맞춰 즐겁게 놀 수 있는지를 타진한다. 네 가지 요인이 갖춰져야만 자연을 즐길 수 있다고 여긴다.

　이들 네 가지 요인은 작가가 유람하면서 체득한 것이리라 판단된다. 경우에 따라 작품이란 작가의 체험이 용해된 결정체일 수도 있다. 하여간 주인공은 자연을 즐길 요건이 갖춰졌다고 판단한다. 그런 믿음을 환체에게 들려주며 시를 한 편 지으라고 부탁한다. 시제(詩題)로는 '강가의 정자에서 가을밤에 달을 즐기다.'로 해 달라고 주문한다. 환체는 생시에 왕녀였기에 시문(時文)에는 통달한 상태다. 곧바로 대답하고는 붓을 들어 즉흥시를 써 내려간다.

시를 쓰면서도 환체는 저승의 법도에 묶인 상태임을 자각한다. 옥황상제가 허용한 외출 시간을 어길 수 없는 처지다. 주인공이 부탁한 시를 쓰고 난 뒤다. 시녀를 통해 주인공에게 전할 말을 남기고는 곧바로 승천해 버린다.

7. 환체가 승천한 이후의 급격한 정황 변화의 의미

환체가 승천함으로써 주인공은 닭 쫓던 개의 신세가 된다. 닭이 훌쩍 허공으로 날아올라 담장 위에 올라간 꼴과 유사하다. 개가 담장을 오르지 못하면 닭에게 접근하지 못한다. 아쉽게도 환체가 승천해 버림으로써 최단 천이(最短遷移)를 기록하게 된다. 환체가 승천한 이후에는 정황이 급격히 변해 버린다. 여기에 대해 작가가 설정해 둔 몇 가지의 의미가 있다. 여기에 대해 살펴보기로 하겠다.

1). 작품(詩)에 대한 영혼의 투사(投射)

주인공이 지어 달라고 부탁한 시를 짓고는 곧바로 환체가 승천했다. 주인공이 시를 부탁하지 않고 대화만 했다면 오래 머물렀을지도 모른다. 시를 단숨에 지어도 글자를 적는 데 시간이 걸리기 마련이다. 40운(韻)으로 이루어진 시를 적는 데는 제법 시간이 걸렸을 것이다. 이 시간 에 환체는 주인공과 대화하지도 못했다. 오로지 시를 머릿속에서 지어 글자를 적는 데만 몰두했을 따름이다.

소위 혼신의 열정을 다 쏟아 시를 지었다. 제한적으로 허용된 환체의 수명을 단축시키면서까지 완성한 작품이다. 환체가 영혼이 지닌 모든 에너지를 작품에 투사했다는 것을 의미한다.

2). 환체가 남긴 시(詩)에 의한 주인공 영혼의 공명 현상

주인공이 환체의 시에 완전히 매료되고 만다. 환체가 허공으로 날아가 버린 뒤인데도 답시(答詩)를 지어 읊는다. 답시를 읊은 시점에는 산사의 범종이 울리고 닭이 운다. 밤 시간이 지나고 새벽이 밝았다는 의미다.

주인공의 심리는 다양하게 변한다. 쓸쓸하고 슬프며 두려워지면서도 비통해진다. 한 마디로 착잡한 심경에 빠진 상태다. 배를 정박했던 곳에 들렀다가 배를 처음에 대었던 곳으로 이동한다. 친구들이 묻기에 밤에 붕어 낚시를 하다가 허탕을 쳤다고 둘러댄다. 이후에 주인공은 상사병이 들어 급격히 쇠약해진 몸으로 귀가한다. 귀가해서도 정신이 혼미해지고 말이 어눌해진 상태로 지낸다.

이런 정황을 통해 중요한 사실을 알게 된다. 주인공이 환체의 시로 인하여 거의 영혼을 다 빼앗기게 된다. 영혼을 투사한 환체의 시로 말미암아 주인공의 영혼도 마구 뒤흔들린다. 영혼을 투사한 작품에는 거기에 맞춰 주인공의 영혼도 교감한다. 이런 현상은 공명(共鳴)이라 불린다. 공명의 효과가 너무 커서 급기야는 생명을 잃을 정도다.

작가가 공명 현상을 작품에 배치한 의미는 무척 크다. 작품 하나를 만들어도 영혼을 담아 만드는 진경(眞境)을 제시했다. 무릇 작가들이라면 가슴에 담을 만한 부분이 아닌가 판단된다.

3). 생자(生者)와 귀신(鬼神) 간의 영혼의 교류

생자인 주인공이 병석에 누워 괴롭게 지내다가 왕녀(王女)의 시녀를

만난다. 주인공이 이승을 떠나면 견우성 휘하의 속관으로 배치된다
는 얘기를 듣는다. 주인공에게 임종이 직면했음을 일깨우는 환체의
배려라고 판단된다. 주인공과 부벽정에서의 환체와의 만남은 범상한
일이 아니었음을 일깨우는 장면이다.

4). 그리움을 찾는 생명의 산화

왕녀의 시녀로부터 사망 예상 시점을 통보받은 뒤다. 마침내 주인
공은 목욕재계한 뒤에 뜰에 자리를 펴고 누워 운명한다. 사람과 환체
가 만난 시간이 얼마나 오래되었느냐는 것은 문제되지 않는다. 영혼
(靈魂)은 육체와 대조되는 정신 기능의 통합체를 의미한다. 얼마나 영
혼을 불어 넣어 상대를 대했느냐가 중요하다. 영혼의 교류가 이루어
지면 생명마저도 내던질 수 있음이 제시되어 있다.

주인공과 환체의 경우처럼 사람과 사람 사이에서도 충분히 예견되
는 정경이다. 이런 점에서 작품이 시사하는 의미는 무척 크다고 여겨
진다. 혼신을 다해 상대를 대하고 영혼을 쏟아 작품을 만들라고 깨우
친다. 작가가 만든 작품 역시 이런 정신으로 만들어졌다고 판단된다.

8. 천이에 따른 삶의 해석

천이(遷移)란 다른 에너지의 상태로 이동하는 현상을 나타내는 분광
학(分光學)의 용어다. 에너지(energy)란 일을 할 수 있는 능력이다. 주인
공이 환체를 만나서 헤어질 때까지의 시간이 너무나 짧다. 짧은 시간
동안에 이루어진 변화는 엄청나게 크다. 이들 변화가 주인공의 삶에

어떤 영향을 미쳤는지를 살펴보기로 한다.

1). 천이의 출발점

작품에 제시된 천이의 출발점을 살펴보겠다. 환체를 대면할 때까지의 주인공의 상태는 다음과 같다.

(1). 호방하고 낙천적인 성향을 갖고 친구들과 두루 어울림.

(2). 자연 풍광에 대한 감수성이 풍부함.

(3). 고도인 평양에 대한 풍부한 역사적 지식을 갖추고 있음.

(4). 어떤 상황을 만나도 대처할 만한 융통성이 있음.

(5). 혼자서 배를 몰고 다닐 정도로 적극적이며 활동적임.

(6). 작품을 완성함에 있어서 열정을 송두리째 쏟음.

(7). 주변 인물들의 말에 귀를 기울일 줄 아는 아량을 지님.

(8). 주변 인물들을 배려하는 넉넉한 마음을 갖춤.

위의 8항목은 환체를 만나기 이전까지의 주인공의 정황이다. 그랬는데 환체를 만나면서부터 주인공의 정황이 달라졌다. 환체가 주인공을 만나서 영향을 준 것이 너무나 많다. 환체를 만나기 이전의 주인공의 상태는 천이의 출발점에 해당한다.

항목 1, 2는 '개인 품성'에 해당한다. 항목 3, 4는 '생활 대응력'에 해당한다. 항목 5, 6은 '업무 열정'에 해당한다. 항목 7, 8은 '상대에 관한 배려'에 해당한다.

2). 천이의 종착점

부벽정에서 환체와 헤어진 뒤의 주인공의 상태는 다음과 같다. 환체가 주인공에게 작용한 영향력이 어느 정도였는지를 알게 된다. 천이의 출발점이 있으면 종착점이 있기 마련이다. 출발점 8항목에 대해 종착점도 8항목으로 대별된다. 이들 항목은 다음과 같다.

(1'). 주변 친구들에게 신경을 골고루 쓰지 못하게 됨.

(2'). 자연적인 정취에 감응하는 능력이 현저히 떨어짐.

(3'). 어떤 지방에 관한 지식을 축적할 만한 관심이 사라짐.

(4'). 상황에 대해 대처할 만한 융통성이 떨어짐.

(5'). 혼자서 어떤 일을 벌일 정도의 건강 상태를 갖추지 못함.

(6'). 더 이상 시를 지을 만한 열정이 사라짐.

(7'). 주변인들의 말에 귀를 기울일 정도의 여유가 없어짐.

(8'). 주변인들을 배려할 정도의 여유가 마음에서 사라짐.

위의 8항목이 천이의 종착점에 해당한다. 모든 천이는 항목별로 일어난다. (1)은 (1')로 천이한다. (2)는 (2')로 천이한다. 나머지 항목들도 이들과 유사한 방식으로 천이한다. 항목 1, 2의 천이는 빛의 직진(直進)에 대응한다. 품성은 투명하게 드러난다는 점에서 빛이 곧바로 진행하는 것에 비유된다.

항목 3, 4의 천이는 빛의 회절(回折)에 대응한다. 대응력은 빛이 장애물 뒤로 휘어져 파고드는 성질에 비유된다. 항목 5, 6의 천이는 빛의 굴절(屈折)에 대응한다. 업무 열정은 집요한 몰두를 뜻한다. 이것은 빛이 서로 다른 매질의 경계에서 꺾이는 것에 비유된다.

항목 7, 8의 천이는 빛의 반사(反射)에 대응한다. 배려는 상대의 입장을 고려하여 신경 써 주는 일을 뜻한다. 이것은 매질의 바닥면에서 빛이 되돌아 나오는 것에 비유된다. 천이에는 항상 에너지의 이동이 필요하다. 출발점과 종착점의 상대적인 에너지 크기를 따져 봐야 한다. 출발점의 상태가 역동적이라는 관점에서 출발점의 에너지가 더

높다. 에너지가 높은 곳에서 낮은 곳으로 천이할 때에 에너지가 방출된다. 따라서 출발점에서 종착점으로 천이할 때에는 에너지를 방출한다. 분광학에서는 방출 에너지가 빛에 해당한다.

여기서 주목할 일은 에너지가 완전히 고갈되면 생명이 소진된다는 점이다. 주인공이 환체를 만난 후에는 죽을 수밖에 없는 정황이다.

8. 맺는 글

주인공이 평양의 부벽정에 올라 시를 읊다가 환체를 만난다. 짧은 시간 동안 환체와 시를 통해 얘기를 나눈다. 그러다가 환체가 하늘로 올라가 버린다. 환체가 떠난 뒤에 주인공은 상사병에 걸려 체력이 쇠약해진다. 다른 작품에 비하여 환체의 체류 시간이 너무나 짧다. 또한 환체와 주인공이 만나서 연인이 된 처지도 아니다. 그럼에도 불구하고 짧은 시간 동안에 교감의 양이 매우 컸다.

이 현상은 분광학적으로 해석하면 8개의 출발점과 8개의 종착점으로 분석된다. 출발점에서 종착점으로 천이할 때엔 에너지의 출입이 수반된다. 환체와 작별한 뒤의 주인공은 에너지를 발산하는 천이를 겪는다. 따라서 정신도 흐릿해지고 몸도 쇠약해지다가 급기야 죽음에 이른다. 작가는 짧은 천이 시간을 통해 애끓는 교감(交感)을 극명하게 나타내었다.

━━━━━━━━━━━━ 〈참고 문헌〉 ━━━━━━━━━━━━

1. 김시습, 〈금오신화〉, 신원문화사, 2003, pp. 58~75
2. 김시습, 문헌 1과 동일한 책, pp. 35~57
3. 김시습, 문헌 1과 동일한 책, pp. 13~34
4. 김원중, 〈당시(唐詩)〉, 민음사, 2008

〈문학세계, 2012년 5월호 발표〉

第5장

몽중 소설의 치밀한 구성

– 남염부주지(南炎浮洲志)에 대한 분석

1. 머리말

김시습의 작품집인 금오신화(金鰲新話)에는 남염부주지(南炎浮洲志)[1]
가 있다. 꿈에서 주인공의 저승 운명이 결정된다는 내용을 담고 있다.

김시습의 소설 작품은 5편이 전해지고 있다. 이들 중 3편은 환체(幻
體)와 주인공의 교감을 다룬 작품들이다. 예컨대, 만복사저포기(萬福寺
樗蒲記)[2]와 이생규장전(李生窺墻傳)[3] 및 취유부벽정기(醉遊浮碧亭記)[4]가
여기에 해당된다. 주인공의 눈에만 보이는 망인(亡人)의 몸뚱이를 일컫
는 용어가 환체(幻體)이다.

다른 두 편의 작품은 몽중 여행(夢中旅行)을 소재로 다루고 있

다. 예컨대, 용궁부연록(龍宮赴宴錄)과 남염부주지(南炎浮洲志)가 여기에 해당된다. 용궁부연록의 경우에는 꿈에 용왕에게 초대된 경우를 다루고 있다. 남염부주지의 경우에는 꿈에 지옥 섬인 염부주(炎浮洲)를 방문한다는 내용을 다룬다. 다른 두 편의 작품은 몽중 여행(夢中旅行)을 소재로 다루고 있다. 예컨대, 용궁부연록(龍宮赴宴錄)과 남염부주지(南炎浮洲志)가 여기에 해당된다. 용궁부연록의 경우에는 꿈에 용왕에게 초대된 경우를 다루고 있다. 남염부주지의 경우에는 꿈에 지옥 섬인 염부주(炎浮洲)를 방문한다는 내용을 다룬다.

2. 작품의 개괄적 구조 분석

소설은 어떤 소재를 취하여도 기승전결(起承轉結)의 골격을 엄격히 갖추어야 한다. 작가는 소설 골격의 구도를 완벽하게 보여주고 있다.

1). 발단: 조선 세조 때에 경주에 '박생(朴生)'이란 젊은 선비가 있었다. 여기서 '박생'이란 박씨(朴氏) 성을 가진 유생(儒生)이란 뜻이다. 유생은 유학(儒學)을 공부하는 선비를 뜻한다. 한밤중에 등불을 밝히고 '주역'을 읽다가 박생이 잠이 들었다.

2). 전개: 주인공이 수문장(守門將)과 두 선녀의 안내로 염부주(炎浮洲)란 섬의 염라대왕을 대면했다.

3). 절정: 왕궁(王宮)에서 염라대왕을 만나 접대를 받고 왕위까지 물려받는 조서를 받았다.

4). 종말: 염부주의 왕궁을 떠나 집으로 돌아오니 자신의 집 침실이었다. 몇 달 뒤에 박생이 병을 얻었지만 치료를 거부하다가 죽었다. 주인공이 죽던 날 밤에 이웃 사람들이 같은 꿈을 꾸었다. 주인공이 장차 염라대왕이 되리라고 신인(神人)이 일러주는 꿈이었다.

3. 주인공의 사상적 기반

1). 주인공의 사상(思想)

주인공은 성균관에서 공부했지만 과거에는 합격하지 못한 유생이다. 그래서 영달(榮達)하지 못하여 불만스러운 마음에 시달리는 상태다. 주인공의 성품은 온순하고 순박하면서도 당당하며 의협심이 강한 편이다. 그리하여 명문 세가의 권위 앞에서도 굽히지 않는 의연한 사람이다.

애초에는 불교나 무속(巫俗)이나 귀신 등에 관한 식견이 뚜렷하지 못했다. 그러다가 유교의 경전인 '중용(中庸)'이나 '주역(周易)'을 숙독한 뒤부터 식견을 갖췄다. 박생은 타당한 식견을 갖추기 위해 대인 교제에도 신경을 섰다. 중(僧)들과도 교류하여 의문 나는 점은 대화로 터득하려고 애썼다.

하늘과 땅으로 대변되는 우주에는 하나의 음(陰)과 양(陽)이 있다고 믿는다. 그러기에 세상 밖의 천당(天堂)이나 지옥(地獄)의 존재는 허황하다고 믿는 주인공이다. 이런 생각이 '일리론(一理論)'이란 주인공의 사상을 형성한다.

2). 일리론(一理論)의 내용

중국 송나라 때 성리학(性理學)이란 학문이 자리를 잡았다. 주돈이(周敦頤)가 학문의 기틀을 잡았다. 그런 뒤에 정호(程顥)와 정이(程頤)를 거쳐서 주희(朱熹)에 의하여 완성된 학문이다. 성리학이란 이전의 훈고학(訓詁學)을 대체하는 유학의 새로운 학풍이며 우주관이다. 인간을 포함한 우주를 이(理)와 기(氣)의 관점에서 해석한 동양의 우주론이다.

기(氣)란 우주의 생성 요소를 의미하여 모양이나 무게를 결정한다. 이(理)란 각 사물의 작용(作用)을 의미한다. 훈장과 생도가 기(氣)의 한 형태라면 교육(敎育)은 이(理)에 해당한다. 훈장은 생도들에게 교육을 베풀고 생도는 교육을 받는다. 이일분수(理一分殊)라고 하여 개별 사물의 이는 보편적 이와 같다고 여긴다.

성리학은 우주(宇宙) 중에서도 자연(自然)보다는 인간과 사회에 대한 학문이다. 성리학은 심오한 동양의 인문 사회학으로 간주된다. 이것을 간단히 규정하기란 쉽지 않다. 하지만 최소한의 윤곽을 잡는 것은 대단히 중요하다. 성리학은 질서 속에서 도덕을 지키는 것이 천성(天性)과 통한다고 여긴다. 성리학은 근본적으로 인간이 천성을 갖추는 것이 삶의 목표라 간주한다.

작가는 성리학의 학문 핵심을 정확히 파악한 상태다. 작가의 성리학의 관점이 주인공 박생의 관점으로 대변된다. 박생의 관점은 곧바로 작가의 관점과 같다. 작가는 박생을 통하여 자신의 우주관을 애기한다.

'나는 일찍이 천하의 이치(理)는 하나일 뿐이라고 들었다.[5]

작품 본문 중에 제시된 문장이다. 이것이 바로 '이일분수(理一分殊)'라는 내용을 가리킨다. 각 사물의 이는 보편적 이와 같다는 말이다.

박생이 주장한 일리론(一理論)도 성리학의 한 특성을 얘기한 것에 불과하다. 일리론 자체에 혁신적이거나 급진적인 이론이 포함되어 있지는 않다. 시대적 학풍인 성리학을 이해하여 자신의 관점으로 밝혔을 따름이다.

부처(Buddha, 浮屠)나 무격(巫覡)이나 귀신(鬼神). 이들을 성리학 관점으로 판단한 견해는 시대적으로 놀라운 일이다. 단순히 생각만으로 그치는 것이 아니라 기록으로 남겼다는 사실이 놀랍다.

박생은 천당과 지옥은 존재하지 않는다고 판단한다. 현세의 하늘과 땅 이외의 세계가 존재하지 않는다고 여긴다. 천당을 양(陽)이라 하면 현세의 양(陽)인 하늘과 상충하기 때문이라 여긴다. 지옥을 음(陰)이라 하면 현세의 음(陰)인 땅과 상충한다고 여긴다. 사물마다 이(理)가 존재하지만 보편적 이가 존재한다는 관점이 판단의 근거다.

4. 염라대왕과 대화를 통한 주인공 관점의 정리

박생은 염라대왕과 만나 대화를 하면서 많은 의문점을 해소한다. 형식은 주인공이 의문점을 해소하는 방식이다. 실상은 작가의 의견이 염라대왕의 견해로 주인공에게 전달된 것이다. 우주에 관한 작가의 관점은 상당히 흥미롭다.

1). 주공(周公)과 공자(孔子)와 석가(釋迦)에 대한 염라대왕의 인물평

(1). 주공(周公)과 공자(孔子)의 경우: 주공은 주(周)나라를 창건한 무왕(武王)의 아버지이며 성은 희(姬)요 이름은 창(昌)이다. 은(殷)의 정국이 혼란할 때 덕(德)으로 새 왕국의 기틀을 잡은 사람이다. 공자는 중국 노(魯)나라 사람으로서 유학(儒學)의 창시자이며 동양의 성인이다.

염라대왕은 박생에게 들려준다. 주공과 공자는 중국에서 성인이다. 중국 문화가 발달했지만 땅이 넓어 습성이 다양한 사람들이 살았다. 그래서 주공과 공자가 그들을 통솔했다. 주공과 공자의 가르침은 정도(正道)로서 사도(私道)를 물리치는 내용이다. 정도로써 사도를 물리쳤기에 주공과 공자의 말은 정직했다. 주공과 공자의 말이 정직하므로 군자가 따르기 쉬웠다. 지극한 경지에 이르러 군자들과 소인들을 올바른 이치로 들어서게 했다.

(2). 석가(釋迦)의 경우: 석가는 인도 사람으로서 불교의 교조(敎祖)이다. 염라대왕이 석가에 대한 견해를 박생에게 들려준다. 석가는 서역의 간흉(奸凶)한 무리들 중에서는 성인이라고 염라대왕이 말한다. 서역의 간흉한 사람들일지라도 기질의 차이가 많기에 석가가 그들을 일깨웠다. 석가의 법은 사도(私道)로써 사도를 물리치는 것이다. 사도로써 사도를 물리친 석가의 말은 허황하다고 여겨진다. 석가의 경우도 지극한 경지에 이르렀기에 사람들을 올바른 이치로 이끈다. 이단의 도리로 백성들을 그릇되게 이끄는 것은 아니라고 설명한다.

2). '귀신'이란 존재에 대한 염라대왕의 견해

(1). 귀와 신의 용어 구분: '귀(鬼)'는 음(陰)의 영(靈)이며 '신(神)'이란 양(陽)의 영이라 염라대왕이 말한다. 귀와 신은 조화(造化)의 흔적이며 이기(理氣)의 천부적인 능력이라 말한다. 사람의 생체(生體)를 벗어난 영

혼이 귀신임을 설명한다.

(2). 제사를 받는 귀신과 조화를 이루는 귀신 간의 관계: 귀신으로서 동일한 존재임을 밝힌다.

(3). 귀신에게 제사를 지내는 이유:

①. 하늘과 땅에 제사 지내는 이유: 음양의 조화를 존경하기 때문임을 들려준다.

②. 산천에 제사 지내는 이유: 음양의 변화가 출몰하는 것에 보답하려는 취지라 설명한다.

③. 조상에게 제사 지내는 이유: 출생의 근원에 대해 보답하려는 뜻이라 밝힌다.

④. 육신(六神)에게 제사를 지내는 이유: 재앙을 면하려는 취지라고 들려준다. 육신은 오방(五方)을 지키는 신을 말한다. 사방(四方)에는 동의 청룡(靑龍), 서의 백호(白虎), 남의 주작(朱雀), 북의 현무(玄武). 여기에 덧붙여 중앙에는 구진(句陳)과 등사(螣蛇)가 있다.

⑤. 모든 신들에게 제사 지내는 원인: 인간들에게 경건한 마음을 갖도록 하는 취지라고 들려준다. 귀신들에게 형체가 있어서 인간들에게 복과 재앙을 주는 것이 아니다. 이런 염라대왕의 관점은 현대의 모든 종교관에도 적용되리라 간주된다.

만물을 식별하기 위해서는 감각기관이 필요하다. 동물이 사물을 보기 위해서는 '눈(眼)'이라는 생체 기관이 필요하다. 신체의 다른 기관이 정상이어도 눈이 없으면 사물을 보지 못한다. 생명의 작동이 정지되어 시체가 된 경우를 검토해 보자. 이 경우에는 '눈'이란 기관이 작동하지 못하기에 사물을 보지 못한다. 사체(死體)에서 분리된 영혼에게는 일체의 감각기관이 없다. 그 어떤 대상들에 대해서도 식별할 기능은 애초부터 없다. 인간마저도 식별하지 못하는 신(神)이 어떻게 인간들에게 복이나 재앙을 내리겠는가?

종교가 존재하는 원인은 가상적인 절대자로부터 위로받고자 하는 측면이라 여겨진다. 가상적인 절대자를 통하여 불안한 정서를 달래거나 힘을 얻고자 한다. 가상적인 절대자는 종교마다 명칭이 다를 뿐 본질은 동일하리라 판단된다.

작가는 염라대왕의 의견을 통하여 작가의 종교관을 피력했다. 작가의 종교관을 세상 사람들이 함부로 논평할 성질은 아니다. 종교관의 판단 근거가 상당히 과학적이라는 점에 시선이 강하게 끌린다.

3). 귀신의 유형에 대한 염라대왕의 견해

(1). 귀(鬼)와 신(神)에 대한 개념 정립

①. 귀에는 구부러진다는 뜻이 담겼고 신에는 편다는 뜻이 있다고 밝힌다. 굽히되 펼 줄 아는 것이 조화(造化)에 관여하는 신이다. 굽히되 펼 줄 모르는 것은 답답하게 맺힌 요귀(妖鬼)들이다. 신은 조화와 합치하므로 음양과 더불어 시작하여 끝나기에 자취가 없다. 요귀는 답답하게 맺혔기에 원망을 간직하여 형체를 지닌다.

②. 염라대왕이 귀의 종류를 자세하게 알려준다.

소(魈): 산(山)에서 사는 귀를 일컫는다.

역(魊): 물(水)에서 사는 귀를 일컫는다.

용망상(龍罔象): 물속의 돌(石)에 있는 귀를 일컫는다.

기망량(夔魍魎): 숲 속의 돌(石)에 있는 귀를 일컫는다.

여(厲): 만물을 해치는 귀를 일컫는다.

마(魔): 만물을 집요하게 괴롭히는 귀를 일컫는다.

요(妖): 만물에 기본적으로 달라붙어 있는 귀를 일컫는다.

매(魅): 만물을 미혹시키는 귀를 일컫는다.

4). 천당과 지옥의 존재에 대한 염라대왕의 견해

하늘 밖에 하늘이 있을 수 없듯 천당과 지옥은 없다. 이런 생각을 가진 종교의 관점도 허황하다고 밝힌다.

오늘날까지도 숱한 사람들을 망념(妄念)에 젖어들게 하는 개념들이 잘 제시되었다. 염라대왕의 견해가 결국의 작가의 견해다. 작가의 견해가 염라대왕의 견해가 되어 박생에게 전달된다. 염라대왕이 주장하는 요지는 다음과 같다.

사람이 죽으면 혼(魂)은 하늘로 올라가고 백(魄)은 땅으로 사라진다. 그러기에 망령(亡靈)이 저승에 머무르는 일은 없다. 설사 억울하게 죽은 혼백일지라도 시간이 지나면 흩어져 버리기 마련이다. 그러기에 이런 영혼일지라도 명부(冥府)에서 지옥의 벌을 받는 일은 없다. 결론적으로 천당이나 지옥의 개념 자체가 허황한 것이다.

5). 부처와 시왕(十王)에 대한 제례 견해

부처는 청정함의 상징이기에 재(齋)를 통하여 인간으로부터 숭배될 수 없다. 또한 왕은 존엄하기에 죄인들로부터 뇌물을 받을 수 없는 존재다. 그러기에 부처에게 재를 올리고 시왕에게 제사 올린다는 일은 허황하다. 한 마디로 이치에 맞지 않는 얘기다. 그리하여 시왕의 부하인 저승 귀신들이 인간에게 형벌을 가하지 못한다.

사람이 죽으면 절에서 49재(齋)를 올리는 허황함을 깨우쳐 준다. 사람이 죽으면 영혼이 일시에 우주에 떠돌지만 곧 스러진다. 영혼은 곧바로 혼과 백으로 분리된다. 혼(魂)은 하늘로 사라지고 백(魄)은 땅으로 사라진다. 혼백이 흩어지면 어떤 방식으로든 형체를 드러낼 수 없게 된다. 그러기에 저승에서 천당에 산다거나 지옥에서 벌을 받는다는 것은 허황하다. 따라서 인간이 죽으면 곧바로 영혼이 해체되어 존재가 사라지게 된다. 절에서 재(齋)를 올리거나 집에서 제사를 지내더라도 귀신과는 소통되지 않는다.

염라대왕을 통하여 제례(祭禮)의 무의미함을 지적한 작가의 의식이 예사롭지 않다. 막연히 효용이 없다고 주장한 것이 아니다. 영혼이 혼백으로 나누어져 흩어져 버리기 때문이라는 근거를 제시한 주장이다. 이런 주장을 하기까지에는 많은 서적을 읽고 명상에 잠겼으리라 여겨진다. 작가가 생각에만 그치지 않고 작품을 통하여 그의 관점을 남겼다. 그러기에 이 작품은 조선 시대의 종교관을 살펴보는 중요한 자료다.

6). 윤회와 저승의 삶에 대한 관점

사람이 죽으면 저승에서 또 다른 삶을 사는가? 숱한 현대 종교들까지 연관이 되는 화두(話頭)다. 여기에 대한 논의는 결코 가볍게 다룰 수 없는 영역이다. 숱한 종교들이 많은 현자(賢者)들을 통하여 사유와 명상을 거듭한 영역이다. 각 종교는 나름대로의 이론 토대 하에서 구축되었다. 그러기에 어떤 종교도 가벼운 관점으로 논의해서는 안 된다. 종교 나름대로 존중되어야 마땅할 영역을 갖추고 있기 때문이다.

하지만 작가는 유학(儒學)을 공부한 선비다. 염라대왕의 관점은 작가의 관점이기에 유생(儒生)의 관점이다. 게다가 작품에서 밝혔듯 유교 경전을 숙독한 뒤에 얻은 결론이다. 아무리 거론하기 어려운 화두도 어떤 기준에서는 분석이 가능하다. 여기에서 제시된 기준은 유교 경전이다. 유교 기준에 의하면 윤회는 황당한 용어로 해석될 것이다. 사람이 죽으면 영혼이 혼백으로 흩어진다고 전제하기 때문이다. 혼백이 흩어진 상태에서는 저승의 삶이란 용납되지 않는다. 따라서 작가는 윤회나 저승에서의 삶을 불가능한 현상으로 이해한다.

7). 염라대왕이 염부주에서 대왕으로 군림하게 된 연유

꿈속이라고는 하지만 모든 사람들이 궁금하게 여길 또 다른 화두다. 사람이 죽으면 혼백이 흩어져 금세 사라진다고 주장한 염라대왕이다. 그런데도 염라대왕의 혼백은 왜 흩어지지 않고 대왕의 업무를 수행하는가? 자칫 생각하면 자체 모순을 안은 듯하여 긴장되는 질문이다.

염라대왕이 들려주는 내용에 관심이 가지 않을 수 없다. 모순이 생길 듯한 상황에서 새로운 국면으로 전환시키는 기법. 이것은 현대 소설 창작론에서도 즐겨 사용하는 기본 작법(作法)이다. 유발된 모순은 사건의 흐름에 긴장감을 조성한다. 모순이 극대화될 때에 긴장감도 극한에 이르게 된다. 모순이 해결되는 시점에서 독자들은 극대화된 정서 순화를 경험하게 된다. 정서 순화의 극대화는 모든 작가들이 꿈꾸는 창작의 궁극적 목표다.

염라대왕은 자신의 이름이 염마(談摩)라고 밝혔다. 이승에서 염라대왕은 국가에 충성을 하며 도적을 토벌했다. 죽은 뒤에는 여귀(厲鬼)가 되어서까지 도적을 죽이리라 작정했다. 소원은 이루어지지 않았으나 충성심이 인정되어 염라대왕이 되었다.

8). 염라대왕이 박생을 염부주로 부른 사유

생시에 부모나 임금을 죽였든지 간교하고 흉악했던 사람들. 이들의 망령이 해체되지 않고 염부주에서 귀신들로 머물게 되었다. 이들 귀신들을 정화시키려고 염라대왕이 노력하고 있다. 정직하고 사심이 없는 영혼이 아니면 염부주의 귀신들을 통제하지 못한다.

염라대왕이 박생에 관한 이승의 소식을 탐지했다. 정직하고 뜻이 굳세어 달인(達人)의 풍모(風貌)를 지녔다고 파악했다. 그런데도 지금까지 능력을 마음껏 펼칠 기회가 없었다.

염라대왕이 근래에 자신의 수명이 소진되어 감을 알았다. 영혼이 해체될 기간이 얼마 남지 않았음을 알았다. 그래서 염라대왕의 직책을 그만두려고 한다. 그러기 위해서는 차기의 후보를 골라 업무를 인계할 필요를 느꼈다. 그래서 박생이 염부주를 찾게 만들었다. 또한 박생의 이승에서의 생명도 얼마 남지 않았음을 염라대왕이 알았다.

이승에서의 박생의 성품이 정직하고 강직함을 알게 되었다. 이승에서의 박생의 수명이 얼마 남지 않았다는 점도 염라대왕에게 매력이었다. 박생이 죽었을 때의 영혼이 염라대왕의 자격에 가장 적합하리라고 예견했다. 그래서 박생을 염부주에 불러서 염라대왕 양위(讓位) 조서를 내리려고 했다. 이런 경위로 인하여 염라대왕이 박생을 염부주로 오게 했다.

9). 박생이 염부주를 방문했다가 귀환할 때까지의 경위

염라대왕이 자신의 직책을 양위하겠다는 마음을 박생에게 들려준 뒤다. 염라대왕이 성대한 잔치를 열어 박생의 마음을 즐겁게 하려고 한다. 성대한 잔치를 열면서 염라대왕이 그의 마음을 박생에게 전하려 한다. 염라대왕과 박생 간의 흉금을 터놓는 대화가 진행된다. 업무적인 차원을 떠나서도 염라대왕이 선임자로서 박생과 대화를 나누려 한다.

염라대왕이 자신의 정치관을 박생에게 들려준다. 왕은 폭력이 아닌 덕(德)으로 백성들을 다스려야 한다고 일러준다. 왕이 다스리는 나라는 백성들의 나라이다. 왕은 백성들을 위하는 마음으로 나라를 통치해야 한다. 왕이 백성들에게 내리는 명령은 천명(天命)이어야 한다. 여기서 천명이란 하늘이 내리는 명령을 일컫는다. 왕명이 천명을 벗어나면 백성들의 마음이 왕에게서 떠나게 된다. 이런 경우가 생기면 왕은 더 이상 통치자로 지내지 못한다.

염마가 염라대왕 직책의 선임자로서의 정치관을 후임자에게 들려준다. 여기에는 박생에게 애정을 갖는 염라대왕의 마음이 반영되어 있다. 잔치를 마친 뒤에 양위 조서를 박생이 받는다. 그런 뒤에 염부주를 떠나 박생이 귀가한다.

10). 통치 기간 중의 각종 징조에 관한 논의

징조란 어떤 일이 일어나기 직전에 나타나는 각종 현상을 일컫는다. 염라대왕이 자신의 견해를 박생에게 들려주다가 어떤 견해를 묻는다.

(1). 백성들이 태평하다고 얘기하는데도 국가에 홍수와 가뭄이 닥치는 경우: 여기에 대하여 염라대왕이 자신의 견해를 들려준다. 왕에게 무리한 국사(國事)를 삼가도록 대자연이 경고를 보내는 행위라 해석한다.

(2). 백성들의 원망이 들끓는데도 상서로운 조짐이 나타나는 경우: 요괴가 왕에게 아첨하여 더욱 교만하고 방자해지도록 부추기는 역할을 한다.

(3). 염라대왕이 박생에게 질문한 내용: 앞의 두 항목에 대한 설명을 한 뒤다. 상서로운 징조가 나타났던 때가 백성들이 안락했겠는지 아닌지를 염라대왕이 묻는다. 앞의 두 항목에 걸친 염라대왕의 설명만으로도 정답이 제시되는 질문이다. 앞의 항목들의 논의에 따르면 백성들이 고통스러워할 때라는 것이 정답이다. 백성들이 고통스러워서 원망을 많이 할수록 요괴들이 설쳐댄다는 얘기다. 왕을 미혹시켜 더욱 그릇된 정치를 하도록 이끈다는 내용이다.

염라대왕의 질문에 대하여 박생이 대답한다. 사회가 혼란스러운데도 백성들로부터 명예를 추구한다면 나라가 평안하지 못하리라 답한다. 염라대왕이 한참 생각하다가 박생의 의견이 옳다고 동의한다.

5. 염부주로부터 귀가하는 과정에 대한 분석

1). 염라대왕이 주인공을 배웅할 때까지의 과정: 잔치를 열어 양위 조서를 박생에게 넘기는 과정은 격식을 갖췄다. 염라대왕이 최대한의 예의를 다해 주인공을 대접한 경우에 해당한다. 이 과정에 있어서는 어느 부분에서도 염라대왕이 결례한 곳이 없다. 이승의 주인공에게 대한 파격적인 예우를 한 것으로 판단된다.

2). 염라대왕의 부하인 귀신이 주인공을 호송하는 과정: 박생을 수레에 태운 귀신이 수레를 끌다가 곧바로 넘어졌다. 그 바람에 박생도 땅바닥에 처박혔다. 염라대왕으로부터 극진한 대접을 받았던 박생이었다. 그랬는데도 염라대왕과 헤어져 수레를 타고 이동하는 도중에 변고가 발생했다. 수레를 끌던 귀신이 넘어지면서 수레도 나뒹굴

고 주인공도 처박혔다.

여기에는 생각해볼 만한 점이 있다. 염라대왕은 극진히 주인공을 대접했다. 그랬는데도 염라대왕의 부하인 귀신은 주인공을 수레에서 땅바닥으로 처박았다. 귀신의 고의적 행위인지 실수로 생긴 결과인지는 명확하지 않다. 분명한 것은 염라대왕의 대접과 부하 귀신의 배웅 방식이 달랐다.

부하 귀신의 태도에는 불손한 분위기가 물씬 풍긴다. 수레를 천천히 몰았다면 수레가 뒤집혀지지는 않았을지도 모른다. 수레가 넘어져 주인공이 땅바닥에 처박혔다는 것은 불손한 대접의 극치다.

6. 염부주로부터 현실로의 귀환에 따른 주인공의 대응 방식

1). 꿈속의 일에 대한 주인공의 신뢰 근거: 주인공이 꿈에서 현실로 돌아왔을 때는 방바닥에 누워 있는 상태였다. 읽던 책은 책상 위에 내던져 있고 등잔불은 가물대고 있었다.

주인공은 꿈의 세계에서 겪었던 일에 대하여 명확히 신뢰한다. 흔히 사람들이 꾸는 꿈이 아니란 걸 주인공이 깨닫는다. 꿈에서의 일이 얼마나 강하게 주인공에게 각인되었는가를 알 수 있다. 주인공은 꿈속에서의 일에 대한 신뢰의 근거를 나름대로 찾았으리라 여긴다. 여기에 대해서는 몇 가지의 근거가 있다고 판단된다.

(1). 주공(周公)과 공자(孔子)와 석가(釋迦)에 대한 염라대왕의 인물평이 설득력이 있었다는 점이다. 아무리 꿈이라고는 하지만 인물평이 황당하다고 여겨졌다면 신뢰하지 못했으리라 여겨진다. 염라대왕은 주

인공의 관점에 비추어 합당한 의견을 들려준 셈이다.

(2). 천당과 지옥의 존재에 관한 염라대왕의 관점이 주인공과 일치했다는 점이다. 주인공이 성리학으로부터 파악한 일리론(一理論)의 관점과 염라대왕의 관점이 일치했다. 우주에서 음과 양은 고유하기에 새로운 음과 양이 없다는 논리다. 이승에서의 양(陽)이 태양이며 음(陰)이 달이라면 저승에서도 일관된 음양이라는 견해다. 천당과 지옥의 존재는 또 다른 음양의 존재를 인정하는 꼴이다. 이런 연유로 천당과 지옥의 존재는 허황된 생각임을 염라대왕과 공유한다.

(3). 귀신에 대한 염라대왕의 관점이 주인공과 일치했다는 점이다. 바로 이 점이 주인공에게 신뢰심을 안겨 주었다고 판단된다. 사람이 귀신에게 제사를 지내는 것은 마음을 가다듬는 일환임을 파악한다. 귀신이 인간에게 복을 주거나 재앙을 주는 것이 아님을 밝힌다. 시왕(十王)이 복이나 재앙을 내린다고 말했다면 상황은 달라졌을 것이다. 시왕이 염라대왕의 부하이기에 염라대왕으로서는 시왕을 강조할 수도 있었을 것이다. 하지만 시왕은 주인공의 견해와 일관된 관점을 들려주었을 따름이다. 그랬기에 주인공으로부터 신뢰를 받게 되었다.

(4). 윤회와 저승의 삶에 대한 염라대왕의 관점이 주인공과 일치했다는 점이다. 주인공이 판단 근거로 삶는 것은 유교 경전이다. 결국은 유교의 관점에서 윤회라는 현상을 검토한 것이다. 죽은 영혼은 혼백으로 흩어져 사라짐을 주인공이 믿는다. 그러기에 저승에서의 삶이란 것이 아예 존재하지 못함을 인식한다. 묘하게도 염라대왕의 견해도 주인공의 관점과 정확히 일치한다. 작가에 의해서 염라대왕의 생각이

주인공의 생각과 같게 설정되어 있다. 박생은 작품의 주인공으로서 자신과 염라대왕의 관점이 일치됨을 깨달았을 따름이다.

(5). 염마가 염라대왕으로 군림한 사유가 합당하다고 주인공이 느꼈다는 점이다. 바로 이 점에서 주인공은 염라대왕에 대해 깊은 신뢰심을 가진다.

(6). 염라대왕의 백성에 대한 통치 이론이 주인공의 관점과 일치했다는 점이다. 성리학에서 통치는 질서 하에서 도덕성을 구현하는 과정이라고 말한다. 관리들은 백성들이 저마다 도덕성을 찾도록 다스려야 한다고 밝힌다.

위에 제시된 점들로부터 주인공은 꿈속에서의 일을 확실하게 신뢰한다. 그러기에 조만간 자신이 죽게 되리라는 것까지 기정사실로 받아들인다.

2). 현실에서의 주인공의 대처 방식

(1). 자신이 우주로부터 받은 수명의 한계를 명확히 인식한다. 그러기에 곧 죽게 되리라는 염라대왕의 말을 기정사실로 받아들인다.

(2). 예견된 죽음을 맞는 방식은 정해진 셈이다. 자신 주변의 인간관계와 생활을 차분히 정리하기 시작했다. 그리하여 언제든 죽음을 맞아도 흔들림이 없도록 마음을 준비한다.

(3). 예견했던 대로 몇 달 뒤에 몸에 병이 찾아 왔다. 의원이나 무당을 불러 치료될 수 없는 병임을 주인공은 안다. 그러기에 병에 저항하려고 버둥대지 않고 차분히 죽음을 맞는다.

7. 몽중 소설로서의 구성적 특성

이 소설에는 현대까지의 어떤 몽중 소설과도 비교되는 특성이 있다. 제시된 특성을 살펴보기로 한다.

1). 꿈에서의 상황과 현실에서의 상황을 동일한 현상으로 다룬다는 점이다. 꿈속의 세계는 현실의 세계처럼 엄연히 실존함을 보여준다. 꿈과 현실의 일체성은 어느 몽중 소설에서도 찾기 어려운 부분이다. 꿈과 현실의 일관성을 위해 작가는 치밀한 장치를 도입했다. 대화를 나누면서 주인공의 관점과 염라대왕의 관점이 일치한다는 사실을 부각시킨다.

윤회설이나 귀신 등의 소재에 관한 대화에서다. 다양한 대화의 소재에 따른 관점이 염라대왕과 같다는 점이다. 주인공은 유생이다. 그래서 우주를 판단하는 근본 배경이 유학(儒學)이다. 특히 성리학에 입각한 우주관으로 세상을 바라보는 주인공이다. 이런 주인공의 견해와 염라대왕의 관점이 같다는 사실은 놀라운 점이다. 이러한 점 때문에 꿈의 세계와 현실이 일관성을 지님을 보여준다. 그래서 독자들이 염부주의 존재를 믿도록 만드는 근원을 작가가 제시한다.

2). 작가의 우주관을 주인공을 통하여 꿈에서 제시했다는 점이다. 꿈에서는 대개 사건의 흐름을 다루기 마련이다. 그런데 이 작품에서는 작가가 우주관을 주인공을 통해 피력하고 있다. 천당과 지옥의 존재부터 귀신과 제사 등에 대한 관점들이 명확하다. 중요한 점은 작가가 성리학의 본질을 충분히 터득했다는 점이다. 탄탄한 사고(思考)의

기반에서 세상을 바라보는 작가의 작품은 신뢰성을 지닌다. 작가가 이처럼 자신의 우주관을 몽중 여행에 배열한 것은 특이하다. 다른 몽중 여행과 차별화되는 개성을 지닌 작품이기도 하다.

3). 불교의 지옥과 염부주(炎浮洲)와의 관계를 명백히 밝힌 점이다. 망령(亡靈)은 시간이 지나면 혼백으로 흩어지기에 천당이나 지옥은 없다고 밝혔다. 그렇지만 망령들 중의 요귀(妖鬼)들의 경우에는 예외적이라 설명한다. 요귀들의 경우에는 혼백이 흩어지는 데 일정한 시한이 있음을 명시한다. 그리하여 염부주에는 요귀들이 살고 이들을 다스리기 위해 염라대왕이 배치되었다.

염라대왕의 혼백이 흩어지는 시간도 정해진 상태다. 이를 혼백의 수명이라 간주한다. 왕을 죽이거나 부모를 살해하거나 이에 준하는 망령들이 요귀들이 된다. 염마는 생시에 충성심이 강했기에 요귀를 다스리는 염라대왕이 되었다.

불교에서 말하는 지옥과 염부주의 개념은 명확히 다르다. 죄를 지은 망령들이 가는 곳이 지옥이라는 게 불교의 관점이다. 생시에 죄를 지었어도 요귀가 아닌 경우에는 혼백이 흩어진다고 말한다. 그러기에 요귀가 아닌 망령은 세상에서 곧 사라져 버린다. 그래서 불교에서 말하는 지옥이란 존재하지 않는다고 염라대왕이 들려준다. 염라대왕의 견해가 주인공의 견해이며 작가의 견해다.

4). 운명(運命)에 대한 세속인들의 자세를 명확히 밝힌 점이다. 운명은 초자연적인 힘에 의해 결정된 수명(壽命)이나 처지를 일컫는 말이다. 주인공은 염라대왕이 들려주는 자신의 운명에 대해 철저히 신뢰한다. 그리하여 꿈에서 깬 뒤부터 죽음을 맞으려는 준비를 한다.

5). 꿈의 이중 장치를 통하여 이야기를 마무리한 점이다. 주인공이 죽음을 순순히 받아들인 행위가 타당한지를 보여주는 장치가 제시되었다. 주인공의 꿈을 통해 염라대왕의 직책이 계승된다는 이야기의 구조가 펼쳐진다. 그런데 주인공의 생각과 판단이 합당한지를 검증하는 장치를 작가가 제시한다.

'주인공 주변 마을 사람들의 꿈'이란 장치를 제시한다.

박생이 죽던 날 밤 이웃 사람들의 꿈에 어떤 신인이 나타나서 이렇게 알려주었다.
"네 이웃집 아무개가 장차 염라대왕이 될 것이다."[6]

작가는 이 장치를 통하여 주인공의 판단이 합당했음을 보여주고 있다.

8. 맺는 글

이 작품은 몽중(夢中) 소설로서 특색 있는 구성을 취하고 있다. 주인공이 꿈을 꾸다가 염부주를 찾게 되고 염라대왕과 대화를 나눈다. 대화를 통해 작가의 우주관을 피력한다. 꿈속 상황에서 작가의 우주관을 드러내는 구성은 특별한 경우이다.

작가는 꿈속의 세계와 현실은 일관된 우주임을 밝히는 장치를 고안했다. 만물에 대한 염라대왕의 견해와 주인공의 견해가 같도록 설정했다. 이런 일치 관계가 꿈속 세계와 현실이 일관되어 있음을 보여준다.

주인공은 염라대왕이 들려준 자신의 수명에 관한 얘기를 겸허하게 받아들인다. 그래서 꿈에서 깨어난 뒤로 세상을 떠날 준비에 돌입한다. 그러다가 정말로 주인공은 이승을 하직한다. 주인공 수명에 대한 염라대왕의 견해가 옳았는지는 사람들의 꿈이 입증한다. 주인공의 꿈과 이웃 사람들의 꿈, 이중 장치를 작가는 활용했다. 이 장치를 활용함으로써 작품의 구성이 완벽하게 짜인 셈이다. 단조로울 수 있는 내용을 여러 장치를 활용하여 탄탄하게 엮었다.

몽중 소설의 창작법에 있어서 치밀한 구성을 작가는 보여준다. 결코 단순한 꿈속 얘기만 늘어놓은 것이 아니다. 작가는 다양한 장치를 설정하여 작품을 밀도 있게 이끈다. 몽중 소설로서는 그 어떤 작품보다 구성이 탁월하다는 장점을 보여준다.

〈참고 문헌〉

1. 김시습, 〈금오신화〉, 민음사, 2011, pp. 85~105
2. 손정모, 〈노원문학〉, 청어, 2011, pp. 298~319
3. 손정모, 〈한국을 빛낸 문인들〉, 천우, 2011, pp. 445~458
4. 손정모, 〈문학세계〉, 천우, 2012년 5월호, pp. 197~213
5. 김시습, 문헌 1과 같은 책, 2011, p. 87
6. 김시습, 문헌 1과 같은 책, 2011, p. 105

〈노원문학, 2012년 12월 발표〉

제6장

몽중 여행 소설의 표본

- 용궁부연록(龍宮赴宴錄)에 대한 분석

1. 머리말

금오신화(金鰲新話)에 실린 김시습의 작품들 중에는 용궁부연록(龍宮
赴宴錄)[1]이 있다. 여기서는 이 작품에 대한 분석을 하기로 한다.

만복사저포기(萬福寺樗蒲記)[2]와 이생규장전(李生窺墻傳)[3] 및 취유부벽
정기(醉遊浮碧亭記)[4]에서는 환체(幻體)와 주인공의 교감을 다루고 있다.
여기서 환체(幻體)라 함은 주인공의 눈에만 보이는 망인(亡人)의 몸뚱
이를 말한다. 반면에 용궁부연록과 남염부주지(南炎浮洲志)의 경우에는
몽중 여행(夢中旅行)을 다루고 있다. 소설적인 구조로는 밋밋한 유형이
지만 작가의 의도를 분석할 가치가 있다.

2. 작품의 개괄적 구조 분석

몽중 여행을 다룬 내용이어도 기승전결(起承轉結)의 골격을 엄격히 갖춘 작품이다. 이야기의 골격을 정확히 분석해야 제대로 된 비평이 가능하다.

1). 발단: 고려 송도(松都)에 '한생'이란 유명한 젊은 문사(文士)가 있었다. 해 저물 무렵까지 자신의 방에 누워 있다가 잠이 들었다.

2). 전개: 용궁의 낭관(郎官) 2명이 시종들을 대동하고 나타나서 한생을 용궁으로 데려갔다.

3). 절정: 수정궁(水晶宮)에서 용왕을 만나 접대를 받고 용궁을 유람했다.

4). 종말: 용궁을 떠나 집으로 돌아와 눈을 뜨니 자신의 집 침실이었다. 이후에 세상의 명리를 초월하여 명산에 입산하여 여생을 보냈다.

3. 주인공의 몽중 여행
1). 주인공 거처 주변의 지리 구조

작품에서는 개성 천마산(天磨山)에 박연(朴淵)이라는 용추(龍湫)가 있다고 설정되어 있다. 용추는 다른 말로는 용소(龍沼)라 불린다. 용소는 폭포 바로 아래에 생성된 웅덩이를 말한다. 천마산(해발 757m)은 개성 북쪽 15km 지점에 위치한 산이다. 거기에서 발원된 오조천의 절벽에서 떨어지는 폭포가 박연폭포(朴淵瀑布)이다. 폭포의 현재 높이는

37m에 폭이 1.5m에 이른다. 박연폭포 아래의 용추는 고모담(姑母潭)이라 불리며 직경 40여 m에 이른다. 고모담은 현재 북한에서 부르는 명칭이다.

작품에서 박연(朴淵)이라 설정한 용소(龍沼)는 오조천의 웅덩이에 해당한다. 현재 박연이라 부르는 웅덩이는 직경이 8m가량이며 결코 용소가 아니다. 박연의 바로 위엔 폭포가 없기 때문이다. 작품에 따르면 박연에서 흘러내린 물이 폭포를 이룬다고 되어 있다. 그렇기에 작가가 설정한 박연은 용소가 아닌 오조천의 물웅덩이다. 작가의 의도에 충실하게 작품을 분석하기로 한다.

2). 용궁의 위치

박연의 수중이 무한히 깊어서 용궁이 위치한 곳이라 작가가 설정했다.

3). 용궁까지의 진입 과정

인간으로서 용궁에 가 본 사람은 없을 것이다. 이런 작가가 용궁의 진입 과정을 어떻게 설정했는지 궁금한 대목이다.

용궁의 관리에 해당하는 낭관(郎官) 두 명을 주인공에게 보낸다. 낭관이 주인공에게 용왕이 주인공을 초청한다고 들려준다. 주인공은 수계(水界)가 길이 아득하고 물길이 사납지 않느냐며 걱정한다. 여기에서 커다란 전제가 된 건 '꿈(夢)'이란 체제이다. 꿈에서라면 하늘을 날 수도 있고 물에서 잠잘 수도 있다.

수계(水界)와 육계(陸界)의 호흡 방식이 다르다는 사실은 다 아는 사실이다. 육지의 주인공이 수중 체험을 하려면 꿈이란 장치 설정이 필요하다. 작가는 이 사실을 염두에 두고 꿈을 도입했다. 꿈을 도입하지 않고 수중 체험을 묘사한다면 완전한 허구가 된다. 소설이 허구임에는 틀림없지만 현실과 방불할 만큼 사실적으로 묘사되어야 한다. 작품이 완전한 허구임을 드러낸다면 독자들은 작품을 읽지 않을 것이다. 독자들이 작품을 읽는 원인들 중의 하나는 간접 체험의 축적이다. 독자들은 간접 체험을 통하여 정서를 순화하게 된다.

애초부터 작품의 구도가 허구라고 밝혀지면 독자들의 간접 체험이 불가능해진다. 간접 체험의 기회조차 제공하지 못한다면 작품은 생명을 상실하게 된다. 작가는 이 점에 대하여 각별히 고려했다고 판단된다.

주인공을 용궁으로 데려가는 구체적인 장치를 살펴보겠다. 한 필의 용마(龍馬)와 낭관들과 십여 명의 수행원들이 이에 해당한다. 용마는 지상에서 하늘을 거쳐 물속까지 달리는 교통수단이다. 두 명의 낭관과 십여 명의 수행원들도 용마와 기능이 흡사하다. 구체적으로 말하여 지상에서 하늘을 날아 물속까지 들어가 생존하는 존재들이다. 주인공은 용마의 등에 올라탔기에 지상에서 물속까지 여행할 수 있다.

4). 용왕과 대면한 이후의 여흥 장면

(1). 용궁에 도착한 직후에는 낭관이 용왕에게 주인공의 도착 사실을 전한다. 그러자 청의동자(靑衣童子) 2명이 한생(주인공)을 용왕에게 안내한다. 궁궐 문을 들어서며 현판을 보니 '함인지문(含仁之門)'이라 적혀 있다. 인(仁)을 간직하고 있는 대문이라는 뜻이다. 문에 들어서자 용왕이 나타나 한생을 수정궁(水晶宮)의 백옥상(白玉床)으로 안내한다. 백옥상이란 흰 옥돌로 만들어진 평상을 의미한다. 용왕이 칠보화상(七寶華床)에 앉을 무렵에 추가로 세 신(神)들이 나타난다. 이렇게 하여 세

신들과 용왕과 한생이 전각의 평상에서 둘러앉는다.

(2). 일행을 둘러보며 용왕이 한생에게 상량문(上梁文)을 지어 달라고 부탁한다. 결혼할 딸을 위해 지을 가회각(佳會閣)이란 건물의 상량문을 말함이다. 상량문이란 건물의 들보를 올릴 때를 축하하는 글이다. 한생이 즉시 붓을 들어 상량문을 지어 용왕에게 건네준다.

(3). 용왕이 감탄하여 윤필연(潤筆宴)을 연다. 윤필연은 그림이나 글을 써 준 사람에게 베푸는 잔치를 말한다. 이때 한생이 용왕에게 세 신들을 소개시켜 달라고 말한다. 한생에게 용왕은 조강(祖江)의 신, 낙하(洛河)의 신, 벽란(碧瀾)의 신이라 소개한다. 조강은 한강과 임진강이 합류된 강이며, 낙하는 임진강의 별칭이다. 또한 벽란은 개성 서쪽을 흐르는 강이다.

(4). 서로 술을 권하는 사이에 미인 십여 명이 나와 노래한다. 노래는 벽담곡(碧潭曲)이란 악곡이다. 미인들에 이어서 총각 십여 명이 '회풍곡(回風曲)'이란 노래를 부른다.

(5). 다음으로 용왕이 옥피리로 '수룡음(水龍吟)'이란 악곡을 연주하며 노래한다.

(6). 용왕이 주인공을 위해 용궁의 사람들에게 누구든 재주를 펼치라고 종용한다.

(7). '곽개사'라는 게가 부하들을 데리고 나타나서 춤추며 노래를 지어 부른다.

(8). '현 선생'이라는 거북이 나타나서 춤추며 노래를 지어 부른다.

(9). 나무와 돌의 도깨비들과 산림(山林)의 귀신들이 일제히 나타나 장기를 펼친다.

(10). 강의 세 신들이 각자 시를 써서 용왕에게 제출한다.

(11). 강 신들의 시를 용왕에게서 건네받은 한생이 답시를 쓴다. 용왕이 한생의 시를 읽고는 금석에 새겨 보물로 삼겠다고 들려준다.

5). 여흥이 끝난 뒤의 용궁 구경

(1). 용왕이 2명의 신하를 보내 한생의 관광을 돕는다. 하늘에 조회하는 곳인 '조원지루(朝元之樓)'라는 누각을 둘러본다. 천 층 중 7층까지 올라갔다가 내려선다.

(2). '능허지각(凌虛之閣)'이란 누각에 들른다. 용왕이 하늘에 조회할 때 의장(儀仗)과 의관(衣冠)을 가다듬는 곳이다. 용왕의 의장들을 둘러본다. 번개를 맡은 전모(電母)의 거울을 구경한다. 여기서 전모란 번개를 담당하여 세상에 번개를 일으키는 신을 말한다. 우레를 담당하는 신인 뇌공(雷公)의 북도 둘러본다. 바람을 일으키는 풀무도 구경한다. 홍수를 일으키는 물동이도 둘러본다.

(3). 용왕이 보물을 간직한 곳도 둘러본다.

6). 수궁에서의 용왕과의 작별

용궁을 둘러본 뒤에 한생이 용왕에게 가서 작별 인사를 한다. 용왕이 야광주 두 알과 비단 두 필을 한생에게 선물한다. 그런 뒤에 수궁 문 밖에까지 나와 전송한다. 강물의 세 신도 작별하고 떠난다. 용왕이 두 신하를 보내 한생의 귀환을 돕는다. 두 신하가 통천서각(通天犀角)을 써서 한생을 집까지 데려다 준다. 통천서각이란 세상에 닿게 물길을 열어 주는 무소뿔(犀角)로 만들어진 보물이다.

수궁에서 집에 돌아왔을 때는 새벽이었다. 그 후에 한생은 명리(名利)를 초월하여 명산에 입산한다. 그 이후로는 세상과 연락이 두절되어 버린다.

4. 몽중 여행 중의 시문(時文) 분석(5)

작품이 빼어난 작품성을 갖는 것은 시문에 통달한 작가의 문장력이다. 줄거리 면으로 볼 때는 단순한 몽중 여행기일 따름이다. 그럼에도 불구하고 빼어난 작품성을 지닌 점은 시문의 생명력 때문이다. 시와 소설의 두 영역을 자유롭게 넘나들기는 쉽지 않은 편이다. 운문과 산문의 특성이 엄연히 존재하기 때문이다. 하지만 작가는 시와 소설을 넘나드는 빼어난 필력을 갖추고 있다.

여기서는 문장의 아름다움만을 단순히 거론하려는 건 아니다. 시문에 뒷받침된 작가의 우주관(宇宙觀)까지 조명해 보려고 한다. 꿈이란 차원에서 보면 용궁에서 잠을 깰 수도 있다. 용궁에서 다른 수단을 거치지 않고 세상으로 나올 수도 있다. 하지만 작가는 치밀한 배려를 해 두었다. 용왕이 2명의 신하를 보내 한생을 안전하게 거실까지 돌려보낸다. 2명의 신하 중 한 명은 통천서각(通天犀角)으로 물길을 연다. 다른 한 명은 주인공을 등에 업어 거실까지 운반한다.

1). 상량문(上梁文)에 나타난 용궁(龍宮)의 위치

관련 시문의 일부를 살펴보겠다.

들보 동쪽을 바라보니
붉고 푸른 산봉우리 창공에 버티었네

(중략)

들보 서쪽을 바라보니
굽이굽이 바윗길에 산새들이 노래하네.

(중략)

들보 남쪽을 바라보니
십리 솔숲에 푸른 노을 비껴 있네.

(중략)

들보 북쪽을 바라보니
아침 해 솟을 무렵 못물이 거울처럼 푸르네.
흰 비단 삼백 길이 허공을 가로지르니
하늘 위 은하수가 떨어졌나 싶구나.

(하략)

　위에 적힌 시문을 살펴보면 용궁의 위치는 막연한 심해(深海)가 아니다. 자세히 살펴보면 박연의 수중임을 알게 된다. 박연의 물속을 통해 동쪽에는 푸른 산봉우리들이 치솟아 있음을 나타낸다. 서쪽으로는 바윗돌이 층층으로 솟구친 산악이 펼쳐져 있음을 나타낸다. 남쪽에는 기다란 솔숲이 십리에 걸쳐 펼쳐져 있음을 보여준다. 북쪽으로는 삼백 길의 폭포수가 떨어져 은하수처럼 느껴진다는 얘기다. 북쪽의 정경만 박연의 것이 아니다. 폭포 아래의 용소인 고모담에서 바라본 정경이다. 작가는 박연을 고모담과 같은 용소(龍沼)라고 혼동하고 있다.

작가의 혼동을 고려하면 용궁의 위치는 박연의 깊은 물속이다. 세상인들이 흔히 생각하는 바닷속이 아니다. 그러기에 용왕이 초대한 신들도 송도 인근의 세 강의 신들이다. 세 강이라 함은 조강, 낙하, 벽란을 의미한다. 용궁 속의 유흥 장면에서 등장한 게와 거북을 살펴보자. 게와 거북은 해수(海水)뿐만 아니라 담수(淡水)에서 사는 종들도 있다. 예로서 참게는 민물 게이고 남생이는 민물 거북이다. 용궁의 위치는 '박연에 계신 용왕'이라고 말한 낭관의 말과도 일치한다.

여러 문학 서적에서의 용궁(龍宮)은 바다에 있다고 기술된 것이 대부분이다. 작품에서의 용궁은 박연의 아득히 깊은 물속에 있음을 알아야 한다. 용궁이 바다에 있으리라 여기는 사람들은 억지 주장을 펴기도 한다. 박연은 용궁 출입구일 뿐이고 용궁은 바다로 확장되어 있으리라고 우긴다. 즉, 박연 밑바닥은 물속에서 바다와 연결되어 있으리라는 주장이다. 누구든 상상은 자유롭게 할 수 있다. 하지만 상상이 지나쳐 문헌이 제시한 영역을 벗어나면 의미가 없어진다.

2). 미인들이 출연하여 부른 벽담곡(碧潭曲)

(상략)

날아갈 듯 빛나는 집이

상서롭고도 신령스러워라.

문사를 모셔다가 짧은 글을 지어서

성세(盛世)를 노래하며 대들보를 올리네.

(하략)

건축할 가회각이 아름다우리라 예견한다. 문사(文士)를 초청하여 상량문을 지어 대들보를 올리겠다는 내용이다. 여기서 말한 문사는 한생이다.

3). 총각들이 부른 회풍곡(回風曲)

(상략)

술은 강물처럼 넘쳐 나고

고기는 언덕처럼 쌓여 있네.

손님도 이미 얼굴 붉게 취하였으니

새 노래를 지어 흥겹게 불러 보세.

(하략)

용궁에서의 잔치가 무르익어 한생도 취했으니 총각들이 새롭게 노래하겠다는 내용이다. 작가의 머릿속에서 구상된 공연 일정들 중의 하나다.

4). 용왕이 한생을 위해 노래한 '수룡음(水龍吟)'

(상략)

경치는 한가한데 인생은 늙어가니
살같이 빠른 세월이 서글퍼구나.
풍류는 꿈결 같아
기쁨이 다하니 번뇌가 일어나네.

(하략)

여기서 수룡음(水龍吟)이란 말은 물에서 용이 노래를 부른다는 뜻
이다. 용왕이 용궁을 오래 다스렸기에 세월의 무상함을 느낀다는 얘
기다. 잠시 풍류로 마음을 달래 보지만 근심이 차오른다는 심정을 나
타낸다.

5). 곽개사라는 게의 노래

(상략)

오늘 밤이 어떤 밤이기에
요지(瑤池)의 잔치에 이르렀나.
용왕님은 머리 들어 노래를 이어 부르고
손들은 취해서 이리저리 거니네.

(하략)

요지(瑤池)는 중국 곤륜산에 있다는 못으로 선경(仙境)을 상징하는 곳이다. 작품에서는 신비한 분위기를 나타내려고 곳곳에 중국의 선경의 이름을 제시했다. 용왕이 노래하여 손들(한생과 세 강의 신)이 취흥에 빠졌다는 내용이다. 잔치의 분위기가 신명 나는 정경임을 보여준다.

6). 현 선생이라는 거북의 노래

(상략)
술이 나오고 풍악이 울리니
즐거움이 끝이 없도다.
악어가죽 북을 치고 퉁소를 부니
그윽한 골짜기에 숨은 규룡도 춤을 추는구나.
산속의 도깨비들을 모으고
강물의 신령들도 모았도다.
(하략)

한생은 물론이요 산의 도깨비들과 강의 신들까지 초대한 잔치다. 술과 풍악이 울려 분위기가 한층 즐거움을 나타내고 있다.

7). 도깨비들과 산림의 귀신들의 노래

(상략)
군자가 돌아가신다니

아름다운 잔치가 열렸구나.
채련곡(採蓮曲)을 노래하며
너울너울 춤도 추고
둥둥둥 북을 치니
거문고를 뜯어 화답하네.

(하략)

한생을 위해 잔치를 열어 여러 노래를 부른다는 얘기다. 채련곡(採 蓮曲)은 중국 강남에서 즐겨 부르던, 남녀의 사랑을 노래한 악곡이다. 채련가는 진흙에서 연근(蓮根)을 채취하는 노래로서 일종의 노동요(勞 動謠)에 해당한다. 작업의 피로를 풀고 효율을 높이기 위해 단체로 부 르던 노래이다. 게다가 도깨비들과 신들이 춤도 추고 악기마저 즐겁 게 연주한다는 내용이다.

8). 조강신의 노래

(상략)
햇살 따사로워 거북과 물고기 한가로이 노닐고
물살 맑아 오리 떼 떠다니네.
해마다 바위에 부딪혀 많이도 울었지만
오늘 밤엔 환락으로 백만 근심 씻으리라.

조강의 평화로운 정경을 읊고 있다. 강물이 바위에 부딪혀 많이 시달렸어도 잔치에서 시름을 풀겠다는 얘기다.

9). 낙하신의 노래

(상략)

수정 주렴 속에 춤사위가 너울너울.
신룡(神龍)이 어찌 못 속에만 계시겠나.
문사(文士)는 자고로 자리 위의 보배로다.
어지 해야 긴 끈으로 지는 해를 잡아매어
한가로이 봄날에 흠뻑 취할 수 있으랴.

잔치를 벌이느라 주렴을 통해서 춤사위가 보인다. 문사인 한생을
위해 잔치가 베풀어졌음을 나타낸다. 저무는 시간이 아쉬워 태양마
저 끈으로 붙잡아 매고 싶다는 얘기다. 수사학적인 비유마저 동원하
여 쓴 운치 있는 문장이 시선을 끈다.

10). 벽란신의 노래

용왕님은 술에 취해 금상에 기대었는데
산비 부슬부슬 이미 석양이로다.
오묘한 춤사위에 비단 소매 너울너울
맑은 곡조 간드러져 대들보를 감고 도네.

(하략)

잔치가 진행되어 시점이 석양 무렵임을 나타낸다. 춤과 노래가 운치 있게 흐름을 보여주고 있다.

11). 한생의 행사 종료 답시

(상략)
산해진미는 목까지 가득 차고
은혜는 뼛속 깊이 스몄어라.
신성한 기운을 마신 듯
영주, 봉래에 이른 듯
즐거움 다하고 이별하려니
풍류가 한바탕 꿈속 같구나.

한생이 용왕의 접대를 받아 흥겨워하다가 이별하려니 허전한 심정을 나타낸다. 영주, 봉래, 방장은 중국인들이 삼신산(三神山)이라 믿는 선경(仙境)이다. 앞서 말한 중국 곤륜산의 요지(瑤池)와 같은 선경이다. 선경을 동원하여 작품의 분위기를 신비하게 이끌어 가려는 취지가 엿보인다.

5. 몽중 여행 소설의 전개 방식
1). 한생에 대한 용왕의 배려
용왕은 한생을 용궁에 초청하면서 3강신들도 초청한다. 그리하여 한생의 신분을 그만큼 우대한 꼴이 된다. 게다가 한생을 위해 윤필연 (潤筆宴)을 베푼다. 상량문(上梁文)을 써 준 데 대한 사례의 잔치를 의미 한다. 연회를 베풀며 용왕 스스로도 노래를 불러 즐거운 마음을 나 타낸다. 주변의 신령을 비롯한 부하들에게도 그들의 재주를 펼칠 기 회를 제공한다.

용왕의 배려로 잔치가 단조롭지 않고 활기를 띠게 된다. 등장하는 대상들도 다양하며 다채로운 방식으로 재주를 펼친다. 잔치가 끝난 뒤엔 용궁을 둘러보려는 한생의 의견을 수용한다. 두 명의 부하까지 딸려 보내 한생의 구경을 돕는다. 한생이 구경을 마친 뒤엔 한생의 집 까지 부하들을 시켜 데려다준다.

2). 시를 통한 풍부한 정감의 교류

한생의 시문에서부터 비롯하여 용왕, 게, 거북 등의 시문들이 발표 된다. 도깨비와 강물의 신들의 작품에 이르기까지 서로 시문을 교류 한다. 이들 시문을 통하여 잔치의 정경과 분위기가 잘 드러나 있다.

3). 시문을 통한 작품 종결에 대한 복선(伏線) 제시

연회에서 발표된 시문들 중에는 쓸쓸한 노후를 상징하는 시구들이 있다. 이들 시구들은 단순한 개인의 정서를 넘어 주인공의 미래를 암 시한다. 쓸쓸한 정감이 담긴 시구를 아래에 제시해 보겠다.

총각들이 부른 회풍곡(回風曲)에는 다음 시구가 나온다.

옥 술병 두드리며 마음껏 마셨더니
맑은 흥취 다한 후에 슬픈 감정이 일어나네.

용왕이 부른 수룡음(水龍吟)이란 노래 속에도 슬픔이 비친다.

경치는 한가한데 인생은 늙어가니
살같이 빠른 세월이 서글퍼구나.

거북이 부른 노래에는 다음의 시구가 펼쳐진다.

좋은 시절 자주 얻을 수 없으니
마음이 북받쳐 슬퍼지는도다.

한생이 부른 잔치의 고별 노래에는 다음 시구가 보인다.

즐거움 다하고 이별하려니
풍류가 한바탕 꿈속 같구나.

위에 제시된 시구들에는 한결같이 서글프고 애잔한 정서가 담겨 있다. 얼핏 해당 시구만 보면 잔치에서 읊을 구절이 못된다. 노래 부른 대상이 다름에도 불구하고 애조(哀調)가 여실히 비치고 있다. 이것은 작가에 의한 사건 종결의 의도적인 복선(伏線)이라 판단된다. 복선이 깔렸다는 자체가 작품은 소설의 요건을 갖추고 있음을 드러낸다.

6. 용왕이 준 선물에 대한 해석

산호 쟁반에 야광주 두 알과 흰 비단 두 필. 이것이 용왕이 한생에 게 건네준 선물이다. 야광주(夜光珠)는 밤에도 빛을 내뿜는 구슬을 말한다. 예로부터 중국에서는 야광주를 성(省)이나 시(市)와 맞바꿀 정도의 보물로 여겼다. 두 알의 야광주는 평생의 의식주를 해결할 만한 선물로 간주된다.

비단의 색이 하필이면 흰 색이란 점이 눈길을 끈다. 흰 색에 담긴 의미는 크게 두 가지로 분석된다.

1). 인생을 새로운 관점으로 해석하여 새롭게 시작하라는 의미로 간주된다. 백색(白色)은 순수를 뜻하는 근원적인 색채이다. 과거의 발자취를 모두 기억에서 지우라는 의미로도 해석된다. 장차 선비로 살아가려는 한생에 대한 새로운 삶의 제시라 여겨진다.

2). 세속의 삶에서 초연하여 구도(求道)의 새로운 세계로 나가라는 암시라 판단된다. 풍진에 얽힌 세상은 쉽게 인간을 환멸하게 만들기 십상이다. 비단의 필 수도 단 두 필에 그쳤음에 유념해야 한다. 헛된 망념(妄念)이나 욕정(欲情)에서 벗어난 삶을 살라는 암시라고 여겨진다.

7. 맺는 글

금오신화에는 5편의 소설이 실려 있다. 그 중 3편은 주인공과 환체 (幻體) 간의 이야기가 서술되어 있다. 2편은 주인공의 몽중 여행기에 관한 이야기다. 여기서는 용궁부연록(龍宮赴宴錄)에 대하여 구조와 내용을 분석한다.

작가는 용궁과 인간 세상의 호흡 방식이 다름을 알고 있다. 호흡 방식이 다른 세상을 연결시키는 매체로서 작가는 꿈을 선택했다. 용궁에 대한 속인들의 지나친 상상을 작가는 절제하여 묘사했다. 용궁은 박연(朴淵)의 깊은 수중에 존재한다는 일관성을 제시하고 있다.

작가는 당대에 겨룰 상대가 없을 정도의 실력을 갖춘 선비였다. 그럼에도 세조의 왕위 찬탈에 대한 혐오증으로 관리의 길을 포기했다. 이런 작가의 상황이 작품의 주인공인 한생에게도 여실히 반영되어 있다. 세속에서 명리를 찾으니 명산대천을 찾아 고결한 삶을 누리라고 암시한다. 용왕이 초청할 정도로 유명한 문사(文士)인 한생이 아닌가? 그런 실력자가 벼슬길로 진출하기엔 너무나 쉬운 정황이다. 그럼에도 불구하고 한생은 평생을 지낼 재산을 갖고 명산을 찾는다.

자질구레한 일상에서 벗어나야만 경지에 접하기가 쉬운 법이다. 작가는 자신의 속내를 한생의 여정을 통해 극명하게 표현했다. 세상에 대한 작가의 수련 정도를 한생의 예절로 상징화하여 드러내었다. 한생이 용왕이나 강물의 신에 대하여 깍듯한 예절로 대했다. 절대로 꿈속에서조차 용신(龍神)들과 대등한 위치로 거드름 피우는 장면이 없다.

작가의 스산한 심리 상태를 작품으로 잘 승화시켰다. 치밀한 구성과 독자들을 감동시키는 주제(主題)의 제시. 이것은 소설의 가장 두드러진 특성이다. '치밀한 구성'이란 논리적이며 설득력 있는 방식에서의 이야기 전개를 의미한다. '감동적인 주제'란 작품을 읽었을 때 독자가 느끼는 강렬한 정감이다. 이 두 가지가 제대로 살아 있지 못하면 죽은 작품이다. 죽은 작품에서는 결코 향기가 발산되지 않는 법이다.

작가는 몽중 여행기로써 소설의 새로운 전형을 선보였다. 현대 소설이 추구하는 심리적인 주제의 표출까지 선보였다. 작가의 암울한 상황을 주인공인 한생의 시각으로 절묘하게 잘 묘사했다. 상상력으로 작품을 쓰되 허황하지 않게 논리적인 체제를 시종 고수했다. 그러면서도 종결 부분에서는 동양화의 여백과 같은 짙은 여운까지 제시했다. 이 여운을 통하여 독자들로 하여금 자신의 행적을 되돌아보게 만든다. 세상을 살면서 자신의 행적을 되돌아보기는 쉽지 않다. 이 작품에서는 그 기능을 부여했기에 독자들을 감동의 세계로 이끈다.

〈참고 문헌〉

1. 김시습, 〈금오신화〉, 민음사, 2011, pp. 109~137
2. 손정모, 〈노원문학〉, 청어, 2011, pp. 298~319
3. 손정모, 〈한국을 빛낸 문인들〉, 천우, 2011, pp. 445~458
4. 손정모, 〈문학세계〉, 천우, 2012년 5월호, pp. 197~213
5. 김시습, 문헌 1과 같은 책, 2011, pp. 114~132

〈한국을 빛낸 문인, 2012년 12월 발표〉

제7장

작품에 용해된 자연의 숨결

− 이상의 '꽃나무/이런 시'에 관하여

1. 머리 글

시는 철광석을 제련하는 것처럼 형상화하기에 만만치 않은 문학의 갈래다. 전달하고자 하는 정확한 주제가 인간의 가슴속으로 빛살처럼 파고들어야 한다. 물고기 비늘을 치듯 절제된 표현으로 독자들의 심금을 울려야 한다. 다음으로는 금관악기처럼 반짝이는 수사법으로 표현하여 독자들의 흥취를 북돋워야 한다.

이상적인 골격의 시를 연구하는 일은 어둠을 밝히는 빛살만큼이나 중요하다. 탁월한 재능의 시인들이 한밤중의 혜성들처럼 이따금씩 발견된다. 이런 사람들 중의 출중한 인물이 이상(李箱)이다. 자연 현상을 시로 응축시켜 인간의 감성을 자극한 시인이기도 하다. 그는 1929년에 공학의 산실(産室)인 경성고등공업학교 건축과를 수석으로 졸업했다. 그의 경력이 이공학(理工學)의 탁월한 이론적 기반을 지녔음을 드러낸다.

오늘날의 관점으로서도 그의 이론적 기반은 상당한 수준이라고 판단된다. 숱한 평론가들이 이상의 시에 매료되어 혼신을 다해 분석해 왔다. 상당수의 평론가들이 이공학 분야의 이론에는 취약한 허점을 드러냈다. 대다수의 평론들이 인문학적 관점에서 작품을 진단하고 평가를 내렸다. 여기서는 기존 평론의 기반에 이공학의 관점을 확장하여 평가하려 한다.

2. 탈출 속도

이상은 주변 현상들이 자연의 법칙과 소통한다고 꿰뚫어 보았다. 각 작품들을 죄다 독특한 대자연의 법칙들과 연계시키려고 노력했다. 이런 행위는 상당히 개성적인 시도였으며 시인의 품격을 우러러보게 만들었다. 동일한 소재라도 관점에 따라 작품의 수준이 달리 평가되기 때문이다.

물체가 행성의 표면을 떠날 수 있는 최소한의 속도. 이것은 '탈출 속도'라고 정의된다. 지구에서의 탈출 속도는 11.2km/s이다. 지표면의 미세한 공기 입자들마저 지구의 탈출 속도에 지배를 받는다. 탈출 속도보다 빨라야만 미세한 기체일지라도 지구를 벗어날 수 있다.

지구에서의 탈출 속도인 v는 (2GM/R)의 제곱근과 같다. 여기에서, G는 만유인력 상수이며 M은 지구의 질량이다. 또한 R은 지구의 반지름이다. 지구의 질량이 커질수록, 반지름이 줄어들수록 탈출 속도는 커진다. 반면에 지구의 질량이 작아질수록, 반지름이 커질수록 탈출 속도는 작아진다. 하지만 지구의 질량이나 반지름은 거의 변하지 않는 값들이다. 지구를 비롯한 행성들은 질량과 반지름에 의해 탈출 속도가 결정된다.

3. 작품에 용해된 탈출 속도

꽃다운 나이인 23살이던 1933년에 이상이 처음으로 발표한 시가 '꽃나무'이다. 잡지인 '가톨릭 청년' 7월호의 52쪽에 발표한 작품이다.

벌판 한복판에 꽃나무 하나가 있소.
근처에는 꽃나무가 하나도 없소.
꽃나무는 제가 생각하는 꽃나무를 열심으로 생각하는 것처럼 열심으로 꽃을 피워 가지고 섰소.
꽃나무는 제가 생각하는 꽃나무에게 갈 수 없소.
나는 막 달아났소.
한 꽃나무를 위하여 그러는 것처럼 나는 참 그런 이상스러운 흉내를 내었소.

-'꽃나무' 전문

시인은 6개의 문장으로 시의 그물을 드리워 놓았다. 시의 내용은 다음과 같이 정리된다.

광막한 벌판에는 꽃을 피운 꽃나무가 한 그루가 있었다. 꽃나무는 철저히 고립된 상태로서 인근에 다른 꽃나무가 없는 처지였다. 꽃나무는 자신의 이상적인 꿈을 실현하듯 한껏 꽃을 피웠다. 하지만 자신의 모습이 이상적인 존재가 아님을 깨달았다. 그래서 꽃나무를 곁에서 지켜보던 내(관찰자)가 벌판으로 마구 내달렸다. 마치 꽃나무가 이상적인 꿈을 실현하려는 것처럼 내가 달렸다. 하지만 나 역시 달려 나갔을 따름이다. 달려 나간 그 어디서도 이상적인 나를 찾지는 못했다.

이상과 현실 사이의 괴리를 극복하여 벗어나려는 것이 작품의 주제이다. 주제에 실린 목소리가 확성기를 통해 귓전을 뒤흔드는 듯 강렬하다. 관찰자인 '나'는 인간의 대표자로서 사물인 꽃나무를 유심히 들여다본다. 인간의 눈에 비친 꽃나무는 나름대로 꿈을 가꾸려 열심히 노력한다. 꽃나무 자신의 관점으로는 이상을 실현했을 수도 있다. 인간의 기준으로서는 이상을 실현하지 못했다고 평가될 수도 있다. 그래서 인간이 힘껏 내달려도 목표만큼은 이루지 못하리라는 의미를 내풍긴다.

작품 전체를 일관하는 사고의 물줄기는 이상과 현실의 괴리이다. 이 괴리를 완전히 해결하려면 괴리의 근원을 차단해야 한다. 그래서 이상이 자연과학에서 도입한 것이 탈출이란 개념이다. 기존의 자리를 벗어나면 충분히 꿈꾸는 세계에 닿을 수도 있다. 지상의 사물이나 인간의 토대는 지구의 표면이다.

물체가 지구를 이탈하려면 최소한 1초에 11.2km를 날아야 한다. 그런데 대기권에서 이 속도로 날면 곧바로 불타 버린다. 공기와의 마찰로 인한 열기(熱氣) 때문이다. 요즘에는 내열(耐熱) 신소재가 개발되어 우주선의 몸뚱이까지 입히는 추세다. 그래야 우주선이 불타지 않고 지구를 벗어나게 된다.

이 시에 있어서 권영민은 '달아났소'를 '달려갔다'로 해석했다.[1] 즉 도망친다는 개념이 아닌 접근한다는 관점으로 해석했다. 작품이 제시하는 의미로 해석하면 이 관점은 타당하다고 판단된다. 달려간다는 동작은 현실과 이상의 괴리를 떨치기 위한 몸짓으로 해석된다.

이 작품에서는 식물과 관찰자의 속성을 엄밀히 구분해 놓았다. 식물에는 본질적으로 내재된 '정적(靜的)인 요소'가 관여되었다. 그러기에 식물이 지구를 이탈하지 못하는 것으로 형상화했다. 반면에 동물인 인간은 적극적으로 달려갈 수 있음을 드러내 보였다. 하지만 인간이 아무리 몸부림쳐도 현실을 이상과는 일치시키지 못한다. 하물며 식물인 꽃나무는 말할 나위가 없다고 제시했다. 제 아무리 버둥거려도 한계의 벽을 뛰어넘지는 못한다고 그려져 있다.

이제 이 시의 작품성에 관해 살펴보기로 한다.

벌판 한복판에 꽃나무 하나가 있소.

군더더기라고는 없는 절제된 언어로 심상(心象)을 나타내었다. 간결하고 명징(明澄)하여 차가움이 일 정도다. 문장 하나에 이런 시혼(詩魂)을 불어 넣기는 쉽지 않다.

꽃나무를 열심히 생각하는 것처럼
꽃나무를 위하여 그러는 것처럼

위의 두 시행에는 수사법 중의 직유법이 도입되어 있다.

근처에는 꽃나무가 하나도 없소.

위의 시행에서는 수사법 중의 과장법이 도입되어 있다. 식물이건 동물이건 무리를 짓는 속성이 있기 마련이다. 그럼에도 불구하고 '하나도 없소'라고 표현한 것은 과장된 표현임에 틀림없다. 과장법을 사용한 이유는 외부로의 탈출이 쉽지 않음을 나타내기 위함이다. 인접한 꽃나무가 없다는 것은 탈출의 창구가 차단되었음을 강력히 시사한다.

이 작품은 길이가 짧지만 주제가 뚜렷하다. 이상과 현실 간의 거리가 너무 멀다는 것을 드러내고 있다. 또한 시구의 표현에 있어서도 군더더기를 덧붙이지 않았다. 고도로 절제된 표현 형식을 드러내었다. 또한 직유법과 과장법이란 수사법을 활용하여 작품성을 드높였다. 게다가 자연과학의 개념인 탈출 속도까지 도입했다.

시인이 탈출을 생각하던 시대적 배경을 고찰할 필요가 있다. 먼저 국가적인 상황을 따져 보기로 한다. 이상이 살던 시기는 일제 강점기에 해당한다. 나라 잃은 기반 위의 백성들 중의 한 사람이었을 따름이다. 힘껏 발버둥질 쳐도 보장된 미래가 없는 암울한 시기였다.

다음으로는 시인 자신의 신변에 관한 문제였다. 1930년 여름에 폐결핵의 감염 증상이 나타나 객혈(喀血)을 시작했다. 침에 섞인 핏방울은 나날이 생명이 소진됨을 시인에게 일깨워 주었다. 당시로서는 보양 음식으로 증세를 완화시킬 수는 있지만 치료는 불가능했다. 이런 상황에서도 시인은 자신의 건강관리에 몰두하지 못했다. 개인 신변의 문제에서도 미래란 지극히 불투명하기만 했다. 어떻게 따져 봐도 회생할 길은 보장되지 않은 상태였다.

당시의 세계적 정황은 1차 대전이 종료된 상황이다. 문학사적으로는 다다이즘(Dadaism)과 초현실주의(Surrealism)의 사조에 휩쓸릴 때였다. 1916년 스위스 취리히에서 발원된 다다이즘은 기존의 문학관을 거부하는 숨결이었다. 정형화된 기존의 틀을 파괴하여 뛰어넘으려는 몸짓을 보였다. 그러다 보니 허무주의적인 경향이 문학의 곳곳에서 음영처럼 드러났다.

앙드레 브르통(Andre Breton)이 1924년에 초현실주의 선언을 했다. 절대적 실재인 '초현실(超現實)'을 통해 환상과 실제와의 융합을 이끌어 내려고 했다. 창작의 근원은 작가의 무의식 세계에서 발원된다고 보는 견해였다.

'꽃나무'란 작품에서도 기존의 체제가 외형적으로는 무시되어 있다. 행의 구분이라든가 문장 부호나 띄어쓰기조차 완전히 무시되어 있다. 이것만 놓고 봐도 다다이즘의 형태를 취했다고 볼 수 있다. 참고로 앞에 제시된 것은 권영민이 현대식 어법으로 변환시킨 것이다.

시인의 첫 작품에서 '탈출'이 주제로 형상화된 배경이 너무나 간절하다. 우수한 문화를 지녔던 한민족이 일본에게 강점(强占)되었다는 사실은 치욕이다. 치욕에서 벗어나려면 일본으로부터 독립해야 한다. 1919년에 기미년 독립 운동이 일어났지만 실패로 끝났다. 한민족이 독립을 향해 대외적으로 한 번 꿈틀대었던 숨결이었다. 이런 기류는 한민족의 가슴에 응어리로 남아 한(恨)이 되었을 것이다.

스트렙토미세스 그리세우스(Streptomyces griseus)라는 방선균(放線菌)의 배설물이 결핵균을 죽인다는 사실이 밝혀졌다. 1943년에 미국 러트거스대학교의 왁스먼 연구실에서 추출된 물질의 이름은 스트렙토마이신(streptomycin)이었다. 물질이 추출된 정확한 날짜는 1943년 10월 19일(화요일)이었다. 스트렙토마이신은 최초의 결핵 치료제가 되었다. 이상이 사망한 날짜는 1937년 4월 17일이었다. 쉽게 말해 이상이 생존했을 때에는 결핵 치료제가 개발되지 못했다.

건강식으로 몸을 보충할 수는 있었겠지만 치료 자체는 불가능했다. 국가도 상실한 처지인데다가 자신의 목숨마저도 기약할 수 없는 처지였다. 서서히 죽음으로 내몰리는 사람의 심리 상태는 민감할 수밖에 없다. 누구한테나 삶은 한 번 주어질 따름이다. 이런 상황에서도 굳건히 작품 활동을 한 시인의 품성이 놀랍다.

아무리 강인한 정신력을 지녔다고 하더라도 시인도 인간일 따름이다. 겉으로 태연한 척하더라도 내면으로는 숱한 불안감에 시달렸을 것이다. 이런 심리적인 불안감에서 벗어날 도피처가 시인에게도 필요했을 것이다. 시인에겐 탈출하고 싶다는 무의식적인 욕구가 수시로 섬광처럼 분출되었을 것이다.

초현실주의 사조에서는 무의식이 창작의 근원으로 작용한다고 했다. 죽음의 위협으로부터 벗어나려는 무의식이 '탈출'이라는 도피처를 염원했을 것이다. 그래서 첫 시가 '꽃나무'라는 이름으로 만들어졌으리라 추정된다. 시인 자신의 풍부한 자연과학적 소양을 작품에 접목시켰다. 이런 행위는 시인의 적극적인 성향에서 발원된다. 누구나 자신의 경험을 소중히 하려는 경향이 있기 마련이다. 강력한 '탈출'이라는 주제를 제시하면서 꽃나무와 관찰자를 엮었다. 뚜렷한 주제와 함축미와 수사법까지 갖추어 세련된 작품성을 드러내었다.

4. 광전 효과

금속의 표면에 빛을 쬐면 금속에서부터 전자(電子)가 빠져 달아나는 현상이다. 세상의 빛(光)은 모두 전자기파(電磁氣波)라는 파동으로 이루어져 있다. 전기적 성분을 지닌 파동이 전기파이다. 반면에 자기적 성분을 지닌 파동이 자기파다. 빛은 전기파와 자기파로 이루어진 파동이다. 이들 두 가지의 파동은 서로 수직으로 교차하면서 직진한다. 빛을 금속에 비출 때 전자가 튀어 나가는 경우가 있다. 이런 현상을 광전 효과(光電效果: photoelectric effect)라고 한다. 전자는 음(陰)의 전기를 띤 최소 알갱이를 말한다. 질량은 9.11×10^{-31}kg이며, 전하량(電荷量)은 1.6×10^{-19}C(쿨롱)이다. 어찌 보면 세상에 조화를 일으키는 물질이 전자라 여겨질 정도다. 두어 가지만 예시하면 다음과같다. 높은 전자껍질의 전자가 낮은 전자껍질로 떨어질 때 빛을 내뿜는다. 전자들이 전선을 통해 흘러가면서 전류를 만들어 낸다. 또한 전자들의 평균 속도는 빛의 속도와 같다.

5. 작품에 용해된 광전 효과

시인의 두 번째 작품의 제목은 '이런 시'다. 이것은 1933년에 출간된 '가톨릭 청년' 7월호의 53쪽에 수록되어 있다. 이 작품에 광전 효과가 용해되어 작품의 수준을 높였다.

역사를 하노라고 땅을 파다가 커다란 돌을 하나 끄집어내어 놓고 보니 도무지 어디선가 본 듯한 생각이 들 게 모양이 생겼는데 목도들이 그것을 메고 나가더니 어디다 갖다 버리고 온 모양이길래 쫓아나가 보니 위험하기 짝이 없는 큰길가더라. 그 날 밤에 한 소나기하였으니 필시 그 돌이 깨끗이 씻겼을 터인데 그 이튿날 가보니까 변괴로다. 간 데 온 데 없더라. 어떤 돌이 와서 그 돌을 업어갔을까? 나는 이런 참 처량한 생각에서 아래와 같은 작문을 지었도다.

'내가 그다지 사랑하던 그대여! 내 한평생에 차마 그대를 잊을 수 없소이다. 내 차례에 못 올 사랑인 줄은 알면서도 나 혼자는 꾸준히 생각하리다. 자, 그러면 내내 어여쁘소서.'
어떤 돌이 내 얼굴을 물끄러미 치어다보는 것만 같아서 이런 시는 그만 찢어 버리고 싶더라.

                                        -'이런 시' 전문

위의 시 본문은 권영민이 현대적 문구로 전환한 글귀다.[2] 원래의 작품에서 띄어쓰기는 여전히 지켜지지 않았다. 하지만 작품은 4개의 문단으로 분리되어 있다. 시의 내용을 해석하면 다음과 같다.

공사를 하느라고 땅을 파서 커다란 돌을 캐냈다. 그 돌을 인부들이 어디로 메고 나가 버렸다. 따라 나가서 살펴보니 돌은 큰길가에 버려졌다. 그 날 밤에 소나기가 크게 내렸다. 이튿날 돌을 보려고 갔더니 돌이 안 보였다. 그래서 처량한 생각이 들어서 글을 지었다.
'내가 사랑하던 사람이여! 나는 평생 그대를 못 잊겠소. 사랑을 나눌 처지는 아니지만 그대를 꾸준히 생각하겠소. 영원히 아름다운 모습을 간직하기를 바라겠소.'
그런데 어떤 돌이 나를 비웃으며 쳐다보는 듯한 느낌이 든다. 그래서 이런 시는 찢어 버리고 싶다.

역사를 하노라고 땅을 파다가 커다란 돌을 하나 끄집어내어 놓고 보니 도무지 어디선가 본 듯한 생각이 들 게 모양이 생

겼는데 목도들이 그것을 메고 나가더니 어디다 갖다 버리고
온 모양이길래 쫓아나가 보니 위험하기 짝이 없는 큰길가더라.

'어디선가 본 듯한'이라는 말에 담긴 의미는 친숙성이다. 공사장에
서 파낸 돌은 대부분 모양이 비슷한 형태다. 수석(壽石)이나 문양석(紋
樣石)과 같은 특별한 돌이 아님을 드러낸다. 여기에서 캐낸 돌은 숱한
금속들 속의 전자(電子)에 비견된다. 전류의 근원인 전자는 다들 일정
한 크기와 질량을 가진 입자다.

헤어진 사람들의 관점에서 들여다보면 의미가 확연해진다. 주변 인
간들은 누구나 어느 정도씩은 시인과 정감을 나누었으리라 여겨진다.
그런 사람들이 날마다 자신을 떠나면 공허감에 휩싸일 것이다. 손가
락을 깨물어 안 아픈 손가락이 없듯 그리움들이 쌓이기 마련이다. 특
정인에만 국한되지 않고 떠난 사람들 모두에서 그리움을 느끼게 되었
으리라. 이러한 정감은 나중에 시인의 가슴에 소외감의 장막을 드리
우기 마련이다. 떠나는 사람들이 많을수록 가슴에는 소외감의 골이
깊어졌으리라 판단된다.

'목도들이 그것을 메고 나가더니'에서 '목도들'은 빛 에너지에 대응한
다. 빛 에너지를 받아 금속에서 전자들이 떨어져 나간다. 돌들을 캐
내는 인부들은 빛 에너지의 역할을 한다. '목도'란 돌이 매달린 밧줄
에 몽둥이를 꿰어 어깨로 나르는 인부들이다. '위험하기 짝이 없더라'
란 말은 광전 효과를 나타낸다. 캐낸 돌이 공사장을 벗어나는 현상이
광전 효과에 대응한다.

떠난 사람들을 대상으로 살펴봐도 한결 뜻이 명확해진다. '위험하기 짝이 없더라'란 말에는 곧 떠나리라는 뜻이 담겨 있다. 시국적인 상황이 곁의 사람들을 먼 곳으로 떠나보내려 함을 의미한다. 강점기에 일본에 의해 펼쳐진 강제력의 형태들은 다양하다. 시인이 살았던 시국에서도 강제력의 형태는 다양한 모습으로 펼쳐졌으리라 여겨진다. 주변 사람들이 하나씩 떠날 때의 참담함이 적나라하게 표현되었다고 판단된다.

그 날 밤에 한 소나기하였으니 필시 그 돌이 깨끗이 씻겼을 터인데 그 이튿날 가 보니까 변괴로다. 간 데 온 데 없더라. 어떤 돌이 와서 그 돌을 업어갔을까? 나는 이런 참 처량한 생각에서 아래와 같은 작문을 지었도다.

'한 소나기하였으니'라는 말은 금속에 강한 에너지가 공급된 것에 비유된다. 강한 에너지가 빛에 실려 금속에 충돌하면 전자가 방출된다. 비가 내리는 것은 인부들에게 활력을 주는 셈이다. 활력을 가진 인부들이 돌을 힘차게 캐낼 것이다. '간 데 온 데 없더라.'라는 말은 광전 효과를 가리킨다. 즉, 광전 효과로 전자들이 빠져 달아났음을 가리킨다.

'이런 참 처량한 생각에서'의 의미는 다소 복잡하다. '이런 시' 역시 내면에는 탈출하고 싶다는 욕망이 불길처럼 일렁댄다. 관찰자가 달아나는 대신으로 주변 사람들이 달아나 주기를 처절히 바란다. 공사장의 돌들이 사라지듯 주변 사람들도 달아나기를 바라는 마음이다.

떠나는 주변인이 사랑하는 사람일 때는 처절함이 유독 크리라 여겨진다.

'내가 그다지 사랑하던 그대여! 내 한평생에 차마 그대를 잊을 수 없소이다. 내 차례에 못 올 사랑인 줄은 알면서도 나 혼자는 꾸준히 생각하리다. 자, 그러면 내내 어여쁘소서.

'내 차례에 못 올 사랑인 줄은 알면서도'의 의미가 심오하다. 심오하면서도 너무나 눈물겨운 정감이 실린 글귀다. 자신이 사랑하는 사람과도 함께 있지 못하는 슬픈 심정을 토로했다. 궁극적으로는 자신이 먼저 죽어도 사랑하는 사람과는 사별하게 된다. 상대가 먼저 죽어도 사별하는 것은 마찬가지다. 이승에서 이루지 못할 사랑을 내생에까지 빌고 싶은 정취가 흩날린다. 가슴이 아파 눈물이 맺힐 정한이 아닐 수 없다.

'내내 어여쁘소서'에서는 함께 나누지 못할 사랑의 아쉬움이 담겨 있다. 피와 눈물을 지닌 인간이라면 누구나 가슴이 먹먹해지리라 여겨진다.

어떤 돌이 내 얼굴을 물끄러미 치어다보는 것만 같아서 이런 시는 그만 찢어 버리고 싶더라.

'물끄러미 치어다보는 것만 같아서'에서는 자조적(自嘲的)인 심경이 담겨 있다. 탈출하고 싶어도 벗어나지 못하는 자화상이 노출되어 부끄

럽기 때문이다. '그만 찢어 버리고 싶더라.'에서는 자지러질 듯한 자괴
심을 드러낸다.

시인은 '이런 시'에서 광전 효과를 도입하여 암울한 상황을 형상화
시켰다. 다다이즘과 초현실주의의 문예 사조를 반영하여 주제를 극명
히 드러내었다. 일제 강점기의 상황과 결핵의 위협으로부터 간절히 벗
어나고 싶었다. 정황으로 봐서 회생할 기미라곤 없어 보이는 암울한
상황이었다. 국가도 일본에게 먹혔고 자신의 생명도 끊기게 생겼다.
암울한 구렁텅이로 휘몰리는 탁류 같은 형국이기도 했다.

그래서 반어적인 정감으로 사랑하는 이들이라도 먼저 자신에게서
떠나기를 갈망했다. 그런 갈망이 현실화될 때의 처절한 눈물까지도
승화시킬 각오를 하면서.

이 시에서 사용된 수사법에 대해서도 살펴보겠다. 수사법의 사용
은 시의 품격을 갖추는 중요한 처리 과정이다.

내가 그다지 사랑하던 그대여!

여기에서는 영탄법이 사용되었다. '그다지 사랑하던'이란 강력한 수
식어를 동원하면서 그리움을 불러일으키려고 했다. 영탄법을 도입한
근원은 격정을 완화하여 승화시키려는 관점이라 판단된다. 형상화의
강력한 수단은 때때로 승화 현상과 연계되기 때문이다.

물끄러미 치어다보는 것만 같아서

비유법 중의 직유법이 사용되었다. '~처럼'과 같은 맥락에서 보면 직유법의 갈래로 볼 수가 있다. 단문을 사용함에도 불구하고 수사법에까지 신경을 쓴 시인의 역량이 놀랍다.

빛 에너지의 공급을 받아 금속에서 전자들이 무더기로 이탈한다. 전자들은 일정한 질량과 전하량을 지니고 있어서 규격화되어 있다. 전자들 상호간에는 어떤 차별이 될 만한 특성이 없다. 하지만 이들이 운동하는 평균 속도는 전자들의 위상을 구별시킨다. 특정한 평균 운동 에너지를 갖는 전자들의 활동 공간이 있다. 이를 개별 원자에서는 전자껍질이라고 부른다. 광전 효과에서 이탈되어 나가는 전자들의 속도는 다르기 마련이다. 하지만 이들 전자들의 평균 운동 에너지는 일정한 값을 지닌다.

공사장에서 캐내는 숱한 돌들은 다들 비슷해 보이기 마련이다. 이런 돌들이 언덕을 구를 때의 속도는 다들 다르다. 그럼에도 어떤 특정한 돌에 특별한 마음이 실릴 수 있다. 이런 특정한 돌이 시인과 헤어져야 할 주변 사람들에 비견된다.

작품에서는 돌을 사람한테만 비유했다. 시인의 마음을 들여다보면 사람만 대상이 되지는 않았으리라 판단된다. 연소되는 등불의 심지처럼 타들어가는 자신의 생명이 명징하게 자각되었으리라 느껴진다. 주변 사람들과의 작별뿐만 아니라 주변 세상과도 작별해야 할 정황이다. 자신이 자랐던 고향의 산하를 비롯한 주변의 사물들이 오죽 많았겠으랴? 이런 정황을 헤아리면 작품에는 애조가 은은한 파동으로 남실댄다. 한여름에 울음을 피워 산줄기를 넘는 뻐꾸기처럼 슬픔이 절절했으리라 여겨진다.

하지만 시인은 세상과 헤어질 자신의 운명을 담담하게 피력해 놓았다. 자연 현상에서 흔히 드러나는 법칙을 도입하여 감정을 절제하며 승화시켰다. 절제되고 승화된 정서는 독자들의 심금을 울리는 강렬한 근원이 된다. 문학의 완성도는 독자들을 감동시켜 순화시키는 정도와도 연관된다. 시인의 안목은 이런 점까지 충분히 고려했다고 판단된다.

6. 작품과 문예 사조

시인의 작품에서는 문장 부호는 물론이고 문법까지도 무시되는 경향이 드러난다. 결코 문법을 몰라서가 아니었다. 다다이즘과 초현실주의 문예 사조가 자연스럽게 용해되었다는 점들이 시선을 끈다.

6-1). 다다이즘 관점에서의 작품의 경향
기존의 정형화되고 다듬어진 문학의 틀에서 벗어나려는 몸부림이 다다이즘의 본질이다. 다분히 저항적이고 공격적인 기류가 개입된 문예 사조이기도 하다. 세월이 흘러 구축된 기존의 문학적 관념에서 자유로워지려는 대대적인 몸부림이었다.
(1). 작품 '꽃나무'에 관하여
토마셰프스키(Boris Tomashevsky)는 최소 단위의 주제(theme)를 모티

프(motif)라 정의했다. 작품 속에서 재구성되어 전개된 사건을 러시아어로 슈제트(syuzhet)라고 밝혔다. 또한 사건을 시간의 흐름에 맞춰 배열한 것을 파불라(fabula)라고 명시했다.

작품의 파불라를 살펴보면 대략 다음과 같다.

독립된 꽃나무 하나가 자람 → 꽃나무에 꽃이 많이 핌 → 관찰자가 꽃나무한테로 달려감

파불라를 형상화하기 위해 시인이 제시한 슈제트는 다음과 같다.

꽃나무는 제가 생각하는 꽃나무에게 갈 수 없소.
나는 막 달아났소.

정적(靜的)인 식물의 본성을 지적하여 탈출이 불가능함을 제시했다. 기존의 정형화된 질서가 일제 강점의 형태로 세상의 밑바닥까지 곤두박질쳤다. 이런 상황에서는 문장의 질서나 문맥의 논리마저 무너뜨리고 싶었을 것이다. 고작 지킨다고 해 봐야 남의 나라에 예속당한 신세가 아니었는가? 생각할수록 짜증나고 울화가 치밀 상황이었다. 한글 문자마저도 접시에 담긴 물처럼 증발되어 소실될지도 모를 운명이었다.

여기에서 심상(image)의 전환을 도입했다. 식물이 움직이지 못하면 동물인 관찰자라도 움직이겠다는 생각이다. 이런 사고의 전개에는 많은 기존의 관점이 뒤엉켰음을 알게 된다. 꽃나무의 속성을 동물에 대

비시킨 점이 하나다. 다음으로는 관찰자의 탈출 시도를 그려냈다. 인간인 관찰자의 탈출 욕구마저 의미가 없다고 작품에서는 묘사했다.

결국 식물이나 인간의 탈출은 무위로 끝남을 강력히 일깨워 주었다. '꽃나무'에서 시인이 제시한 정황은 극도로 암울한 상황이다. 아무리 벗어나고 싶어도 벗어날 수 없는 정황이 제시되어 있다. 시인은 시적 심상을 정형화된 기존 체제에서 이탈하려는 욕망과 연계시켰다. 문맥의 질서만이 아닌 사회 체제에 대한 탈출 욕구까지도 드러내었다.

(2). 작품 '어떤 시'에 관하여

이 작품에 대한 파불라는 다음과 같이 나타낼 수 있다.

공사 현장에서 돌을 캠 → 인부들이 돌을 옮김 → 다음 날 돌을 보러 감 → 돌이 유실됨

파불라를 형상화하기 위해 시인이 제시한 슈제트는 다음과 같다.

나 혼자는 꾸준히 생각하리다.
이런 시는 그만 찢어 버리고 싶더라.

돌을 그리운 사람으로 승화시켜 받아들였다. 다음으로는 떠난 연인으로부터 소외된 자신이 부끄럽다는 정경을 제시했다. 주변인들이 먼저 떠나도 억장이 무너지는 심사를 드러내었다. 누가 누구를 떠나든 이별에는 처절한 슬픔이 가슴으로 소용돌이치기 마련이었다. 주

변에서 사라져 주기를 바라는 사람들마저 시인에겐 소중한 사람들임을 피력했다. 사람들이 떠날 때마다 시인의 가슴에는 공허감이 눈발처럼 회오리쳤으리라 여겨진다. 핏물만큼이나 짙은 공허감이었을지도 모르리라. 그런 공허감에서 벗어나지 못하여 버둥대는 자신의 모습이 부끄럽다고 절규했다.

6-2). 초현실주의 관점에서의 작품의 경향

자크 라캉(Jacques Lacan)이 무의식은 언어처럼 구조화되어 있다고 밝혔다. 초현실주의에서는 무의식의 흐름이 작품 창작의 원류로 작용한다고 여긴다. 프로이트(Sigmund Freud) 이론의 이드(id)는 무의식에 속하는 원초자아를 나타낸다. 이드도 궁극적으로는 창작의 근원에 합류된다.

무의식이 어떻게 작품으로 형상화되었는지를 살펴보겠다.

(1). '꽃나무'의 경우

'탈출'은 시인의 내면에서 물속의 기포처럼 수시로 끓어오르는 욕정이었다. 어떻게든 현실을 떠나 생명도 건지고 나라도 찾고 싶었을 것이다. 인간의 생명이란 우주의 흐름에 의해 결정될진대 탈출구가 없음이 명확하다. 어떻게든 죽음으로부터 벗어나고 싶다는 무의식이 시인에게 줄곧 작용했을 것이다. 건강한 사람들에 비하여 가진 시간이 제한되어 있음도 알았으리라 여겨진다.

제한된 시간에 굴복하지 않는 길 중의 하나가 창작이었으리라 판단된다. 그래서 시인은 병중에서도 처연한 심정을 추스르며 창작에 몰입했다고 여겨진다. 시인이 남긴 창작물의 양은 생존 기간에 비하면 많은 분량이다. 단순히 분량만 많은 것이 아니라 작품의 수준도 탁월한 편이다.

한정된 시간의 굽이에서 작품을 남김에 있어서 작품은 시인의 정화였다. 단순히 언어의 편절을 늘어놓은 것이 아니었다. 지구를 떠나 새롭게 만나고 싶은 세상을 언제나 떠올렸을 것이다. 가슴의 통증도 없고 숨쉬기도 편안한 세계가 그리웠을 것이다. 그런 아늑하고도 평온한 세상을 향해 지구를 떠나고 싶었을 것이다. 석양의 저녁놀에 묻혀 길을 떠나는 철새들의 고즈넉함처럼 먹먹한 정경이다.

(2). '이런 시'의 경우

시인에게 이공학은 세상을 관찰하는 데 많은 통찰력을 주었다. 평범한 현상들도 항시 새로운 관점으로 시인의 영감을 자극했다고 판단된다. 막노동으로 돌 하나를 캐는 데도 의미를 붙이고 싶었을 것이다. 생존의 시간이 제한되어 있다면 더더구나 시간을 아끼고 싶었을 것이다. 세상과 둘러싼 주변으로부터 벗어나고 싶은 상대적인 상념이 소외(疏外)의 개념이다.

이 작품에서는 의도적으로 소외되고 싶은 마음이 무의식으로 표출된 경우이다. 자신이 현실을 벗어날 수 없다면 차라리 소외당하고 싶었을지도 모른다. 탈출의 반작용으로 야기된 정감이 소외 의식이다. 다들 자신의 곁에서 떠나주기를 바라는 서글픈 심정이 증폭되어 있다.

공사장에서 사라지는 무수한 돌 조각들처럼 주변인들도 떠나기를 바라는 심정이리라. 결국 탈출과 소외는 동전의 양면과 같은 특성을 지닌다. 겉으로 보기에 달라 보이지만 본질은 하나로 통하는 개념임을 드러내었다.

7. 맺는 글

'꽃나무'를 통해서는 '탈출 속도'를 도입하여 현실에서 벗어나려는 욕망을 드러내었다. 현실과 이상의 괴리를 벗어나는 척도로 탈출을 떠올렸다. 하지만 탈출 뒤의 보장이 없는 현실에 고개를 숙이며 체념한다.

'이런 시'를 통해서는 '광전 효과'를 도입하여 암담한 현실을 묘사했다. 자신이 탈출하지 못하면 주변인들이라도 탈출하라는 절규가 담긴 작품이다. 하지만 지구의 생명체가 지구를 벗어나면 호흡하지 못해 죽기 마련이다. 설혹 우주 공간에서 죽더라도 암울한 현실보다 나리라는 상념이 깔렸다.

시인은 국가적인 상황과 죽음에 내몰리는 상황을 작품으로 형상화시켰다. 단순히 슬프다거나 절망스러운 마음을 읊는 대신에 자연과학의 법칙을 도입했다. 이런 기법을 도입함으로써 작품의 완성도를 높이고 마음을 정화시켰다. 또한 문학적 조류에 걸맞게 작품의 탄탄한 골격을 완성시켰다. 이런 일은 아무나 할 수 있는 일은 결코 아니다. 재능이 있다고 하여 아무나 이룩할 수 있는 영역도 아니다. 체내에 배어

든 슬픔을 극도로 여과하여 승화시켰다. 바로 이러한 연유로 시인의 작품에 예술의 혼이 담겼다고 여겨진다. 그가 발출한 숨결마다 승화된 작품들이 그윽한 향기를 발산하리라 여겨진다.

──────────── 〈참고 문헌〉 ────────────

1. 권영민, 〈이상 전집 1 시〉, 뿔, 2009, p. 26
2. 권영민, 문헌 1과 같은 책, p. 27

〈노원문학, 2013년 12월호 발표〉

제8장

농밀한 정감의 빼어난 형상화

— 손동인 소설집 '미사리'에 관하여

소설 전개의 2대 골격은 치밀한 구성과 절제된 정감의 형상화이다. 작가가 표현하려는 내용은 설정된 전개 방식에 의해 독자들에게 전해진다. 소설의 내용이 독자들과 교감하려면 정감(情感)이 체계적으로 전달되어야 한다.

손동인은 월간 '문학저널'을 통해 등단한 시인이며 소설가이다. 소설가로 등단하기 이전에 시인으로 꾸준한 창작 활동을 했다. 그래서 그가 쓰는 소설은 문장이 상당히 안정되어 있다. 문장이 안정되어 있다는 것은 작품의 품격이 높다는 것을 의미한다. 작가는 '미사리'를 첫 소설집으로 세상에 내놓는다. 초야(草野)의 자연인(自然人)이라는 의미의 '미사리'에 담긴 작가의 애정이 강하게 느껴진다. 작품집에는 2편의 중편과 6편의 단편이 실려 있다. 작가에게는 첫 작품집이 작가의 위상을 드러내는 대단히 중요한 매체이다.

짧지 않은 8편의 작품이 내뿜는 개성은 대단히 강력하다. 무엇보다도 두드러진 것은 정감을 승화하여 독자들에게 전달하는 방식이다. 작품의 생명은 독자들과의 교감에 있다. 독자들을 감동시키지 못하면 작품의 생명은 스러진 것과 다름없다.

19세기 사실주의 문학의 시조인 스탕달(Stendhal)은 자서전에서 다음과 같이 말했다.

"작품이란 작가의 심리적 통찰에 의해 만들어져야 한다. 그래야만 독자와 교감을 이룰 수 있다."

프랑스가 낳은 사실주의 문학의 거장다운 말이다. 작가 손동인은 8편의 작품을 통하여 심리를 잘 분석해 놓았다. 인간의 정감이란 복잡하기 그지없기에 세밀하게 분석하기란 쉽지 않다. 하지만 작가는 섬세하게 분석하여 다채롭게 형상화시켰다. 숱한 작가들이 작품을 남겼지만 정감을 형상화시키기는 쉽지 않았다. 모름지기 문학이란 개성적인 시각으로 개척할 때라야 빛이 난다. 이제 각 작품에 따른 형상화의 방식을 살펴보겠다.

단편 '어숭어'에서는 '단절(斷絶)된 영역에서의 복원 심리'를 입체적으로 나타낸다. 접시꽃을 말하는 동의어가 어숭어다. '풍요' 또는 '열렬한 사랑'이란 꽃말에 담긴 의미를 부각시킨 작품이다. 아내의 도박 탓에 나(김철구)와 아내는 2년 만에 이혼한다. 30대 초반에 결혼하여 자식도 없이 이혼한 상태다. 이혼 후에 음주로 인한 착란 증세로 정신병원에 입원까지 한다. 이런 나를 정상인으로 회생시킨 친구가 구덕만이다. 40대의 나이에 구덕만이가 교통사고로 세상을 떠난다. 덕만의 문상을 가서 덕만의 아내로부터 이혼한 아내의 소식을 듣는다.

산사에서 마음을 닦고 있다는 얘기다. 주인공이 좌절했을 때에 도우려고 통장까지 만들어서 덕만에게 맡겼다고 한다. 세월이 흘러 주인공이 덕만의 위패가 안치된 절까지 다녀온 뒤다. 산에서 50년 묵은 산삼 2뿌리를 채취한다. 집으로 내려오니 집 앞에 낯선 승용차가 보인다. 덕만의 처와 이혼한 아내가 농가를 찾았다. 마음을 비워 2여인들에게 산삼도 복용시킨다. 덕만의 처가 돌아간 뒤에 다시 아내와 결합한다는 얘기다.

주인공이 아내와 결합할 때는 아내를 사랑했기 때문이다. 그러다가 아내가 도박을 하여 막대한 빚을 주인공에게 떠안겼다. 결국 자식도 갖지 못한 채 이혼까지 하게 되었다. 주인공은 아내로부터 심한 실망감을 느껴 음주로 자학하기에 이르렀다. 주인공이 겪은 정신 영역은 극도의 실망감과 좌절감이다.

삶에 있어서 이혼은 극단적인 조처이다. 원인이 무엇이든지 이혼한 부부는 서로에 관해 강한 충격을 받는다. 주인공뿐만 아니라 그의 아내도 엄청난 충격을 받기 마련이다. 이혼했던 부부가 재결합하기란 거의 불가능한 상황이다. 작가는 이런 극한 상황마저도 해결되도록 묘법을 구사하고 있다. 주인공과 아내에 대한 철저한 심리 분석의 장면을 명료히 제시한다.

주인공이 실의에 잠겨 음주를 하고 정신이 피폐해진다는 정황을 드러낸다. 아내는 산사의 공양주 보살로 마음을 닦는 장면도 보여준다.

아내가 통장을 마련하여 주인공을 도우려는 장면도 내보인다. 주인공이 캔 산삼은 금액으로 치자면 어마어마한 물품이다. 이런 산삼을 두 여인들에게 먹도록 배려한 장면도 보여준다. 또한 덕만의 가족이 주인공의 집에서 휴가를 보내는 정경도 제시한다.

도저히 풀 길 없는 정황을 정면으로 돌파할 길을 제시한다. 이런 체계화된 장치의 역할로 정감은 농익도록 삭게 된다. 정감이 농익은 상태가 되어야만 어떤 난관도 극복할 수가 있다. 통상적 관점에서는 불가능해 보이는 국면도 거뜬히 해결된다. 심리에 대한 입체적인 처리 기법은 작가의 탁월한 능력이다.

'갈림길'에서는 오해로 인해 '상실(喪失)한 영역에 대한 회복 심리'를 보여준다. 인간은 누구에게나 상실한 영역에 대한 애틋한 그리움을 지니게 마련이다. 작가는 이런 보편적인 정서를 구체적인 골격을 만들어서 독자들에게 보여준다.

48세에 세상 떠난 아내의 3주기 제삿날에 주인공이 집을 나선다. 형과 동생 가족들이 와서 제수를 준비할 동안이다. 아내가 누워 있는 용미리 공원으로 가서 회상에 잠긴다. 아내가 췌장암에 걸려 죽으면서도 주인공에게 재혼하기를 권한다. 아내는 친정이나 시가 형제들에 대하여도 모범적인 여인이었다. 아내는 미애라는 딸을 세상에 남기고 죽었다. 아내는 도산 직전의 시숙에게도 경제적 도움을 주었다.

아내의 제사를 지낸 뒤에 형이 주인공의 전시 작품을 얘기한다. '갈림길'이란 그림이 인상적이었다고 들려준다. 다른 식구들이 돌아간 뒤에 딸과 대화를 나눈다. 갈림길에 묘사된 두 여인은 옛 애인과 딸의 엄마였다고 밝힌다.

주인공은 청주의 장인 생신에 참여하러 가다가 옛 애인을 만난다. 무녀가 된 옛 애인은 주인공의 자식까지 출산한 상태였다. 애인과 결혼하지 못했던 원인이 빈곤 탓이 아닌 강신(降神) 때문이었다. 오해가 풀리면서 상실된 영역을 되찾게 하는 활력을 제공한다. 작가는 상실한 영역으로 되돌아가고 싶은 인간의 정감을 형상화시켰다. 회귀 본능과 윤리에 대한 균형까지 치밀하게 고려한 점이 탁월하다.

'초등군자'에서는 '애정의 집결체(集結體)로 상대의 마음을 흡입시키는 심리'를 나타낸다. 친구가 세상을 떠나면서 딸의 주례가 되어 달라고 주인공에게 요청한다. 학력은 낮아도 덕을 갖춰 군자의 풍도를 갖춘 친구인 상민이다. 상민과 작가인 주인공은 어릴 때부터 친하게 지냈다. 오랜만에 만난 둘만의 자리에서다. 주인공은 수필집을 꺼내 상민의 얘기가 담긴 장면을 보여준다. 둘은 가슴 깊이 통하는 유대감을 느낀다. 아내를 급성 백혈병으로 잃고 상민마저 암으로 사망한 뒤였다. 병실에 놓인 유서에서 상민은 주인공에게 딸의 주례를 부탁한다고 말했다.

상민에게 딸은 모든 애정의 집결체다. 애정의 집결체에 친구의 마음을 불러들이는 장면이 설정되어 있다. 작가는 인간의 마음을 건축물을 짓듯 입체적으로 형상화시키고 있다. 슬픔이 짙게 밴 가운데서도 과장되지 않은 절제된 정감을 전한다.

'곰방대'에서는 '증오(憎惡)의 감정을 승화한 사랑의 심리'를 드러낸다. 학력이 높은 할아버지한테 항시 무식하다고 멸시당했다고 느낀, 주인공의 할머니다. 인품을 갖춘 할아버지가 속되게 구박했으리라고는 쉽게 연상되지 않는다. 할아버지는 향토 사학자이며 훈장까지 지낸 인물이다. 이런 할아버지가 아내인 할머니를 구박했다고는 상식적으로 받아들이기 어렵다. 문제는 자격지심(自激之心)이라 불리는, 할머니의 내재된 열등감이다.

할머니한테는 평생을 선비 정신으로 산 남편이 자랑스러웠을 법하다. 할아버지의 생일에 태어난 손자가 할아버지처럼 박식하다는 것도 기꺼웠을 것이다. 그런데도 할머니는 손자를 냉담하게 대해 왔다. 할아버지가 사망한 뒤에 고서(古書)마저 기를 쓰고 태워 버린 할머니다. 심지어 손자가 말렸는데도 불구하고 다 태워 버렸다. 이때부터 할머니와 손자 사이에는 빙벽(氷壁)이 자리 잡게 되었다. 손자인 주인공은 어릴 때부터 시린 단절의 경험을 했다. 마음을 닫지 않을 수 없는 세계도 있다는 쓰라린 경험이었다.

곰방대는 단죽(短竹)이라고도 하며 짧은 담뱃대를 말한다. 담뱃잎을 쪄서 말린 다음에 잘게 썬 것을 살담배라고 한다. 곰방대는 살담배를 넣어 피우는 짧은 담뱃대다. 할머니가 할아버지의 유품 중에서 손자를 위해 곰방대만 남겨 두었다. 곰방대를 전하면서 할머니가 진심을 말한다. 손자를 미워한 것이 아니라, 손자에 겹쳐지는 할아버지의 잔영을 미워했다고. 사람들이 마음에 가질 만한 열등감을 세밀히 해부하여 그려내었다. 증오도 사랑의 한 형태라는 것을 파악하여 승화시킨 기법이 놀랍다.

연작 소설인 3작품을 살펴보겠다. '미사리'에서는 '자책감(自責感)으로부터 파생된 정감을 수습하는 심리'를 제시했다. 주인공의 아내가 아파트 단지 내에서 아이를 교통사고로 잃는다. 아내는 아이를 보호하지 못한 자책감을 심하게 느꼈다. 그러다가 실성하여 가출해 버린다. 주인공도 아내를 찾다가 견디지 못하여 교직에서 물러난다. 주인공은 시골 야산에 움막을 지어 기거한다. 아내는 화원의 여주인을 통해 종교를 갖게 되면서 기력을 되찾는다. 친구인 김 교수를 통해 다시 내외가 결합한다는 내용이 펼쳐진다.

아기를 지척에서 잃었을 때의 충격은 형언하기 어렵다. 세상에는 이와 유사한 자책감의 근원들이 많다. 순간적인 실수로 집을 불태울 수도 있다. 강에서 목욕하다가 친구가 익사하는 장면을 볼 수도 있다. 이런저런 사건들이 현실에 많이 대두될 수 있다. 작가는 피치 못할 자책감의 근원을 파헤쳐 독자들에게 제시하고 있다.

중편 '잃어버린 죄'에서는 '미사리'의 이야기를 조금 더 부연했다. 주인공의 아내에게 활기를 제공한 노병국 내외에 관한 이야기가 전개된다. 아들을 잃고부터 '미경 꽃집'을 방문하여 꽃을 사던 아내였다. 꽃집의 여주인이 김초희였고, 그의 남편이 노병국이었다. 노병국은 치과의사였다. 노병국 내외가 미국으로 건너갔다가 정리할 일이 있어서 일시 귀국했다. 주인공 가족을 만나 대화하다가 꽃집을 주인공의 아내에게 주겠다고 말했다. 주인공 가족이 미국으로 건너갈 단서를 제공하는 장면이 설정되어 있다.

단편 '로마린다'에서는 '체념(諦念)한 영역에 대한 정감의 심리'가 그려져 있다. 로마린다(Loma Linda)는 미국의 소도시의 이름이다. 특히 주인공 아내에게 은혜를 베푼 노병국 부부가 생활하는 근거지다. 주인공이 소도시로 건너가면서 예측하지 못했던 많은 일들이 일어난다.

체념한 영역이란 고아라고 하여 가족이 없을 거라는 고정관념을 말한다. 그런데 의외의 일이 벌어져 고정관념마저 깨뜨리게 된다. 고아인 주인공이 미국에서 동생을 만나서 함께 귀국한다는 내용이다. 확률적으로는 희박한 정황이긴 하지만 현실적으로는 엄연히 가능한 일이다.

이러한 체념한 영역마저 깨뜨릴 근원은 주인공 아내인 윤미경의 간증이었다. 윤미경이 미국 교회에서 간증을 통해 숱한 신도들을 감동시킨다. 아이를 잃고 넋을 놓아 배회하다가 인생이 달라졌다고 들려준다. 미경의 오빠 가족이 부모와 함께 미국에 이민했다. 그러다가 부모가 강도에게 살해당하는 비운을 겪었다. 남편 혼자 미국으로 건너와 그녀의 부모 장례식을 치렀다고도 들려준다. 남편의 혈육을 찾게 해 달라고 신에게 호소한다. 미경의 간증이 끝난 후에 주인공의 제수로부터의 문의가 노병국에게로 들어온다.

작가는 근원적인 체념마저도 끌어내어 독자들에게 선보인다. 심리구조를 철저히 연구하지 않고서는 쉽게 접근하지 못할 영역이다. 이런 관점에서 작가는 세상 사람들의 심리를 충분히 연구했다고 판단된다.

마지막 작품으로 중편인 '그 겨울 이야기'를 살펴보겠다. 이 작품에서는 '암울(暗鬱)한 현실을 극적으로 극복한 심리'를 나타내고 있다. 별명으로 서로 통하는 세 청년이 있다. '우거지'와 '코털'과 '잠바'다. 이들 중에서는 코털이 제일 연장자이다. 그 다음이 잠바이고 우거지가 막내이다. 시장에서 노점상을 하는 세 청년들의 꿈은 야무지다. 언젠가는 변신하여 위상을 드높이겠다는 포부가 각자에게 담겨 있다.

신혼 초에 소박맞은 과부인 밥집 할머니가 주요 인물로 등장한다. 할머니가 구사하는 북한 사투리까지 작가는 잘 담아서 표현했다. 작품에 임하는 작가의 성실도가 곧바로 느껴지는 부분이기도 하다. 작품을 부드럽게 만드는 역할로 살롱의 노처녀도 등장시킨다. 세 사내와 할머니와 노처녀의 다섯이 정겨운 분위기를 연출한다. 삶이 어려울수록 더욱 인간적인 유대가 끈끈해야 함을 암묵적으로 보여준다.

비가 내리거나 눈이 내려도 노점상은 영업을 하기가 어렵다. 게다가 단속하는 경찰관들을 만나면 더욱 참담한 처지가 된다. 눈 내리는 날에 영업하다가 우거지와 잠바가 파출소로 연행된다. 신원 조회를 하다가 잠바가 명문대학에 휴학 중인 학생임이 밝혀진다. 눈 내리는 날에 우거지와 잠바는 가슴으로 통하는 대화를 나눈다. 그래서 언젠가는 비상할 것임을 작품 전반에 드러내는 복선(伏線)을 깔았다. 북한 사투리의 사용과 복선의 설치 등을 통하여 치밀하게 창작되었다.

세월이 흘러서 코털은 과일 도매업자에서 다른 업체로 전환했다. 잠바는 변호사가 되었고, 우거지는 시 의회 의원이 되었다. 우거지와 잠바는 어떤 학교의 교장실에서 서로 만나게 되었다. 그래서 과거를 회상하며 뜨거운 눈물을 뿌린다는 얘기다.

그저 숨 가쁘게 돌아가는 현실에서도 사람들은 꿈을 간직하기 마련이다. 현실이 고달파질수록 그 꿈은 더욱 소중하게 여겨진다. 사람들의 가슴에 내재된 원천적인 포부를 실현하려는 심리를 작가가 그려내었다. 작가는 소설가이기 이전에 시인으로서 세속인들의 정감을 잘 들여다보았다. 정감을 들여다본 것에 그치지 않고 유형별로 분류하여 분석했다고 판단된다. 작가들에게는 인간 심리 구조의 연구가 필수적이다. 여기에 따른 연구가 부실하면 자기만족에만 그칠 작품을 남기기 십상이다.

작가는 '작가의 글'에서도 다음과 같이 소신을 밝혀 놓았다.

"한순간이라도 세상은 아름다워야 하기에, 주옥같은 글보다는 감성을 동반한 순수한 우리들의 이야기를 통해서 인간의 내면의 세계를 들여다보는 것 그 자체 하나만으로도 이미 아름다운 삶에 동행하는 것이기 때문이리라."

작가는 감성을 동반한 이야기를 쓰겠다고 밝혔다. 인간이 주변의 인간들과 교감하려면 정감의 본질을 잘 파악해야 한다. 눈물이 흐른다거나 화가 난다거나 그립다는 것은 명백한 감성의 영역이다. 작가들은 작품의 상당한 영역을 체험에 의해 기술할 수도 있다. 체험이 실린 작품들은 대개 생명력을 지닌다. 하지만, 작가들이라고 하여 세상의 현상들을 일일이 다 체험하지는 못한다.

작가 손동인은 등단하자마자 소설집 '미사리'를 세상에 선보인다. 그것도 중편 2편에 단편 6편을 묶은 상태다. 이 정도의 견실함만으로도 그가 앞으로 어떤 족적을 남길지 기대된다. 작가들은 인간의 심리를 세세하게 분석하여 연구해야 한다. 이런 관점에서 손동인은 미래가 주목되는 작가이다. 손동인 작가는 작품을 통하여 심리 분석의 진수를 보여주었기 때문이다.

소설집 '미사리'는 인간의 농밀한 정감을 빼어나게 형상화한 작품 집이다. 독자들뿐만 아니라 작가들에게도 강렬한 충격을 주리라 확신한다. 인간의 심리를 정교하면서도 절제된 정감으로 형상화시키는 데 성공했다. 서사의 구조도 안정하여 작품들마다 힘이 넘친다. 작품 집이 독자들에게 널리 호응받으리라 확신하며 작가에게도 문운이 번성하기를 빈다.

〈소설집 '미사리'(2011년) 해설〉

제9장

섬세한 심리에 대한 환상적인 미학

– 이상은 소설집 '타조의 계단'에 관하여

소설은 기승전결(起承轉結)의 골격을 특히 중시하는 문학 장르이다. 단순한 이야기 거리를 펼친다고 하여 소설이 되는 것은 아니다. 전(轉)과 결(結)을 통하여 독자의 정서를 뒤흔들 기법을 구사해야 한다. 이런 치밀한 기법에 해당하는 것이 서사 구조의 형상화라 불린다.

서사 구조를 형상화하는 데에 인간의 심리 상태가 중요하게 작용한다. 마음의 흐름을 묘사하는 데에는 각별한 연구와 노력이 필요하다. 심리를 잘 묘사하려면 체험을 쌓거나 관찰적인 식견을 넓혀야 한다. 체험이건 관찰적인 식견이건 작가는 치밀하게 연구하여 전개해야 한다. 치밀한 점이 없으면 금세 독자들이 눈을 돌리게 마련이다.

모든 문학 작품은 언어로 기록되게 마련이다. 심리를 표현하되 언어로 매우 사실적으로 묘사해야 한다. 독자가 글을 읽고 감동하려면 글의 전반에 생동감이 넘쳐야 한다. 글에서 생동감이 빠진 작품은 독자들에게 감흥을 주지 못한다. 글에 생동감을 주려면 작가는 긴장한 자세로 세상을 관찰해야 한다. 세상을 넘나드는 에너지의 이동 경로마저도 투시할 수 있어야 한다. 에너지란 일을 할 수 있는 능력을 의미한다.

19세기말 러시아의 대표적인 사실주의 작가인 체호프(Chekhov, Anton Pavlovich)는 다음과 같이 말했다.

"언어란 인간의 마음을 전하는 신묘한 선율이다. 인간을 감동시키려면 언어의 율동이 살아 있어야 한다."

러시아를 대표할 만한 문호다운 얘기라고 생각된다. 그만큼 문학이란 구사하는 언어에 의해 빛을 발하게 마련이다. 언어에 율동을 실으려면 거기에는 인간의 심리를 투영시켜야 한다. 사람의 마음을 차분하게 논리적인 구조로 문장에 담아야 한다.

이상은은 문예한국과 문학저널을 통해 등단한 작가이다. 소설집인 '타조의 계단'에는 4편의 중편소설이 실려 있다. 이들 작품에 대한 공통점은 심리 묘사가 환상적인 수준이라는 점이다. 탁월한 심리 묘사를 통하여 서사 구조를 완성시킨 기량이 놀랍다.

누구나 체험했음직한 이야기들인데도 마음의 물줄기를 극명하게 잘 묘사했다. 등장인물들의 마음이 어떻게 얽혀서 작품을 완성시키는가를 보여주는 쾌작이기도 하다. 묶인 4편의 각 작품에 대해 순서대로 살펴보기로 한다.

첫째 작품은 '보물 상자'이다. 제목만으로도 어떤 보물이 담겨 있을지 궁금증을 자아내는 작품이다. 주인공 서린은 남편이 등산하다가 조난당한 줄도 모르고 사는 미망인이다. 서린의 어머니는 유부남과 사랑하다가 서린을 낳았다. 시가에서는 아이를 낳지 말라고 서린의 어머니를 윽박질렀다. 하지만 서린의 어머니는 서린을 낳았다. 시가에서는 서린의 모녀에 대한 양육비만 지원하는 조처를 취했다.

서린은 남편이 실종된 이후로 7년째 딸인 정민과 둘이서 산다. 남편인 유성과 그의 후배인 준모를 서린이 졸업식 날에 만났다. 유성의 졸업식장에서 하객(賀客)으로 온 준모를 만나 인사를 나누었다. 서린이 유성과 사귀었을 때에는 유성은 마음에 상처를 입은 상태였다. 그가 마음에 둔 여인(혜령)이 등산하다가 조난을 당했다. 이후로 유성은 어떤 여인에게도 관심을 기울이지 못하는 상태였다.

졸업 직후에 유학을 떠났던 준모가 7년 후에 귀국했다. 준모가 서린을 만나면서도 그의 마음을 열지는 않는다. 힘들여 쌓은 그의 지위에 대한 집착이 강했기 때문이다. 서린과 어울리면서도 배우자로는 전혀 받아들이지 않으려는 마음이다. 이런 준모의 마음을 서린도 알아차린다. 결국 준모는 다시 해외의 대학교로 떠나 버린다. 서린은 공항까지 가서 그를 전송하고는 허탈한 마음으로 되돌아선다.

어머니와 서린의 관계가 서린과 정민의 관계로 이어진다. 어느 곳에서도 수용되기 어려운 가족의 편절(片節)이다. 제목이 시사하는 '보물 상자'에 관한 심리적 요소를 살펴보겠다. 여기서 말하는 보물이란 외관상의 물질이라기보다는 마음의 보물이다. 서린의 어머니한테는 유부남과의 사랑이 보물이다. 서린한테는 남편에 대한 사랑과 준모에 대한 연정이 보물에 해당한다. 유성에게는 혜령의 영혼이, 준모에게는 그의 소중한 지위가 보물에 해당한다.

보물인 줄 알고 접촉했어도 보물이 아님을 섬뜩하게 알아차리는 서린이다. 그녀의 어머니에게 베푼 고마움으로 유성에게 몸을 던진 서린이다. 하지만 성교 직후에 통곡하는 유성 때문에 보물이 아니었음을 통감한다. 다시는 이어질 수 없는 관계임을 통감할 때의 처절함이 드러난다. 직접 접촉해 보지 않으면 보물인지 아닌지를 모를 때가 많다. 작가는 세상의 보물들에 대한 진위를 독자로 하여금 판단하게 만든다. 이탈리아로 떠나는 준모를 전송하는 서린의 서글픈 마음을 섬세하게 묘사한다.

'보물 상자'가 잘 살린 기능은 승화된 사랑의 심리 표현이다. 서린과 준모와는 화합할 요건이 없지만 서린이 공항까지 가서 배웅한다. 이기심을 초월한 승화된 사랑을 강력한 보물로 제시하는 장면이 탁월하다. 세상의 풍파를 겪은 혜안(慧眼)이 아니고서는 담아내기 어려운 수완이다.

둘째 작품은 '타조의 계단'이다. 타조(駝鳥)는 날지 못하는 새로 키가 2.5미터에 이른다. 위기에 처해 평지를 달릴 때에는 시속 60킬로미터까지 달리는 새다. 주인공인 한별과 형은 이복형제이다. 형은 한별과 이복형제임을 미리부터 알고 있었다. 주인공인 한별만 나중에야 알게 되었다.

한별의 어머니는 어릴 때부터 한별과 형을 키우며 생활했다. 한별의 기억에는 아버지가 담겨 있지 않았다. 출생 내력으로는 형이 10살 때

형의 아버지가 죽었다. 당시에 형과 어머니는 큰집에 얹혀살았다. 그러다가 어머니는 늘어난 빚으로 동네 부자의 첩이 되었다. 부자의 첩이 되면서 한별이 출생했다. 부자가 돌연히 사망하여 어머니는 부자집을 나와야 했다. 그러면서 큰집에서도 추방당했다. 그 길로 주문진으로 세 명의 가족이 떠났다.

생활이 어려워 형은 한별을 위해 대학 진학까지 포기했다. 어머니와 형의 노력 덕에 한별은 박사학위까지 취득했다. 그러다가 마음이 스산한 한별이 수도원을 찾았다. 그리하여 수사가 되겠다며 형과 어머니와 결별했다. 동료 수사인 스테파노가 병이 들어 죽어 한별이 충격을 받았다. 수도원 생활 8년째가 되어도 한별은 진정한 즐거움을 느끼지 못했다.

수련장인 알로이시오의 재가로 수도원 외에서의 한별의 생활이 허용된다. 그러다가 방 신부가 로마에서 2년간 머문다는 소식을 듣는다. 방 신부의 아파트와 승용차를 한별이 이용하게 된다. 강릉의 형도 찾아보고 형과 함께 주문진의 어머니를 방문하러 간다. 주문진으로 향하는 차에서 한별이 수도원 생활을 청산하겠다고 말하려는 때다. 형이 한별의 출생 내력을 들려준다. 한별이 커다란 충격을 받는다.

그러다가 주문진으로 갈 때까지 숱한 상념에 시달리며 갈등한다. 수도원 생활에 순응하지 못하여 환속할까 망설이던 한별이다. 그러던 중에 형으로부터 출생 내력을 듣는다. 여태까지의 자신의 생활을 돌이켜 보지 않을 수 없는 한별이다. 출생의 뿌리조차 모른 채 방황했던 자신의 처지가 신산스럽기 그지없다. 형으로부터 출생의 내력을 듣지 못했으면 한별이 환속한다고 말했을지도 모른다. 출생의 내력을 알게 되면서 더욱 심리적 갈등이 심화된다. 기묘하기 그지없는 심리의 변화를 이처럼 섬세하게 파헤치기가 쉽지 않다.

복잡하게 끓어오르는 마음의 고뇌를 추스르며 한별이 주문진으로 간다. 거기에서 어머니를 만난 뒤에 종합적으로 판단하여 결단을 내리려는 심정이다. 수도원으로 돌아갈 것인지 환속할 것인지를. 이 부분에서는 독자들도 한별의 입장이 되어 고뇌하게 되리라 여겨진다.

어머니를 방문했을 때에 어머니가 준비된 잠옷을 자식들에게 내민다. 형제가 감동에 젖어 하룻밤을 어머니와 함께 지낸다. 이튿날 형은 곧바로 강릉으로 돌아가고 한별은 며칠 더 묵는다. 주문진의 해변을 산책하며 한별은 자신의 갈등을 추슬러 마음을 굳힌다. 속이 타도록 고뇌한 결과 수도원으로 되돌아가기로 마음먹는다는 얘기다.

이 작품에는 상징된 개념들이 서로 연계되어 있다. 타조의 날개는 퇴화되어 나는 데에 이용될 수가 없다. 형은 일찍 아버지를 여의었고 도중에 어머니마저 동네 부자에게 빼앗겼다. 그 신세가 타조의 퇴화된 날개와 닮았다. 그를 위해 희생한 형을 떠올리자 막막한 심정에 휩싸인 한별이다. 보상할 길 없는 공허감과 자신의 출생 내력에 단절감을 느낀다. 두 남편을 상실한 어머니도 영락없는 타조의 신세이다.

현실에 제시된 희망보다는 극복해야 할 난관이 엄청나게 많은 처지다. 극복해야 할 숱한 난관이 계단으로 상징화되어 있다. 한별이 수사가 되려고 수도원을 찾은 정황이 상세히 제시되어 있다. 연인인 아영과의 결별도 원인이다. 가난하여 공책의 글씨를 지우개로 지웠다가 거짓말쟁이란 오명을 둘러쓴 한별이다. 쓸쓸한 웃음이 비웃는 웃음으로 오해되어 동료 학생으로부터 구타당하기도 했다. 세 모자(母子)의 어느 누구한테도 가볍지 않은 멍에가 씌워져 있다. 줄줄이 넘어야 할 난관들이 계단처럼 펼쳐져 있다.

각자의 멍에를 쉽게 서로에게 내보일 수 없는 처지다. 설사 내보이더라도 각자가 극복해야 할 버거운 과제들이다. 암울하고 처연한 마음을 객관화된 틀로 묘사한 작가의 재능이 놀랍다.

셋째 작품은 '시인의 낙엽'이다. 낙엽이란 떨어진 나뭇잎을 말한다. '시인의 낙엽'이란 제목에서 작가가 나타내려는 주제가 예사롭지 않다.

회사에서 노조 업무를 맡았던 종헌이 직장에서 물러난다. 그리하여 막노동 일을 하는 과정에서 아내와 파경을 맞는다. 많은 작가들이 흔히 다루었던 이야기 소재다. 아내인 영민은 딸 지현을 데리고 종헌에게서 떠난다.

어렵게 살다가 종헌은 인테리어 사업을 맡는다. 그런 종헌에게 느닷없이 아내의 전화가 걸려온다. 딸인 지현의 생명이 시한부이기에 당분간 함께 살자는 제안이었다. 함께 살다가 지현이 숨을 거두자 아내는 원래대로 가 버린다.

종헌이 어느 날 한적한 시골길에서 사고가 난 승용차를 발견한다. 대화하다가 보니 승용차의 주인은 자원봉사자임을 알게 된다. 게다가 아내에게 당분간 함께 살라고 조언했던 여인임을 알게 된다. 그래서 종헌이 봉사단을 찾게 되어 새로운 희망을 갖게 된다.

종헌이 회사에서 물러나면서 많은 붕괴가 발생했다. 아내와의 이혼이 붕괴 중의 하나였다. 딸인 지현이 병으로 급기야 죽고 말았다. 종헌의 심경 고백의 처리 기법으로 청소부가 등장된다. 청소부에게 종헌이 자신의 괴로운 심정을 토로한다. 청소부 역시 아내와 사별한 사내였다. 청소부의 입을 통해 작가의 의도를 드러낸다. 사람들은 자신의 위치에 만족하는 게 바람직하다고.

견실한 직장에서 물러난 처연한 심정의 종헌이다. 직장에서 물러나면서 가정도 깨어지고 딸도 잃었다. 시한적인 삶에 처해서도 중학생 딸이 종헌에게 애정을 나타낸다.

'아빠랑 악수하고 싶어요.'

서서히 다가드는 죽음의 실체에 임해서도 순수한 사랑을 나타내는 딸이다. 이 작품에서는 심리적인 승화 과정이 잘 드러난다. 딸인 지현이 나타내는 아버지에 대한 사랑이 대표적인 예다. 회사에서 물러나면서 막노동꾼을 거쳐 인테리어 업자가 되어 안정을 회복한다. 아내와 이혼하고도 새로운 여인을 만나 새로운 가정을 구축하려고 한다. 아내도 새 남자를 만나서 평화로운 분위기를 자아낸다. 이 정도면 역경을 통한 승화가 이루어졌다고 판단된다.

마지막 작품은 '그냥 내버려 둬'이다. 공동 스튜디오에서 일하는 세 남녀 간의 삼각관계를 다룬 작품이다. 주인공인 경주는 여성 작곡가다. 성현은 남성 피아노 연주가이다. 연희는 여성 연출가다. 경주는 성현과 연인 관계로 지냈다. 그랬는데 어느 날부터 성현과 연희가 사랑을 나누기 시작했다. 경주에게 마음이 시들해진 성현의 배신이다. 한편 경주도 이 무렵부터 동네의 약사에게 마음이 끌린다.

경주가 어릴 때 아버지한테 수선화를 꺾어 달라고 졸랐다. 아버지가 학교 담장 밑의 수선화를 꺾어서 건넬 때였다. 경주는 옷에 오줌을

지렸다. 그 때부터 뭔가 심상찮은 조짐을 느낀 경주였다.

어느 날 연희가 경주와 단독으로 만났다. 그 자리에서 성현과의 사랑을 고백했다. 그 날 두 여인이 술이 듬뿍 취해 성현에게로 갔다. 셋이 있는 자리에서 경주와 성현이 결별하자고 말했다. 그런 뒤에 셋이 각자의 슬픔에 취해 울음을 터뜨렸다. 보기 드문 기묘한 정경이었다. 그만큼 심리 상태가 미묘하다는 얘기였다.

그러다가 경주가 약사를 만나러 약국에 간다. 손님들이 많아 대기하다가 횡단보도를 건너게 된다. 횡단보도를 건너다가 화물차에 치여 경주가 목숨을 잃는다. 소재는 지극히 흔한 삼각관계이지만 접근 방식이 독특하다. 공동 업무를 함께 하는 가족 같은 사이에서의 삼각관계다. 다른 경우 같으면 몰라도 생기기 어려운 장면이다. 하지만 인간 사회에서는 생길 만한 사건이다. 이런 상황까지 치밀히 안배하여 심리적으로 묘사하여 뛰어났다고 생각된다.

이 작품에서 작가는 작중 의도를 드러낸다.

"바람이 세차게 불어도 좋으리 그 모진 겨울을 건너면서 / 노랗고 가볍게 흔들리고 있네. 외줄기 꽃대 위에서 마치 여신처럼."

또한 사건이 일어나는 근원을 작가는 작품 속에서 밝힌다.

"사람은 새로운 변화를 두려워하는 게 아니라 시작하는 첫 출발점이 낯설게 느껴지기 때문에 주저할 뿐이다."

현대소설은 인간의 심리 묘사를 사실적으로 나타내는 추세를 보인다. 작가의 네 편의 중편소설은 다들 인간의 심리를 묘사하고 있다. 작가라고 하여 매사를 다 체험할 수는 없는 일이다. 때로는 체험하지 못한 영역이라도 체험한 것 이상으로 묘사해야 한다. 이를 위하여 작가는 심리의 흐름에 대해 지속적으로 연구해야 한다.

작가 이상은은 이런 관점에서 볼 때 탁월한 심리 묘사가이다. 작품 전편에 흐르는 느낌이 작가가 실제로 체험한 듯이 다가온다. '보물 상자'에서는 배웅하는 장면으로써 승화된 사랑을 잘 처리했다. '타조의 계단'에서는 세 모자(母子)의 암울한 정황을 밀도 있게 묘사했다. '시인의 낙엽'에서는 딸과 사별한 이혼한 부부의 처절한 슬픔이 조명되었다. 딸이 숨을 거두면서 부모에게 강한 영향력을 미쳤다. '그냥 내버려 둬'에서는 같은 작업실의 남녀 간의 삼각관계를 드러내었다.

문학의 본질은 정서 순화에 있다. 어떠한 이야기 줄거리를 다루더라도 작품은 고유한 향기를 발산해야 한다. 작품을 읽고 나서는 재차 음미할 정도의 매력이 있어야 한다. 이렇게 만들기 위해서 작가는 부단히 수련하는 성실함을 지녀야 한다.

작품 네 편의 수준은 다들 고른 편이다. 전문가의 근성이 드러날 정도로 심리 묘사를 잘 다루었다. 단순히 다룬 정도가 아니라 승화의 경지까지 잘 묘사했다. 가족 구성원이 갈라서거나 사망하지만 그 본질을 바라보는 시각은 따뜻하다. 또한 현세를 떠나 종교계에 입문하는 장면도 그렸다. 그 어떤 경우나 인간 사회에서는 있을 수 있는 얘기다. 가능한 얘기를 과장하지 않고 차분한 서사 구조로 잘 표현했다.

작품집 '타조의 계단'에 담긴 작가의 성실성이 작품을 빛나게 한다. 읽힌 작품들마다 그윽한 잔영이 영혼을 맑게 빗질해 주는 느낌이다. 근래에 드물게 심리에 대한 환상적인 미학을 보여준 작품들이다. 독자들은 물론이요 숱한 작가들에게도 심리 묘사의 진수를 선보이리라 여겨진다. 소설집 '타조의 계단'이 높은 문학적 위상으로 독자들에게 사랑받으리라 확신한다. 아울러 작가에게도 왕성한 문운과 끝없는 발전을 기원한다.

〈소설집 '타조의 계단'(2011) 해설〉

제10장

다채로운 이미지의 형상화와 탁월한 수사학적 표현

– 강성연 시집 '바람에 기대어'에 부쳐

창작물이란 작가에 의해서 새롭게 형성된, 독특한 세계를 의미한다. 이전에 그 누구도 발견하거나 열지 못했던 세계. 그런 세계를 새로운 관점으로 찾아 발굴하는 사람이 작가(作家)다. 창작물이 시일 때의 작가는 시인이라고 불린다. 시(詩)란 참으로 다채로운 언어적인 감각과 정서에 의해 빚어지는 문학이다. 어떤 수련 과정을 겪었든 시단에 오른 시인은 검증받은 문인이다. 이런 시인들은 신(神)을 대변하여 작품을 산출하는 사람들이기도 하다. 시인들이 가장 조심해야 할 점은 편협성으로부터 벗어나야 한다는 점이다. 자신의 취향만을 고집해서는 안 될 일이다. 자신이 좋아하는 취향일지라도 다른 사람들에겐 심드렁하게 비칠 수도 있다. 이런 점을 염두에 둔다면 취향에 얽매이지 말아야 할 것이다. 사물을 객관적으로 보기 위해서는 자신의 취향의 굴레에서 벗어나야 한다. 말하기는 쉬워도 누구든 실행하기란 쉽지 않으리라고 여겨진다. 그러기에 거듭 강조하고 싶은 점이다.

은계 강성연 시인은 2002년에 처녀 시집 '바람에 기대어'를 출간했다. 시인의 시집은 대학 도서관에도 이미 진열되어 있는 상태다. 81편에 이르는 시를 통하여 시인은 독특한 창작 세계를 이루었다. 다채로운 이미지의 형상화와 수사학적 표현미에 있어서 성공을 거둔 작품들이다. 흔히들 전해 내려오는 말이 있다. 시란 설명이 아닌 표현의 문학이라고. 여기에서 표현이란 독자에게 감흥을 주는 형태의 총체적인 전달 방식이다. 물론 설명도 표현의 한 형태임은 명확하다. 하지만 단순한 설명을 지양하여 이미지를 형상화하여 전하라는 뜻이다. 이미지를 형상화하는 과정에서는 설명 형태의 글로 표현될 수 있다. 시인들에게 영원한 숙제거리 중의 하나인 이미지의 형상화. 이런 형상화가 어떻게 구체화되는지를 작품을 통하여 알아보기로 한다. 전체 81편 중의 18편을 예로 들어서 살펴보고자 한다.

(1, 2연 생략)
그대를 만나기 위해
먼 길 달려온 이에게
미소로 답하는데

언제나 언제나

너를 만나도
돌아서는 그 순간
슬픔이어라.

-'겨울 바다' 일부

시인이 유년시절을 보낸 바다는 시인의 문학의 발원지이다. 바다의 섬세한 파동에 취하고픈 건 가슴에 내재된 그리움 때문이리라. 유년 시절부터 바다에 길들여진 온갖 정서가 그리움의 근원이 되리라 여겨진다. 3연은 그리움을 찾아 바다를 대한 환희를 나타내었다. 4연에서는 작별의 서러움이 가슴으로 되돌려지는 정감이 형상화되어 있다. 만나면 반갑다가 돌아서면 서글퍼지는 정서가 여실히 가슴으로 느껴진다. 반가움과 서글픔의 양면성이 또렷이 이미지로 처리되어 있다.

시인의 섬세한 정서는 수채화처럼 회화적으로도 표현될 수 있다. 이런 예가 다음 작품에서 드러난다.

기와지붕 위로
숲이 밀려오고
하얀 구름 걸렸다
연한 하늘 위로
파아란 바다가
흘러간다.

- '남한산 학교' 전문

　회화적 기법의 이미지 처리 방식이 돋보이는 작품이다. 수면에 드리워진 경치 같다고나 할까? 산에 구름이 서렸다가 내풀리는 정경 묘사가 빼어나다. 세세한 설명이나 정황적인 제시가 없어도 풍경의 변화가 느껴지는 부분이다.

　외형적인 풍경의 묘사에 이어 추억의 묘사에도 시인의 역량은 탁월하다. 다음 작품은 담배 연기를 통해 추억의 장면을 묘사하고 있다.

(1, 2연 생략)

동글동글 가냘픈 몸이

아버지의 입술에서

하얀 구름을

그토록 만들어내던 너를

차라리 몰랐다면

아버지는

지금

내 곁에 계셨을까?

- '담배' 일부

　둥근 담배 연기는 아버지를 회상하는 매체이다. 아버지한테 그득히 정감이 실렸던 만큼 연기마저도 소중한 기억의 실타래다. 허허롭게 내뿜기는 연기를 떠올릴 적마다 아버지를 떠올리게 된다. 여기에서는 대물을 통한 연상 작용이 강한 이미지가 되어 꿈틀댄다.

추억의 묘사에 아름답게 남실대는 것은 정감이다. 이런 정감의 묘사가 빼어난 예는 다음 작품에서 찾아보게 된다.

(1연 생략)

흔들리는 불빛을
낮은 속삭임으로 부르는
마량해변의 어둠

별빛으로 흩뿌려 놓은
시인의 이야기가
밤하늘 가득히 빛나고 있네.

－'마량해변' 전문

전남 남해안의 마량해변의 여름 정취를 묘사한 작품이다. 밤바다의 물결에 항구의 불빛이 휩쓸리고 시인들의 대화가 정겹게 느껴진다. 이처럼 절제된 어구로도 포근하고도 아늑한 이미지가 잘 형상화되어 있다.

아무래도 아늑한 느낌은 겨울에서 봄철로 전환될 때가 두드러지게 느껴지리라. 이런 예를 다음 작품에서 들여다보게 된다.

(1, 2연 생략)

타박타박 걸어도
흙바람 길
사랑의 흔들림이
솔가지만 할까

살며시 왔다
돌아가는 길
수달래 꽃송이
나를 보았단다
네 맘처럼 분홍진
나를 보았단다.

-'문배 마을' 전문

수달래가 핀 봄철의 산중 오솔길. 피어오르는 봄철의 흙바람으로
솔가지들이 수없이 흔들렸으리라. 솔가지의 흔들림에 사랑의 정감을
이입시켜 표현했다. 또한 수달래의 분홍빛 꽃잎에 달뜬 마음이 투영
되어 있다. 사물에 대한 감정 이입의 표현으로 그리움의 이미지를 극
대화한 작품이다.

자연이나 추억에 대한 정감의 묘사. 이들에 두루 미치는 시인의 근

원적인 창작의 근원지는 어디일까? 이것이 극명하게 표현된 작품은
아래의 시다.

그는 한 시인의 철학서다.

그는 어느 시인의 생명수이다.

그와 있으면 운명을 거스르는 굴레와
당당히 맞설 수 있는
이상한 힘을 느끼는 절대적 자유
......

바다는 그녀를 알고 있다.

-'바다는 그녀를 알고 있다' 전문

시인의 문학 창작의 내면적인 근원이 바다임을 여실히 드러내는 작
품이다. 유년시절을 해변에서 보낸 시인의 섬세한 정서가 강하게 각
인되어 있다.
섬세한 정서를 보다 생생하게 표현하는 데에는 수사법의 활용이 필
요하다. 이런 예를 다음 작품에서 발견하게 된다.

바람에 기대어 보면

억새풀 사이 유유히 흐르는
넌 강물 아니 세월
멈추지 아니하는 마음
머물 수 없는 시간
아무것도 유한한 것은 없어라

나무들 꽃피우고 열매 맺으리
나이테만큼 감기는 물살 헤집고
청둥오리 가족 스케치하는
오늘이 그림처럼 지나고
나는 또 바람에 기대어
온전히 소유할 수 없는
그 하루를 말하려 하네.

-'바람에 기대어' 전문

이 작품에는 유려한 수사법이 사용되어 있다. 강물이 곧 세월이요
마음이 바로 시간이라고 비유했다. '나이테만큼 감기는 물살'이라든지
'소유할 수 없는 하루'란 표현은 참신하다. 수사학적 표현에 걸맞게 나
타내려는 이미지의 형상화도 빼어나다. 유한한 것이 없는 세상. 게다
가 온전히 소유할 수조차도 없는 하루의 시간을 일깨웠다. 어쩜 인생
자체가 환상일지도 모른나는 강한 절규가 담긴 듯하다.
　현실을 환상처럼 느끼게 되는 시각. 여기에는 자연과의 혼연 일체

의 관점이 필요하다. 자연과의 혼연 일체의 관점이 드러난 시로는 '백담사 2'가 있다.

백담교 사이로
짙푸른 설악이 내려와
찰랑이는 호수에
나르시스의 전설을
띄워 보낸다.

맑은 우주가
신비를 더하는 어스름
나무꾼이 된 시인의 눈빛이
설악의 옷자락을 감춘다.

-'백담사 2' 전문

시인과 자연과의 혼연 일체의 정서. 그러한 정감이 잘 나타난 작품이다. 심산의 풍경이 객관적 대상으로만 고정된 것이 아님을 여실히 일깨운다. 즉, 관찰자인 시인이 설악일 수도 있음을 확연히 드러내고 있다. 이러한 혼연 일체의 관점이야말로 작품을 승화시키는 첩경이 되리라 생각된다.

자연과의 혼연 일체의 정서는 다른 사람에게는 공명의 구조로 나타난다. 이러한 예를 '사랑'이란 작품에서 찾아볼 수가 있다.

하늘 그리움
별로 눈뜰 때
정의할 수 없던
그 사랑이
눈빛 고운 아이의
웃음으로
내게 오시네.

-'사랑(-딸 유정이에게)' 전문

아기를 향해 미소를 지으면 금세 청정한 아기의 미소로 되돌아온
다. 수다스럽게 말하지 않아도 마음과 마음으로 통하는 길이 있다.
이른바 이심전심의 경지가 이런 상태이리라. 간결한 시구 속에서 극명
히 드러나는 뚜렷한 이미지. 이것은 기나긴 시간 동안의 수련이 없이
는 나타내기 어려운 영역이다.
  공명 현상은 청정한 마음의 반영의 결과다. 정갈한 정서와 연결되
는 작품이 '산길, 가을'이란 시다.

(1, 2연 생략)

지난해부터
잠들지 못한 상수리 잎이

두런두런 새로운 채비를 하고
산골이 깊을수록
청명해지는 길을 따라
그가 내 곁으로 오신다 하네.

-'산길, 가을이' 일부

가을이 밀려드는 느낌이 정갈하게 묘사된 작품이다. 그림으로 비유
하자면 한없이 맑은 색조로 표시된 채색화라고나 할까? 정갈하기 이
를 데 없는 표현이 시선을 끌게 한다.
　이 시의 정갈한 정서와 어울리는 작품은 '산책'이다. 이 작품에서는
능숙한 상념의 전개과정이 돋보인다.

(1, 2, 3연 생략)

전생의 내 흔적을 절에다 묻었을까?
어쩐지 편안한 절터에서
윤회란 무엇인지
생각에 잠겨 보네.

-'산책' 일부

윤회와 '어쩐지 편안한 절터'와의 관계. 시란 상념의 흐름을 자연스

레 드러내 보이는 중요한 수단일 수도 있다. 노출된 현상을 반영한 연상 작용. 숱한 정서의 교감이 언어의 소절로 이루어진 시임에랴? 시인의 시에서는 상념의 전개과정이 능숙하게 느껴진다.

상념의 전개에는 섬세한 정서가 수반되기 일쑤이다. 이런 예를 다음 작품에서 찾아볼 수 있다.

(전반부 생략)

산아
네 품으로 고개 묻은 나비의
여린 날갯짓을 사랑해 주렴
너무 맑은 하늘에
눈시울 적시고
파아란 그림자가 높아
울음 터지는 가을 여인의
가슴 한 자락 함께 거두어 주렴.

-'산행' 일부

한없이 섬세한 정서가 느껴지는 작품이다. 하늘이 너무 맑아도 눈물이 비칠 정도의 정감. 또한 청정하고도 광활한 공간을 올려다보아도 울음이 터질 듯한 성서. 인체의 오묘한 구조상 이런 섬세한 정서는 누구에게나 있기 마련이다. 하지만 이처럼 구체적으로 정감을 형상화하여 나타내기란 쉽지 않다. 시인의 사물에 대한, 단련된 관찰적인 심미안의 탓도 크리라 여겨진다.

섬세한 정서는 감정 이입의 형식을 거치면 더욱 완숙해진다. 이런 예를 다음 작품에서 들여다볼 수가 있다.

(전반부 생략)

피울음을 토해 내고 탄탄한 껍질 속으로
스러져 우는 소나무 나무야
햇빛을 향해 넉넉히 웃는 솔잎 사이로
아프게 울었던 너를 기억한다.
묵묵히 바라보는 시인의 눈빛을 네게 보낸다.

-'소나무' 일부

감정 이입의 효과가 잘 드러난 작품이다. 관찰자의 아픈 마음이 소나무를 통해 잘 드러나 보인다. 감정 이입이란 시를 단순한 설명으로부터 벗어나게 만드는 중요한 길잡이다.

감정 이입의 표현 기술에 못지않게 창작 정신이 아주 중요하다. 시인의 영혼에서 우러나는 소리여야만 작품에 생명력을 부여할 수가 있다. 이러한 정신이 반영된 작품을 다음 시에서 발견할 수 있다.

(1, 2연 생략)

하늘을 스치듯 흐르는

그대를 따라

언어를 조각합니다.

잘 다듬어진 청동 빛 언어.

그를 통해

심장을 반추해 보면

잘 닦여진 거울 속

웃고 있는 한 사람

시인입니다.

- '나의 시 나의 연인' 일부

시인의 시에 대한 문학관을 반영하는 작품이다. 치열한 정신세계로 시를 쓰겠다는 깔끔하고도 매서운 자세로 여겨진다. 일반 시인들의 창작 생활을 되돌아보게 만드는 계기를 마련해 준다.

이런 창작 정신은 사물에 대한 경건한 정서와도 연접이 된다. 이런 경향을 다음 작품에서 발견하게 된다.

(1, 2, 3연 생략)

그토록 눈시울 적실

사랑을 잃어

그리움 적셔 내는 아픔인 이유입니다.

산 깊이 숨어 버린 빛의 여운이
조금씩 나무의 가슴을 두드리고
안개가 내 곁을 스쳐 갑니다.

-'안개가 내게로' 일부

안개가 밀려왔다가 스러지는 광경을 멋들어지게 표현한 작품이다. 안개의 움직임에까지 그리움의 아픔이 배어 있을 정도다. 안개에 짓눌렸던 빛살마저 나무를 두드리면서 서서히 퍼진다는 얘기다. 자연에 대한 감정 이입의 효과가 너무나 자연스럽다.

사람의 정서란 어떻게 표현되는가에 그 효과가 여실히 달려 있다. 이런 표현 미학이 담긴 작품을 다음 시에서 발견하게 된다.

(1, 2, 3연 생략)

쪽빛 그리는 바람 한 점
흙 토담 벽 사이에
그림처럼 웃고 있다.

-'야생화, 나의 들꽃' 일부

이 시에서는 표현의 미학인 탁월한 수사법이 살아 있다. 의인화된 바람의 표정이 환히 깨어나는 듯하다. 시의 본질은 설명이 아닌 표현에 있다고 알려져 있다. 이에 아주 적절한 예가 되는 작품이라 여겨진다.

표현이 우수한 또 다른 작품의 예는 다음에서 찾아보게 된다.

(1연 생략)

운동화 신고
끝없이 넓은 운동장에서
어릴 적 나를 만난다.

(3연 생략)

아이들의 미래를 울리는
그 종소리에
새로운 하루가 문을 연다.

　-'풍령의 울림 1' 일부

한마디로 운치가 그득 서린 작품이다. 유년시절에 운동장만큼 커다란 세계가 있던가? 윙윙대는 종소리의 선율에 따라 유년의 추억을 갈무리하는 정경이 이채롭다. 유년시절부터 듣던 종소리는 설혹 종이 없는 학교에서조차도 환청으로 들리리라. 하물며 종소리를 듣는 유년기의 아이들의 정서는 얼마나 아늑해질까?

　필자는 강성연 시인의 시집 '바람에 기대어'를 충분히 숙독한 상태다. 작품을 제대로 파악하려면 충분히 작품을 읽어야 가능하다고 생각된다. 놀라운 것은 시집을 읽을 때마다 그 느낌이 새로웠다는 점이다. 이것은 10여 년을 꾸준히 수련한 시인의 작품의 완성도 때문이리라.

　총 81편의 시 모두 다 개성과 생동감을 지닌 작품이다. 그 중에서도 빼어난 18편만을 골라 느낌을 새겨 보았다. 하나같이 이미지를 다채로운 방식으로 형상화시켰다는 점이 놀랍다. 또한 탁월한 수사학적인 표현까지 곁들여 시의 격조가 극대화되어 있다. 지금까지 이처럼 작품마다에 혼이 서린 예는 드물게 본 상태다.

　오랜 시간의 수련을 통하여 독자적인 문학 세계를 정립한 시인. 시인의 문학 세계는 치열한 작가 정신의 결정체다. 이런 시집을 만나게 된 건 시단의 큰 영광이라 생각된다. 장차 한국 시단의 위상을 세계에 드날리는 시인이 되리라 확신된다.

〈시집 『바람에 기대어』(2002년) 해설〉

제11장

주제의 양면성을 통찰하는, 빼어난 이미지화

– 이연분 시집 '그대의 마음에 물들고 싶다'에 부쳐

2005년 연말에 이연분 시인이 사랑을 주제로 한 시집을 상재했다. '사랑'이란 인간사(人間事)의 커다란 정신적 영역에 속한다. 대부분의 문학과 예술이 사랑을 주제로 표현하고 있다. 사랑이란 너무나 일상적인 소재일 수도 있다. 하지만, 사랑의 이미지를 명료하게 나타낸 문학 작품은 많지 않다. 그렇기에 시인의 시집에는 세인들의 관심이 기울어지게 마련이었다.

인간의 삶에는 사랑의 영역을 벗어나는 것이 거의 없다. 이런 보편적인 소재를 대범하게 다룬 시인의 용기에 격려를 보낸다. 과거에 시란 이름으로 숱한 시인들의 작품들이 푸념과 넋두리를 토설했다. 결코 사랑의 푸념이나 넋두리가 시가 될 수는 없는 법이다. 표현하고 싶은 정서를 얼마나 절제하면서 미학적으로 승화시키는가하는 것이 중요하다.

총 90편에 달하는 시인의 시에는 남다른 시적 질서가 돋보인다. 극도로 절제된 감정의 처리와 승화된 이미지화. 시편들마다 정성 들여 다듬은 흔적이 여실히 느껴진다. 시란 즉흥적인 감정의 표출뿐만 아니라 치열한 표현의 미학임도 드러낸다. 이런 영역에서 시인의 빼어난 역량이 감지된다.

90편 중에서 두드러진 특성을 나타내는 17편을 골라보았다. 17편의 시편만으로도 시인의 역량과 문학 세계를 충분히 느끼리라 생각된다.

저녁노을에 얼굴 맞대며
그리움 한 잔을 나누고 싶다

시 한 소절을 가슴에 올려놓고
눈빛으로 주고받는 서로의 얘기

머언 곳 사막에서도 꽃이 피리라
머언 곳 벌판에서도 향기 오리라

차 한 잔을 만나는 아름다운 날
그대의 마음에 물들고 싶다.

　-'그리움 한 잔을 나누고 싶다' 전문

시공을 초월한 사랑의 공명 현상이 잘 나타난 시다. 주고받는 눈빛만으로도 사막의 꽃이 피고 향기가 나부낀다는 얘기다. 지극한 사랑의 열기를 느끼게 하는 작품이라고 생각된다. 사랑의 상대자가 바로 연인이다. 연인은 청정한 사랑의 숨결이 그대로 전달될 수 있는 대상이다.

생각만으로도 마구 가슴이 설레고 황홀해지는 대상이 연인인 것이다. 연인의 이미지가 상징적으로 잘 그려진 시가 다음 작품이다.

때로는 작은 꽃잎이다가
더러는 푸른 나무이다가
계절마다 익숙한 무엇이 되어
나의 눈 안에 들어설 때
응달진 마음에 머무는 햇살
한없이 부드러워 좋았습니다.
생각만 해도 설레는 당신
보기만 해도 황홀한 당신
아, 당신은 누구십니까
당신은 나의 누구십니까?

-'연인' 전문

연인에 대한 이미시가 극명히 드러난 작품이다. 생각만 해도 그립고 보는 것만으로도 황홀해지는 대상. 누구든 일생에 한 번은 강렬한 사랑을 체험하리라 여겨진다. 한없이 고귀하고도 청정한 숨결로 사랑의 향기를 가꾸어야 된다고 여겨진다.

이런 사랑의 정서는 꾸준한 기다림을 수반할 수도 있다. 이 세상을 하나의 색채로 곱게 불태울 수 있는 실체. 그게 바로 사랑이 아니겠는가? 연인에 대한 그리움의 정서는 다음 작품에서 드러난다.

(1, 2연 생략)

어디쯤 그대 소식 오고 있을까
행여나 이 바람에 담겨 있을까

날리는 머릿결 쓸어 올리며
멋쩍은 두 손 눈물 감추네.

-'기다림' 일부

이 세상의 현상이란 결코 단순하지 않다. 기다린다고 해서 연인이 언제나 달려오는 건 아니다. 문제는 이런 사실을 알면서도 기다려지는 마음이 사랑인 것이다.

아름다운 꽃일수록 색감이 더욱 영롱한 법이다. 영롱함이란 결코 단순한 반짝임을 의미하지는 않는다. 꽃이 피면 질 것이 예정되어 있기 마련이다. 사랑이 그리움으로 부풀어 오르면 숱한 애환으로 뒤엉키게 되기도 한다. 이런 사랑의 섬세한 감각을 다음 작품에서 들여

다볼 수 있다.

(전반부 생략)

붉은 석양빛에 기대어
그보다 더 진하게 울고 간다
하루에 한 번씩 흔들리는 사랑,
내가 그대를 사랑한다는 것은
어제도 오늘도 또 내일도
날마다 아파하며 저물어가는 것이다.

-'그대 이름을 노을 속에 묻고' 일부

'석양빛에 기대어 울고 간다'라는 표현에서 가슴 찡한 설움이 밀려든다. 가열된 저녁 대기가 빛살에 뒤엉키는 시점이 석양이다. 그냥 바라만 봐도 눈시울이 젖어들 시점이기도 하다. 이런 석양에 한 번씩 흔들리는 사랑이라니! 성격과 취향이 다른 연인을 사랑함에 있어서라! 어찌 남모를 고통과 인내가 깃들지 않겠는가? '어제도 오늘도 아파하며 저물어 가는 것이다'로 표현된 시구. 이처럼 내면의 인고의 과정을 여실히 드러내기는 쉽지 않은 법이다.

흔히들 승화된 사랑이라는 말을 한다. 그냥 좋아하는 상대를 단순히 좋아하는 게 사랑이라면 어떨까? 여기에 무슨 '사랑의 승화'라는 말을 쓸 수 있겠는가? 결코 '사랑하기'란 단순하지 않은 영역이다. 이런 사실을 다음 작품에서 파악하게 된다.

    어쩌면 좋아
    내 마음 모두
    모두 다 주었는데
    바람처럼 추워지는 그대의 마음
    얼마나 기다리면 그대 다시 올까
    얼마쯤 기다리면 내게 다시 봄 올까
    떠나 버린 사랑으로 11월이 울고 있다.

    -'나무' 전문

    한 때 신록으로 무성한 잎사귀를 갖추었던 수목들. 이들 수목이 가을을 맞아 낙엽진 황량한 상황으로 변하게 된다. 사랑에 내재된 시린 애환이 나목으로 상징화되어 있다.
    낙엽으로 상실된 회한은 다음의 작품에서 별리의 정감에 이르게 된다.

    (전반부 생략)

    애증의 눈물만 흘려보내며
    이제는 멈춰 버린 사랑 노래
    가슴엔 겨울눈이 쌓여 가고

물들지 못한 채 깊어가는 세월
바스락거리며 내 몸이 마른다.

- '고독한 양치기' 일부

사랑이란 정서는 칼날의 양쪽과 닮았다고 생각된다. 사랑의 파동
이 상대에게 전달되지 못할 때. 사람들은 쉽게 허탈해지고 의기소침
해지기 마련이다. 그래서 회한이 생기고 눈물이 흘러내리기도 한다.
'가슴엔 겨울눈이 쌓여 가고'의 시구에서 회한의 정서가 형상화되어
있다. 이런 회한의 정서는 다음 작품에서 한결 심화되어 나타난다.

(1, 2, 3연 생략)

보고 싶었다는 인사는 않기로 하자
문득문득
가슴속에 쉬어가던 독백 같은 말
외눈박이처럼 서럽게 놓고만 가자

그리움은 늘 가슴에서만 일렁인다
그리움은 늘 가슴에서만 일렁인다.

- '개화' 일부

시란 절제된 어구를 통한 상징적 표현의 문학이다. '보고 싶었다는 인사는 않기로 하자'는 시구. 얼마나 보고 싶었음을 뜻하는 어구인가? 한껏 절제된 정서에 자칫 눈물이라도 떨어질 듯한 분위기다. 말하지 않아도 늘 가슴에서 일렁거린다는 그리움이 아닌가? 삶의 근저에는 어디에나 외로움이 자리 잡고 있으리라 여겨진다.

상대를 만날 때는 살갑게 내풀리던 정감도 혼자이면 외로움으로 전환된다. 이런 외로움은 다음 작품에서 발견된다.

(1, 2연 생략)

정말로 이제는 생각을 말까
그래도 밤이면 사무치는 그리움

열 손가락 모두 불 밝히고 서
다시 또 기다리는 쓸쓸한 내 사랑

-'가로등 연가' 일부

짙은 외로움에서 벗어나고자 그리움의 소용돌이에 휩쓸리는 작품이다. 손가락 끝까지 팽팽하게 긴장된 마음으로 기다림을 형상화하고 있다. 형상화의 기교가 이처럼 자연스러운 것은 시인의 역량이 빼어난 탓이리라.

내면의 기다림은 과거의 추억에까지도 그 영역을 미치게 된다. 이런 예는 다음 작품에서 발견하게 된다.

(전반부 생략)

우리 그 때 막막한 순간
우리 그 때 아팠던 숨결
파도의 음성으로 노래 부르리
썰물처럼 빠져 나간 나쁜 사람아
밀물처럼 다시 오는 슬픈 사람아

- '추억 하나' 일부

비록 눈앞에 연인이 있다고 해도 사랑이란 탐욕스런 면이 있다. 이
왕이면 과거에 더 좋은 추억을 만들었으면 하는 후회의 정서다. 과거
에까지 욕심을 내는 건 인간이기에 가능한 정서다. 이런 현상을 어찌
단순히 탐욕스럽다고만 하겠는가? 추억에 대한 탐욕이라면 그 자체가
아름다운 정서라고 여겨진다.
　추억에까지 과거를 더듬던 사람들은 곧장 내면을 반추하기도 한다.
이런 예가 다음 작품에서 드러난다.

(전반부 생략)

가끔은 나도 나를 몰라

어지럼의 하루를 살기도 하고
오늘처럼 힘들게 아파할 때도 있지만
영혼을 맑게 하는 마음
그런 마음 하나 네게 주고 싶구나.

-'밤에 쓰는 편지' 일부

이 세상에 자신의 내면적인 실체를 안다는 사람들이 몇이나 될까?
아마도 많지는 않을 것이다. 찰나간에도 몇 차례나 감정의 굴곡을 갖
는 게 인간이 아니겠는가? 그래서, 인간을 섬세한 정서를 지닌 동물
이라고 얘기한다.

'영혼을 맑게 하는 마음'이야말로 복잡한 정서를 가다듬는 실체이
다. 이런 청정한 마음은 어떤 상황에서도 상대를 편안하게 해 준다.
상세한 말이 없어도 상대의 마음을 이해하는 길잡이가 된다. 이런 예
를 다음 작품에서 발견하게 된다.

(전반부 생략)

짧은 만남에 짧은 이별
그대와 나는 봄눈이 되어
멀리서만 설레며 그리워할 뿐
아무런 약속도 남겨지지 않은 땅엔
소리 없이 저 눈만 녹아내립니다.

-'봄눈' 일부

이 작품에선 마음 통하는 문인들과의 교류의 정감이 느껴진다. 다들 바쁜 일상에서 잠깐씩 얼굴을 대하고 헤어질 뿐. 깊은 대화를 나눌 시간적 여유가 없는 현실이 묘사되어 있다. 그렇지만, 그 자체에도 봄눈처럼 아름다운 여운이 느껴진다. 이것은 시인의 원숙한 시적 기량 때문이 아닌가 생각된다.

짧은 시간 동안의 교류로부터 파생되는 애틋함의 목소리. 이것은 다음 작품에서 슬픔이란 이미지로 형상화되어 있다.

마음의 문 한쪽 닫아걸고
혼자서 박아대는 재봉틀 소리

올 풀린 나일론 옷감처럼
너는 쉼 없이 풀려 나가고

나는 바느질 땀보다 더 촘촘한
슬픔을 종일토록 깁고 있다.

-'눈물' 전문

작별과 눈물의 정서가 자연스럽게 연결된 작품이다. 세상을 살다가 보면 이별이 어찌 없을 수 있겠는가? 각종의 재난이나 제한된 수

명 등의 요인 탓이 크리라 생각된다. 이런 별리의 정한은 다음 작품
에 선명히 드러난다.

(전반부 생략)

네게로 가는 길도 한겨울이라
마음은 빙판처럼 얼어 버렸고
덩달아 내 몸도 굳어져 버려
이제는 편지 한 통 보낼 수 없다.

-'단절' 일부

삶이란 노쇠의 과정을 거치기 마련이다. 사랑하던 상대도 세상을
떠나고 자신의 몸도 늙어진 상태. 피하고 싶지만 끝내 피할 수 없는
숙명이기도 하다. 그래서 마음이 더 슬픈지도 모른다.

이런 슬픈 마음은 외로움으로 연결되어 더욱 처연해진다. 이런 정
감을 다음 작품에서 찾아보게 된다.

(전반부 생략)

무수히 많은 얼굴 얼굴들
그러나 마땅히 전화할 만한 사람
곰곰이 생각해도 없는 나는

종일토록 창밖만 바라보고 섰네
나뭇가지 가득히 눈이 쌓이는데
추억보다 더 곱게 자꾸만 쌓이는데
눈 내리는 하늘처럼 뿌연 가슴 안에
잃어버린 그리움만 색칠하고 섰네.

- '마흔의 애상' 일부

외로움이란 어떤 것인가를 확연히 형상화한 작품이다. 시를 읽다가
보면 자신도 몰래 숙연해지기까지 한다. 과장됨이 없이 외로움의 이미
지를 극대화한 시인의 역량이 돋보이는 부분이다.
　이런 외로움과 사랑의 배합은 다음 작품에서 나타난다.

(1, 2, 3연 생략)

어쩔 수 없이 그대를 떠올리고 마는
이 참혹한 기쁨 하나

그대를 사랑하는 일은
내 안에 또 하나의 겨울을 맞는 일이다.

- '겨울 이야기' 일부

사랑과 슬픔은 칼날의 양면성과 같음을 극명하게 보여주는 작품이다. 언어가 절제되어 있으면서도 강력한 이미지를 전달하는 작품이기도 하다.

이런 양면성의 이미지는 다음 작품에서도 뚜렷이 드러난다.

(1, 2연 생략)

아! 우리가 서로 사랑한다는 건
서로가 서로를 그리워한다는 건
끝없이 끝없이 외롭다는 증거지
오늘도 내일도 또 다른 날들도
날마다 조금씩 쓸쓸하다는 얘기지.

　　-'우리가 서로 사랑한다는 건' 일부

사랑의 미묘한 세부를 이처럼 뚜렷하게 이미지화한 작품은 찾기 어려우리라. 미묘한 사랑의 정서는 다음의 작품에서 승화된 형상으로 전개된다.

(전반부 생략)

그대를 향한 끝없는 염원
저리도 붉고 아름다워서

내 생애 마지막 특별한 날은
선운사 단풍으로나 물들어야겠네
그대의 사랑으로 물들어야겠네.

-'사모 -선운사 단풍 숲에서' 일부

임종에 직면해서까지 못 다한 사랑을 열정적으로 토해내는 시다. 정녕 생명과 사랑을 맞바꿀 정도의 승화된 마음인 것이다.

지금까지 이연분 시인의 시집을 살펴보았다. 여기에 수록된 90편의 시 중에서 17편을 골라 봤다. '사랑'이란 주제로 심화된 시를 쓴 시인의 역량이 놀랍기만 하다. 적어도 오랜 세월 동안 '사랑'에 대해 통찰한 안목이 느껴진다. 단순한 사랑의 푸념이 아닌 정화되고 승화된 이미지로 표현된 시편들. 이런 시편을 통하여 시인의 원숙한 문학 세계마저 접하게 되었다. 모쪼록 더욱 정진하여 후세에 문향을 드날리는 시인이 되길 기원한다.

〈시집 '그대의 마음에 물들고 싶다'(2005) 해설〉

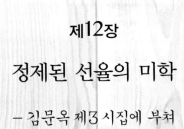

제12장
정제된 선율의 미학

– 김문옥 제3 시집에 부쳐

시는 짧은 문장의 범위 내에서 나타내려는 이미지(image)를 부각시켜야 한다. 이런 속성으로 문학 장르 중에서도 가장 정치(精緻)한 영역에 속한다. 시는 체험한 정서를 단순한 방식으로 설명하는 체제의 문학이 아니다. 정서를 전달하되 독특한 표현 기법을 써야 한다. 이런 경우에 수사학적인 표현 기법이 사용되어 운문의 격조를 살린다. 시는 설명이 아닌 표현이 위주가 되어 독자를 감동시켜야 한다. 표현의 형태가 설명으로 연결될 수도 있기는 하다.

하지만 단순한 설명이 시가 되지는 못한다. 단순한 설명은 시가 아닌 산문에서도 훌륭하게 다루어질 수가 있다. 시의 내부에는 은유와 상징이 깔려 있기 마련이다. 이런 구조적 본질 탓에 단순한 설명만으로는 시가 되지 못한다. 내재된 은유와 상징으로 독자들에게 상상력을 유발시켜 감동을 불러일으켜야 한다. 모든 문학의 본질은 순화에 있다. 작품을 읽고 나면 억눌린 정서를 해소시켜 감동을 주어야 한다. 작품이 독자들에게 감동을 주지 못하면 작품은 생명력을 잃게 된다.

김문옥 시인(이후부터는 '시인'으로 약칭함)은 3부로 이루어진 70편의 시를 선보인다. 시집의 제목은 '밤바다'이다. '밤바다'를 사전에서 찾아보면 '어두운 밤의 바다'라고 기술되어 있다. 밤은 어떤 지역에서 해가 져서 떠오를 때까지의 시간에 해당한다. 인간이 낮에 사물을 보는 근원은 햇빛 때문이다. 사물에 반사된 햇빛이 안구(眼球)에 도달하여 사물을 보게 된다.

밤바다라는 것은 인간이 사물을 보게 되는 햇빛이 사라진 지역이다. 밤바다라는 단어는 햇빛으로 상징되는 통속적 관점으로부터의 절제된 세계를 의미한다. 시인은 통속적이며 관념적인 시각으로부터 탈피하여 절제된 정서를 나타내려고 한다. '밤바다'는 제1부의 표제이기도 하다. 제1부에는 23편의 시가 '밤바다'라는 공통의 제목을 달고 제시되어 있다.

시인은 객관화된 대상을 통하여 정감을 표출하게 마련이다. 각 시편의 '나'는 시인이 아닌 객관화된 인간을 나타낸다. 그리하여 독자들이 시를 읽음으로써 감정이입에 잠겨들게 만드는 장치이다. 산문인 소설의 주인공이 독자로 느껴지게 만드는 이치와 다르지 않다. 시가 개인적인 고백의 글로 끝난다면 작품이 되지 못한다. 누구든지 시인의 입장에 잠기면 그런 심회(心懷)를 느끼도록 써야 한다.

먼저 제1부에 제시된 시편들에 대한 시인의 세계를 들여다보기로 한다. '밤바다 1'에서는 우주에 몸을 내맡겨 버리고 싶은 정서가 드러나 있다. 여기에서 제시된 우주는 '밤바다'이다. 번민이나 고뇌를 다 털어 버리고 밤바다에 마음을 내맡기자는 내용이다.

바람 불면 / 바람 부는 대로 / 물결치면 / 물결치는 대로 / 머리 푼 여인마냥 / 홀로 밤바다에 남는다.

  -'밤바다 1'의 2연 중에서

'밤바다 7'에서는 좌절로부터 벗어나 미래의 진로를 찾으려는 불안감이 실려 있다. 누구에게든 과거의 좌절은 유쾌한 추억이 되지 못한다. 그러한 좌절이 연상시킬 불안감이 미래의 세계를 두렵게 한다. 새롭게 시작되는 미래를 위해서는 과거 일체의 기억마저도 소멸시키라는 뜻이다. 설혹 기억이야 잊힐 리가 없겠지만 그런 마음으로 살아가라는 얘기이다. 삶을 관조하는 비장미가 담뿍 실린 작품이기도 하다.

독한 어둠을 불사르는 밤바다에 / 한꺼번에 소리 내어 울고 나면 / 어둠은 다시 길을 막고 / 간도 쓸개도 다 버리고 가라 하네.

  -'밤바다 7'의 5연 중에서

'밤바다 13'에서는 과거의 상실감에 고뇌하는 인간의 모습이 담겨 있다. 인간이 과거의 시린 기억을 망각하려고 해도 잊기가 쉽지 않다. 게다가 가족들이 변을 당한 기억은 좀처럼 잊히지 않는다. 가족이 바다에서 조난을 당했거나 수장(水葬)을 치른 경우에는 의미가 특별하다. 이런 경우에 연고자들을 사고로 떠나보낸 경우에는 생존자의 부담이 커진다. 생존자의 견디기 버거운 심정이 잘 드러나 있다.

누이를 수장(水葬)하고 / 어버이를 가난을 수장한 / 오늘의 표적 없는 바다 / 여름은 바다에서 객사(客死)하고 있다.

-'밤바다 13'의 3연 중에서

'밤바다 19'에는 연고자를 잃은 슬픔의 추억들이 담겨 있다. 누구에게든 슬픔의 기억은 존재하기 마련이다. 그 슬픔의 무게가 클수록 기억으로부터의 탈피는 버거운 법이다. 돌이킬 수 없는 과거를 떠올리면서 숱한 해를 슬퍼했음이 느껴진다. 이런 정서를 인간이라면 누구든지 간직하고 있을 법하다. 꼭 시인이 체험한 바가 아닐지라도 유사한 정경이 연상될 지경이다. 이런 견디기 버거운 슬픔의 시간들이 밤바다를 배경으로 드러나 있다.

스무 해를/ 서른 해를/ 흐느끼는

아스라한/ 기억들이여.

- '밤바다 19'의 3연 및 4연 중에서

　이상으로 1부의 대표적인 시 4편을 살펴보았다. 1부에서는 과거의 사연이 왜 발생했는지를 일체 언급하지 않았다. 슬프거나 괴로웠던 사연의 근원을 시시콜콜히 언급하지 않았다. 슬픔이나 번민의 원인을 밝힌다고 해서 버거움이 가벼워지지는 않을 것이다. 이런 요인으로 시린 과거사의 원인이라는 사슬은 철저히 배제해 버렸다. 마치 태양이 내뿜는 빛을 모두 차단한 것처럼 배제시켰다.

　오로지 결과적인 슬픔이나 고통에 버거워하는 장면들만이 조명되어 있다. 미묘한 파동으로 굽이치는 선율들 중의 일부만을 의도적으로 취한 형태다. 시인은 정제된 선율만을 조명함으로써 슬픔이나 고뇌를 심화시키려는 의도를 드러내었다. 어떤 예술이나 문학에서든 작가의 작중 의도는 깔려 있기 마련이다. 이런 절제되고 정제된 정서를 다룸으로써 독자들을 감동시키는 효과를 얻는다.

　2부에서는 23편의 시편이 펼쳐져 있다. 철저히 원인 규명을 차단한 1부에서와는 다른 체제를 선보인다. 과거와 현재의 모습을 그대로 노출시켜 예술적으로 승화시키려는 면모가 드러난다. 실존에 근거를 둔 정감의 묘사에 역점을 두었다는 얘기다. 시는 가공의 영역이 아닌 실상의 정감으로 표출되는 문학이다. 작품에 실린 정감의 비중은 각별하게 소중하지 않을 수 없다.

　'참섬골'에서는 산중의 밭을 경작하는 부녀(婦女)의 모습이 담담하게 그려져 있다. 일체의 과장이 실리지 않는 담백한 정경이 묘사되어 있다. 이런 담담한 정경을 통하여 독자들을 사유(思惟)의 세계로 끌어들인다. 작품이 표출하려는 의도를 독자들이 찾도록 하려는 취지로 여겨진다. 세상의 민감한 소용돌이와는 초연히 농사를 짓는 일상이 제시되어 있다.

아낙은 / 아픔도 / 서러움도 / 밭고랑에 묻은 채 / 나락을 줍고 있다.

-'참섬골' 4연 중에서

'부서지는 아침 2'에서는 시간의 흐름이 동영상처럼 표현되어 있다. 누구든 시간의 흐름은 감각으로 알아차리게 마련이다. 가을의 정점에서 아침이 스러지는 정경이 차분히 묘사되어 있다. 이런 정황을 통하여 시인은 독자들에게 시간의 흐름이라는 의미를 일깨운다. 어찌 보면 시간은 그냥 흐르는 것이 아니다. 그것을 대하는 사람의 태도에 따라 의미가 달라지기 마련인 탓이다. 시간을 아껴 쓰는 사람에게는 시간이 한없이 소중한 법이다.

쉬엄쉬엄 닫으며 / 내달리는 나무 / 얼어붙은 나무 새로 / 아침이 떨어진다.

-'부서지는 아침 2'의 3연 중에서

'종이비행기'에서는 유년시절에 날렸던 종이비행기에 대한 정감이 담겨 있다. 누구든 유년시절에는 종이비행기를 과거에 접어서 날렸다. 성장하면서 종이비행기를 만들어서 날려보지 못한 사람은 없을 것이다. 활공(滑空)의 의미를 깨우치는 대표적인 놀이 수단이기도 한 탓이다. 놀이 도구로서만 아니라 그리운 사람과의 가교(架橋) 수단으로 제시되어 있다. 종이비행기는 하늘로 치솟기 마련이다. '하늘'은 도달하고자 하는 이상적인 세계를 상징하기도 한다.

그러기에 종이비행기가 하늘에 날아오른다는 의미는 결코 가볍지 않다. 그리운 사람에게 마음을 여는 수단이 될 수도 있다. 유년시절에도 소중한 마음을 전할 대상이 있을 수 있다. 그러기에 종이비행기는 소중한 의사 전달의 수단이 될 수도 있다. 종이비행기가 하늘에서 미끄러져 흘러내리는 시간에는 유아들의 시선이 집중되기 마련이다. 종이비행기를 날렸다가 땅바닥으로 떨어질 때까지의 활공 시간이 소중한 법이다.

유년시절의 보석처럼 반짝이던 소망들이 종이비행기에 담겨 있음을 느끼게 된다. 담담한 정경이지만 떠올리는 순간에 가슴을 먹먹하게 젖어들게 만든다.

먼 하늘의 / 푸르름도 담아 / 어디쯤 떠돌고 있을까

거기 적힌 / 그리운 얼굴 / 그리운 사연

-'종이비행기' 2연 및 3연 중에서

'남촌댁'은 2부의 표제이기도 하다. 작품 '남촌댁'에서는 일상적인 삶에서 만나게 되는 부녀의 생활을 그렸다. 그 부녀는 시인의 아내이거나 이웃 마을의 여자일 수도 있다. 자신의 아내이거나 남의 부녀이건 여인의 일상이 조명된 점이 중요하다. 여인의 반복적인 일상도 훌륭한 시의 소재가 됨을 보여주는 작품이다. 전혀 생활의 과장됨이라곤 비치지 않는 담담하게 묘사된 작품이다. 그럼에도 실경 산수도처럼 많은 정취를 독자에게 안겨 주리라 예견된다.

불기 없는 방 / 희미한 모서리 / 창을 열면 / 유달山이 잡힐 듯 / 아주 가까운 거리에서

-'남촌댁' 3연 중에서

지금까지 살펴본 대로 2부의 시편들에서는 일상의 생활이 드러나 있다. 의도된 과장된 외침이라거나 호소가 담겨 있지 않다. 담담한 실상의 정경으로 독자들을 상념의 공간으로 이끄는 역할을 한다.

3부에서는 '우수의 늪'이라는 표제 하에 24편의 시가 실려 있다. 제목처럼 다시 내면세계를 들여다보는 체제로 구성되어 있다. 모든 정서는 결국 인간의 내면에 와 닿는 감성일 따름이다. 내면세계에 어떤 영향을 주는지가 중요한 관건이다. 인간의 정신은 고감도의 감지기와 같다. 동일한 사물도 감성에 따라 시시각각으로 다르게 보일 수도 있다. 그래서 정서를 묘사하고 감상하는 문학이 필요한 법이다.

'그리움'에서는 반복되는 일상을 통하여 그리움이 쌓임을 드러낸다.

군더더기의 설명을 보탤 것도 없이 느낌으로 바로 연결되는 정황이다.

모두들 / 가버린 / 모래 발자욱

파도에 / 씻긴 / 또 / 모래 발자욱

-'그리움' 전문

'아침'에서는 약수터를 찾는 사람들이 아침을 맞이하는 정경이 드러나 있다. '아침' 자체에 의미를 두기보다는 아침을 맞이하는 정황에 초점이 맞추어졌다. 아침은 해가 떠올라 낮을 시작하는 개시점이다. 이런 표상적인 의미보다는 아침을 어떻게 등산객들이 맞이하는지를 담담하게 보여준다.

스스로의 등불을 켜고 / 목숨의 질긴 힘을 / 마디마디로 이으면서 / 지친 영혼이 / 아침을 맞는다.

-'아침'의 3연 중에서

'나의 생각은'에서는 시인의 생활 신념이 표현되어 있다. 이런 신념을 통하여 독자들도 자신의 생활 습관을 점검하게 된다. 자신을 되돌아보는 것은 삶에 있어서 아주 중요한 과정이다.

나의 생각은 / 한 꿈을 성취시키기 위하여 / 잠시도 쉬지 않는다.

　-'나의 생각은' 4연 중에서

　줄곧 앞날을 내다보며 성실하게 나날을 사는 시인의 삶이 느껴진다. 독자들도 작품을 읽으면서 자신의 생활 습관을 떠올리게 될 것이다. 자신에 관하여 긍정적인 관점에서 자신을 끌어올리는 계기가 되리라 여겨진다.

　'눈이 내린다'에서는 눈송이가 나풀대다가 떨어져서 스러지는 정경이 묘사되었다. 눈송이가 지면의 열기를 받아 녹는 현상이 생생하게 담겨 있다. 눈이 땅바닥에서 녹는 자체는 대단한 일이 아니다. 온도가 높아지면 고체 상태의 눈이 액체인 물로 전환되기 때문이다. 이런 현상을 과학에서는 융해(融解)라고 부른다. 어엿한 고체가 모습을 바꾸어 액체로 변하는 의미가 상당히 크다. 끝까지 자신의 모습을 지키려고 발버둥치지 않고 자연에 순응하려는 몸짓이다.

　인간의 생로병사의 과정도 흐르는 물줄기와도 같은 자연 현상이다. 대다수의 인간들은 임종에 임하여서도 살려고 마지막 몸부림을 치기 마련이다. 하지만 죽음이란 엄연한 자연의 질서 중의 하나이다. 이 작품에서는 자연으로의 순응이 다루어져 있다. 얼핏 보면 평범하게 느껴지겠지만 상당한 철학이 깃든 중후한 작품이다. 시인은 작품을 통하여 자연으로의 순응마저도 담담하게 맞이하겠음을 보여준다. 상당히 수준 높은 아취가 깃든 작품이기도 하다.

지금까지 3부로 이루어진 시집인 '밤바다'의 시편들을 훑어보았다. 1부에서는 절제된 정감을 다루었다. 2부에서는 일상의 생활이 시로 용해되어 있다. 3부에서는 자연으로의 순응(順應)을 다루었다.

　시인은 70편의 시를 통하여 정제된 선율의 정서를 개성적으로 다루었다. 해석에 장애가 될 요소를 제거하는 기법도 동원했다. 자연 현상을 관조하는 시풍도 선보였다. 그러다가 자연으로의 순응을 철학적인 관점으로 해석하여 독자들에게 펼쳐보였다. 시를 개성적이면서도 다채로운 기법으로 소화했다는 자체가 대단한 수준의 경지이다. 이처럼 독창성이 짙고 개척적인 시편들을 대하여 읽는 즐거움이 컸다. 시인의 앞날에 무한한 발전을 기원한다.

〈시집 '밤바다'(2016년) 해설〉

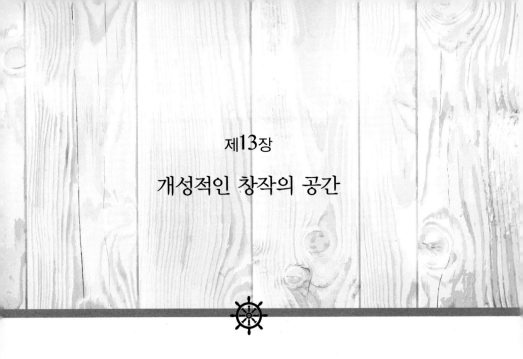

제13장
개성적인 창작의 공간

3월호에는 6명의 작가들이 새로운 작품을 선보였다. 작가에게 작품은 건축에 해당한다. 건축의 양식은 작가의 취향에 따라 개성을 지니게 마련이다. 어떤 취향이 좋고 어떤 개성이 나쁘다고 말할 성질이 아니다. 작가는 혼신의 힘을 다하여 작품을 만들기 마련이다. 이런 창작 배경을 고려하면 평자는 모든 작품을 논평해야 마땅하다. 일부의 작품만 논의하는 소극적인 자세에서 탈피하는 것이 바람직하다.

수록된 순서대로 작품의 특성을 살펴보기로 한다. [운니동 33번길] (한상윤 작)은 줄거리의 응축성이 대단한 장점으로 돋보인다. 스물두 살 청년이 자신의 가계 역사를 답사하면서 공부한다는 내용이다. 현실의 주인공은 이경이며, 과거사의 주인공은 이장의 아내인 한 씨이다. 이장은 세조의 장남인 왕세자로 있다가 스무 살에 요절했다. 그의 아내인 한 씨는 대궐을 떠나 사저에서 살게 되었다. 이장이 죽기 한 해 전에 여주인공의 아버지인 한확이 죽었다. 아버지와 남편을 잃고 출궁하는 얘기는 장편소설로 다루어질 만한 분량이다.

하지만 작가는 간단히 단편소설 속으로 장편의 얘기를 갈무리해 버렸다. 장편의 요소를 단편으로 전환시킬 수 있는 작가의 재능이 탁월하다. 그만큼 군더더기를 배제시켜 단편의 요소로 다듬었다는 얘기다. 장편과 단편의 전환 가능성을 보여주었다는 것이 작품의 커다란 장점이다.

[보신탕집에 핀 꽃](이기윤)에서는 '흡인력의 전환'이 돋보인다. 주인공은 월간지를 운영하다가 정리하고는 병원에 취업한 소설가이다. 그는 병원의 홍보 분야에서 일하다가 골프를 약국장에게서 배웠다. 그런 뒤에 해외 원정 골프를 치러 일본에 갔다. 동행한 화백과 함께 성인용품 백화점에 들러 성인용품 2점을 샀다. 젤과 전지 작동식 남성 성기였다. 젤은 진단센터 소장에게 주고 남성 성기는 보신탕집 과부에게 주었다. 그랬더니 반응이 아주 좋아 볼품없는 과부가 미녀로 전환되었다는 내용이다.

독자의 시선을 끌도록 작품의 제목부터 신경을 썼다. 경박한 느낌이 들지도 모를 소재를 선정하여 작품화한 필력이 돋보인다. 세태가 변하여 성인용품은 이제 부끄러운 도구가 아닌 세상이 되었다. 신체적인 한계로 제한되었던 영역에 과학이 도입되어 성 기능이 확장되었다.

작품을 대하면 시종 미소를 띠지 않을 수 없게 만든다. 어떤 소재로도 품격을 유지하며 독자들을 끌어들이는 능력이 탁월한 작품이다.

[개명(도지민)]은 주제를 개연성 있게 형상화시켰다는 점에서 돋보인다. 누구에게나 '우발적인 행운'을 기대하는 심리가 있기 마련이다. 무명의 주부 소설가가 갑자기 유명세를 타게 된다는 줄거리다. 주부는 작명가로부터 예명을 부여받게 되면서부터 갑자기 유명한 작가로 변신했다. 누구에게나 요행에 대한 기대 심리는 있기 마련이다. 이 작품에서는 이런 기대 심리를 자연스럽게 수용하도록 유도하고 있다.

수용하기 어려운 점을 쉽게 받아들이도록 형상화시키는 재능. 이것은 작가가 지닌 강력한 장점이라 판단된다. 주인공이 창작했다는 장편소설의 골격. 이 부분은 작가가 독자들을 위해 주인공의 능력을 보여준 대목이다. 작품의 주인공이 소설가임에 틀림없다는 점을 독자들에게 제시하려는 장치다. 이런 배려까지 아끼지 않는 작가의 성실성에 매력을 느낀다.

[가공의 도시(김은제)]는 퇴직한 주인공의 스산한 심리를 형상화한 작품이다. 주인공인 형주는 전직 부하인 최과장 남편의 장례식장에 간다. 거기에서 특수부대 시절의 친구였던 석철을 만난다. 둘은 대화를 통하여 북파 직전의 극한 훈련을 떠올린다. 그러다가 생명을 잃기 직전의 상황에서 둘은 위기에서 벗어났다. 장례식장에 참석한 형석이 둘에게 환상 축제를 제안한다. 미국 네바다 사막에서 개최되는 축제에서 새로운 희망을 키우자는 제안이다.

주인공이 퇴직하여 집에 머물면서 과거의 잔영으로 번뇌에 시달린다. 특히 생명의 경계를 넘나들었던 특수부대의 추억은 정신을 황폐화시킬 정도다. 퇴직하여 사회와 단절된 막막함에 시달리는 현대인의 고뇌가 형상화되었다. 작가는 장례식장과 특수부대의 추억을 연결시켜 벗어나고픈 고뇌를 구체화시켜 제시했다. 작품의 빼어난 요소는 사회로부터 단절된 심리를 극명하게 제시한 점이다.

[번개탄(안휘)]에서는 불안정한 현대인의 심리를 잘 묘사했다. 주인공은 회사에서 내쫓겨 공무원으로 재도약하려는 청년이다. 주인공이 골목 가게를 운영하던 어느 날이었다. 주인공의 아버지가 친구 문상을 가고 없었을 때 여인이 나타났다. 여인은 의류 사업을 하다가 큰 빚을 진 처녀였다. 처녀의 제안으로 주인공이 처녀와 대작을 하게 된다. 그러다가 처녀가 번개탄을 사서 떠나 버린다. 아침이 되어 눈을 뜨니 아버지가 돌아와 있었다. 친구가 딸과 분란이 생겨 번개탄으로 자살했다고 아버지가 들려주었다.

마음에 의문이 일어 간밤에 술을 마셨던 여인을 찾아달라고 신고했다. 아버지의 죽은 친구와 간밤의 처녀가 부녀간인 듯한 분위기마저 제시되었다. 경찰로부터 연락받고는 병원을 찾아 대작했던 여인을 만났다. 여인이 번개탄으로 자살을 시도하다가 남의 외제차를 태워 버렸다. 주인공이 병상에 누웠던 여인을 데리고 병원에서 탈출한다는 얘기다. 병원에서 벗어나 봐야 일시적인 탈출밖에는 되지 않을 탈출이다. 임기응변일지라도 중압감에서 벗어나고 싶은 심리를 잘 묘사했다. 현대인들의 불안정한 심리를 파헤치려는 주제 의식이 잘 표출된 작품이다.

［파랑새를 찾아서(이재욱)]에서는 '실현성이 희박한 염원'이 제시되어 있다. 불임이라는 이유로 안동댁이 후처에게 떠밀려 남편한테서 달아나 버린다. 그런 뒤에 타향에서 국밥집을 운영하며 생계를 유지한다. 안동댁은 상처한 김 노인을 만나 새로운 가정을 이룬다. 어느 날 안동댁의 예전 남편이 안동댁을 찾아온다. 밤에 예전 남편과 김 노인과 안동댁이 같은 방에서 혼숙한다. 그러다가 새벽에 예전 남편이 허허롭게 떠나간다는 얘기다.

이 작품에서는 현실성이 희박한 장면을 설정해 놓았다. 예전 남편과 안동댁과 김 노인의 혼숙 장면이 그것이다. 연적끼리는 바라만 봐도 피가 들끓는 법인데 이런 심리를 무시했다. 문학에서는 이루지 못할 꿈마저도 이상적인 세계로 처리할 수가 있다. 이러한 처리 수단을 문학에서는 '문학적 장치'라고 일컫는다. 문학적 장치는 주인공의 한을 풀어줄 수단으로 이용될 수가 있다. 이 작품은 적절한 문학적 장치를 활용했다는 점에서 돋보인다.

이상에서 보듯 6명의 작가들은 다들 개성적인 시각에서 창작을 했다. 작품들은 판에 박힌 이론으로 간단히 논의되지 못할 개성을 지녔다. 이것은 작가들이 작품에 열정을 갖는다는 의미이며 문단이 건재함을 시사한다.

〈월간문학, 2014년 4월호 비평〉

제14장
형상화에 따른 단련

풍정(風情)이란 '정서와 회포를 자아내는 멋'이라고 사전에 정의되어 있다. 명작들의 공통점은 독자들의 풍정을 잘 자극하는 작품들이다. 풍정을 자극한 결과는 독자들을 감동의 세계로 몰입시킨다. 주제를 정교하게 형상화시키는 작업은 쇠붙이를 단련하는 작업과 다르지 않다. 4월호 본지에는 5명의 작가들이 신작을 발표했다. 이들 작가들의 작품을 형상화의 관점에서 평가해 보도록 하겠다.

[붉은병꽃](손영목)의 주제는 진석이 붉은병꽃을 통하여 자신과 세상을 관조하는 것이다. 퇴직한 주인공인 진석이 자신과 세상을 관조하는 방식이 형상화의 골격이다. 상계동 불암산에서 붉은병꽃나무를 발견한 2년 뒤에 진석이 나무를 채취했다. 집의 정원에 옮긴 지 2년

만에 나무가 말라죽었다. 나무가 죽은 지 2년 뒤에 다시 불암산을 찾는다는 내용이다. 나무를 채취할 당시에 산록의 확성기에서 염불소리가 진석에게 밀려들었다. 불확실하지만 '20년'이란 말만 진석의 귀에 잡혔다.

확성기에서 들렸던 20년이란 2년의 10배만큼의 세월이다. 20년의 10배만큼의 세월은 200년이다. 식물을 발견하여 이식하고 폐기하는 과정에 우주의 세월이 담겼다. 이 기간은 인간의 생로병사에 대응하리라 여겨진다. 작가는 식물의 생멸(生滅)을 통하여 인간의 운명을 대응시켰다. 그리하여 주인공이 식물을 통하여 자신과 세상을 관조하게 만들었다. 작가는 바위틈에서 자라는 식물을 역경에 시달리는 인간 세상으로 비유했다. 어디에도 이상적인 세계는 존재하지 않음을 전문가다운 기교로 형상화시켰다. 형상화의 치열한 과정이 잘 드러난 수작이다.

[60년 만의 하루](조효근)에는 막역지우와의 애틋한 교감이 주제로 담겨 있다. 남북이 분단된 체제 하에서의 자유롭지 못한 교류의 단면이 제시되었다. 애틋한 교감의 강도를 높이는 수단으로 작가는 남북의 체제를 동원했다. 이념이 다른 체제에서는 누구든 경거망동할 수가 없는 처지다. 술자리를 통하여 기탄없이 회포를 풀 정도라면 상황이 다를 것이다. 하지만 장소가 김일성 사상 학습장이지 않은가? 남한의 수영과 북한의 인중이 북한에서 만난 여건은 별난 상황이다.

유년기 때의 막역지우였어도 함부로 속내를 터놓을 수 없는 처지다. 이런 삭막한 정황에서도 속내를 표출할 실마리는 허일각의 죽음으로 제시된다. 청와대 습격은 김일성의 욕심이었다고 인중이 말하면서 서로가 속내를 터놓는다. 반갑고 그리운 정서를 마음대로 드러내지 못하는 압박감이 오죽할까? 작가는 애틋한 교감을 그려내기 위하여 치밀한 구도를 잡았다. 주기철 목사의 죽음으로 유년기 소년들의 마음을 결집시켰다. 청와대 습격 사건을 제시하여 체제의 확연한 이질성을 드러내었다. 형상화에 따른 작가의 섬세함이 돋보이는 작품이다.

[첫사랑](최광윤)의 주제는 고등학교 2학년이었던 주인공인 주성준이 겪은 첫사랑의 추억이다. 연하의 2학년 학생이 전입한 3학년 여학생을 1년간 사랑했다는 내용이다. 여학생이 졸업하면서 사랑의 허상이 드러난다는 얘기이기도 하다. 첫사랑이란 가볍게 다룰 주제가 아니다. 첫사랑과 짝사랑은 다르기 때문이다. 짝사랑은 일방적이지만 첫사랑은 둘 사이의 사랑이기 때문이다. 작품의 내용을 분석하면 첫사랑이라기보다는 짝사랑에 가깝다고 판단된다. 여학생한테는 장교인 애인이 있었음에도 남학생에게 당당히 밝히지 않았기 때문이다.

여학생은 단지 주인공을 후배로서 따뜻하게 대했다고 판단된다. 그럼에도 불구하고 주인공에게 첫사랑으로 오해를 야기한 요인이 있다. 애인이 있다고 여학생이 주인공에게 실토하지 않았다는 사실이다. 바로 이 점에서 작가의 역량이 드러난다. 짝사랑을 첫사랑의 위상까지 승화시키는 장치로서 '여학생의 침묵'을 동원했다. 이 장치의 이점은 두 가지로 대별된다. 둘의 행동에 절제력을 부여한다는 점이 하나이다. 다른 하나는 '청정한 영혼의 교류' 방식이 된다는 점이다. 나름대로 주제를 형상화시키려 애쓴 작가의 노력이 엿보인다.

[겨울, 저녁 7시](채은)에서는 주인공의 심리 불안이 주제로 제시되어 있다. 심리를 다루는 작품에서는 각별한 주의력이 필요하다. 누

가 작품을 읽더라도 사건의 개연성이 느껴져야 하기 때문이다. 주인공인 처녀는 P와 4년간 연애를 했지만 P를 놓치고 말았다. P가 결혼하자고 접근했어도 내부에서 이는 불안감으로 우유부단하게 P를 대했다. 주인공의 불안감을 섬세하게 나타내려고 작가는 치밀한 구도를 설정했다. 서울에 올라와 대학을 다니느라고 부업을 해야 할 상황이 설정된다.

누적된 긴장감을 해소하려고 식칼로 물고기를 요리하는 작업을 습관적으로 행한다. 그러다가 대학생일 때에 겁간을 당할 위기를 맞는다. 아슬아슬하게 위기는 벗어났지만 정신적 불안감이 그때부터 심화되었다. 이런 정황이 P와 애인으로 지내면서도 마음을 열지 못하게 했다. 불안한 심리를 세밀히 나타내려고 집을 방문한 코디네이터를 등장시켰다. 주인공의 불안한 마음이 코디네이터에게까지 읽히도록 세밀하게 표현했다. 작가는 주제를 부각시키기 위해 최대한의 성실한 노력을 기울였음이 드러난다.

[거시기](오석영)에서는 절망적인 상황에서 회생한다는 내용이 주제로 담겨 있다. 인간에게는 누구한테나 극적인 반전이 일어나기를 바라는 마음이 있다. 사람에 따라 정도의 차이가 있을 따름이다. 주인공 성민은 편모슬하에서 자라다가 어린 시절에 가출했다. 그러다 보니 제대로 교육도 받지 못했다. '거시기'는 주인공의 이름으로도 통하지만 남성의 성기를 시사하기도 한다. 포장마차의 여주인과의 외박으로 인하여 주인공의 아내가 가출해 버린다. 게다가 막노동꾼인 성민의 건강이 악화되어 입원까지 한다.

극적인 반전을 이루려면 치밀한 구성이 이루어져야 한다. 치밀하지는 않지만 작가는 어느 정도의 반전 가능성은 열어 두었다. 이혼하지 않은 채로 아내가 가출해 버렸다는 상황이 여기에 해당된다. 절망적인 상황을 검진과 입원을 통해 치밀하게 나타낸 점은 탁월하다. 성기를 파탄의 원인으로 묘사했다가 회복의 근원으로 제시한 점은 해학적이다. 이들 사이의 치밀한 언급이 누락되면 느닷없다는 정황이 느껴지기 마련이다. 절망적인 상황에서 반전시키려는 과정을 나타내려고 애쓴 정황은 충분히 느껴진다.

이상으로 작가들의 신작을 형상화의 관점에서 살펴보았다. 작가들은 형상화에 최대한 심혈을 기울였다고 판단된다. 이러한 노력이 소설의 미학을 구축하는 데 기여하리라 믿는다.

〈월간문학, 2014년 5월호 비평〉

제15장
공명 구조론의 적용

작품의 주제를 입체적으로 심화하여 독자들을 감응시키는 의도적인 골격이 있다. 이것은 공명 구조물(共鳴構造物)이라 정의된다. 공명 구조물은 이야기 줄거리나 플롯과는 의미가 확연히 다른 개념이다. 주제를 형상화시키기에 알맞게 줄거리를 정형화시킨 것이 플롯이다. 주제를 증폭시키거나 심화시킬 영적 또는 물적인 대상이 공명 구조물이다. 5월호 본지에 실린 5편의 신작들은 현대소설의 진수를 보여준다고 판단된다. 공명 구조의 관점에서는 기존의 어떤 작품들보다 탁월하여 눈부실 정도다. 진실로 세련된 구조를 갖는 소설들이라 여겨진다.

이번 호에서는 공명 구조론(Resonance Structure Theory)에 바탕을 두

고 작품을 분석하려고 한다. 공명이란 원래의 파동(波動)에 파장이 같은 파동이 겹쳐지는 현상을 의미한다. 음파를 예로 들면 진폭의 크기가 증가하여 소리가 커지는 경우다. 주제와 공명 구조물의 파장이 같아질 때에 감동이 커진다는 얘기다. 평자는 단순히 작품의 장단점을 말하는 데에 그쳐서는 안 된다. 그 정도는 평론가가 아니더라도 누구든지 할 수 있기 때문이다. 작가마저도 깨닫지 못한 부분을 조명하여 도움을 주어야 한다. 여기에 진정한 평론가의 존재 의미가 있다고 사료된다.

'낙화유수'(정건영)에서는 월남전 희생자들의 연이은 사망에 대한 애환이 주제로 잡혔다. 이 작품의 공명 구조물은 '햇살에 반짝이는 한강과 상실의 애환'이다. 수면에 반사되어 햇살이 흩날리는 정경을 망령들의 승천이라고 여겼다. 누구나 생생하게 느끼도록 부상당한 희생자의 정황을 사실적으로 묘사했다. 이런 정황은 연이은 희생자들의 사망을 독자들이 자연스레 수용하도록 만든다. 연이은 상실의 애환을 물결에 반사되는 햇살로 자꾸만 강도를 높였다.

엉덩이 살과 고환을 상실한 박영국과 발목이 잘린 최성갑이 만났다. 전우였던 조재현의 시신을 화장한 뒤에 행주산성의 음식점에서 한강을 굽어보았다. 둘이 만나서 과거를 회상하며 술잔을 나누다가 음식점을 나선다는 얘기다. 물결이 찰랑댈 때마다 수면에는 파동이 주기적으로 중첩된다. 이런 주기적인 파동의 강화가 독자의 시선을 밀착시킨다. 작가는 참으로 물결의 파동을 공명에 잘 끌어들였다. 물은 증발하여 구름이 되었다가 나중에는 다시 비로 쏟아진다. 여기까지를 조명한다면 작품은 인연설까지 수용하는 엄청난 흡수력을 지니리라 예견된다.

'빅토르 안'(정만진)에서는 국적을 변경한 빙상 선수에 대한 풍자가 주제다. 체육계 내부에서 관리를 잘 못하여 선수를 놓친 것을 풍자했다. 당선이 유력한 회장 후보를 조직이 개입하여 탈락시켰다는 내용이다. 교육감과 교장과 운영 위원장과 학생부장이 얽힌 조직이 후보자를 탈락시켰다. 공명 구조물은 '교육계와 특정 학부모의 야합에서 발원된 악질적인 행위'이다. 작가는 공명 구조물을 탁월하게 잘 활용하여 주제를 강하게 드러내었다.

공명 구조물의 특성은 음험한 결속력과 조작된 위선이다. 발전 가능한 인재를 엉뚱한 조직이 도태시킬 수 있음을 보여준다. 공명 구조물의 특성은 반복적인 강조에 있다. 낙선한 학생의 아버지가 나타나면 무마하는 듯하다가도 도태의 강도를 높였다. 작가는 내려앉았다가 치솟다가를 반복하는 파동의 속성을 참으로 잘 이용했다. 오르락내리락할 때마다 감동의 극점으로 치닫는 파동의 속성이 공명의 본질이다. 작가는 공명의 속성을 활용한다면 숱한 대작을 남기리라 여겨진다.

'봄의 엘레지'(박태주)에서는 궁지에 몰린 주인공이 회생(回生)하는 것이 주제다. 법률 도우미로 나선 낯선 사내의 격려를 받고 일어선다는 내용이다. 설정된 공명 구조물은 주인공 아내의 원격 조정 체계이다. 아내가 법률 도우미인 사내를 주인공에게 접근시켜 남편을 재기시키는 체제다. 도우미의 출현에서부터 신비로움을 불러일으키더니 급기야는 가정의 화목에 도달하게 한다. 작가는 법률 방면에 있어서 상당한 사실성을 부여했다.

작가는 공명 구조물의 속성을 너무나 잘 활용하는 사람이다. 밀려

왔던 물결이 재차 밀려들 때까지의 시간을 주기라 한다. 공명의 특성은 주기 동안의 움직임을 통한 파장의 극대화 현상이다. 경품으로 받은 김치 냉장고에는 아내의 알뜰한 마음이 담겼다. 작가는 아내의 소품에서부터 따스한 관심에 이르기까지 공명의 효과를 다루었다. 파동에는 본질적으로 골과 마루가 있다. 골에서 마루, 마루에서 골로 이어지는 연이은 반전이 파동에 존재한다. 반전의 빈도와 입체화를 조화시킨다면 작품의 위상이 극대화되리라 여겨진다.

'중앙분리대'(최국환)에는 소통을 방해하는 장벽이 주는 단절감이 주제로 제시되어 있다. 도로 중앙에 장벽처럼 세워진 것이 중앙분리대다. 마주 오는 차와의 충돌을 예방하는 시설물이기도 하다. 여기에서 작가가 설정한 공명 구조물은 소통하기 어려운 장벽이다. 구조물의 소재 중의 하나가 도로의 중앙분리대일 따름이다. 작가는 공명 구조물을 통해 소통 장애의 예를 제시했다. 사슴이 쾌적한 장소로 이동하려는 것이 중앙분리대 탓으로 방해를 받는다. 주인공과 박 선생은 기간제와 정교사의 신분 차이로 교류가 막힌다.

작가는 곳곳에 소통 장애의 예를 편린처럼 치밀하게 깔아 놓았다. 어머니의 죽음과 계모의 출현 간의 관계에도 안타까운 단절이 내비친다. 선을 보게 되어 만난 여자 사이에서도 선명한 단절감이 표출된다. 단절이란 의미는 애초부터 격리된 상황을 의미하지는 않는다. 처음에는 결속되어 한 몸뚱이를 이루었던 것이 떨어져 나간 것이다. 공명 구조를 심화하려면 애초의 유기적 결합을 치밀하게 파악해야 한다. 긴밀한 구조가 제대로 전달되어야 소통의 장애가 독자들을 감응시키게 된다. 공명의 활용이 여기에까지 이르면 더욱 완성도가 커지리라 예견된다.

'점령'(전성옥)에서는 제한된 삶의 공간에서도 행복이 존재함을 설파하고 있다. 주인공인 진순은 18살에 아이를 배어 고향에서 내쫓겼다. 나중에는 탄광촌의 카지노에서 요리사로 8년간이나 일한다. 그러다가 지인의 소개로 의사 부부의 집에 들어가서 살게 된다. 처음에는 요리를 하다가 아이를 돌보는 보모의 역할까지 떠맡는다. 92평짜리 의사 부부의 집이 자신의 집으로 여겨져 행복하게 생각한다.

작품의 공명 구조물은 역경마저도 승화시키는 고매한 인품이다. 성장 환경이 아무리 열악했을지라도 고매한 천성은 향기를 발산하기 마련이다. 향기의 근원은 세상에 대한 애정과 열정이다. 북경 유학생이었던 연변인한테서 중국어를 익힌 것은 열정의 한 예이다. 역경을 승화시키는 것에도 주기적인 변화가 뒤따르기 마련이다. 상황의 변화에 심리 변화까지 구체적으로 결합시킨다면 감동을 고조시키리라 여겨진다.

지금까지 작품들에 내재된 공명 구조물을 조명해 보았다. 작품들의 공명 구조물들이 치밀하게 설정되어 있어서 참으로 경탄스러울 정도다. 작가의 영혼을 극대화시켜 드러내는 최상의 장치가 공명 구조물이다. 공명 구조물의 활용이 작품의 품격을 좌우함을 잊어서는 안 된다.

〈월간문학, 2014년 6월호 비평〉

제16장
구성과 발화(發火)의 긴밀성

    문학의 본질을 체계적으로 분석하기 위하여 비평 문학이 발전해 왔다. 러시아 형식주의를 비롯하여 영·미의 신비평, 구조주의 비평, 해체주의 비평과 기호학 비평 등이 그 예가 된다. 이론들의 전개에 있어서 작품의 배경도 세밀히 연구된 경우가 있다. 근래의 비평은 작품 자체에 독립적인 생명이 있다고 여기는 추세다.

    '계절문학' 통권 18호(2012 봄호)에는 모두 7편의 단편소설이 발표되어 있다. 김성금의 '그 어느 날 오후', 이명애의 '피멍', 엄상익의 '8만 원으로 한 달을 사는 법', 서용좌의 '한국어', 나경의 '선물', 임운산의 '기저귀 유감', 이근철의 '용담(龍潭)'이 여기에 해당한다.

    소설에서는 이야기의 줄거리를 효율적으로 전달하는 체제인 구성이 중요하다. 문장과 단락을 배열하여 이야기를 잘 전하려는 방식이 여기에 해당한다. 이야기를 통하여 감동의 효과를 극대화하는 장치는 발화(發火)라 불린다. 발화는 불을 피운다는 의미로서, 구체적인 감동을 표출하는 장치를 의미한다. 소설이 작품성을 지니려면 구성과 발화의 관계가 조화로워야 한다.

일상적 소재를 다룬 작품이 6편이고 실험적 작품이 1편이다. 이근 철의 작품만 실험적 소재를 다루었고 나머지는 일상적 소재를 다루었다. 책에 발표된 순서대로 살펴보기로 하겠다.

'그 어느 날 오후'를 살펴보겠다. 7년 전 남편의 불륜으로 주인공(안나)이 발리 섬으로 여행을 갔다. 그러다가 거기에서 소설가 선배를 만나 주인공이 연인으로 사귀게 되었다.

이 작품의 주제는 가정을 유지하고 싶다는 애틋한 심정이다. 이런 주제를 살리려면 구성이 주제를 살리도록 구축되어야 한다. 남편이 바람을 피운다고 하여 주인공도 덩달아 바람을 피웠다. 이런 구성에 서는 근원적으로 발화가 이루어지기 어렵다. 구성상의 결함으로 작품이 감동과 연결되지 못한 점이 아쉽다. 하지만, 남편으로부터의 상실감을 연인에게 보상받으려는 주인공의 심리 묘사는 빼어났다. 연인이 사망하자마자 추억 여행까지 다녀온 주인공의 심리가 스산하게 느껴진다. 인간의 정서를 파헤치는 작가의 필력이 돋보이는 작품이기도 하다.

'피멍'을 살펴보겠다. 초등학교 교원이었던 남편이 교환교수가 되어 미국으로 건너가면서 가정이 붕괴되었다. 그 후에 주인공(하영)은 애인 (해천)과 만나 3년간 연정을 나누었다. 해천이 커피숍에서 얼굴 모습을 통해 수혜가 주인공의 딸임을 알아차렸다. 호텔로 해천을 만나러 가는 딸을 주인공이 미행했다. 딸인 수혜가 만난 사내가 주인공의 애인이었는지는 주인공이 전혀 몰랐다. 그런 상태에서 사내를 죽이겠다고 주인공이 숨어서 별렀다는 애기다.

　작품의 주제는 피해 의식이 강한 주인공의 스산한 심리 상태다. 주제가 반드시 아름다울 필요는 없다. 이 작품에서는 구성과 발화의 관계가 나름대로 정립된 편이라 간주된다.

　'8만 원으로 한 달을 사는 법'을 살펴보겠다. 재택 변호사인 주인공이 15년 복역수를 만나러 대전 교도소까지 갔다. 세월이 흐른 뒤에 출옥한 사내와 된장찌개를 먹으면서 대화를 나누었다. 8만 원이면 생존이 가능하다는 애기를 듣고 주인공이 숙연해졌다. 그러면서 전과자인 사내로부터 허상에서 벗어나는 지혜를 깨달았다는 애기다.

　이 작품의 주제는 모순스런 현실에 담긴 진정성이다. 어떤 상황에서도 나름대로의 진정성이 담겼다는 내용을 치밀한 구성으로 나타내었다. 구성과 발화가 자연스럽게 잘 어우러진 편이다.

　'한국어'를 살펴보겠다. 프랑스까지 가서 박사학위를 취득한 주인공 (한금실)이 한국어 강사가 되는 과정을 나타내었다. 기존의 틀을 과감하게 깨고 새로운 세계에 들어서는 과정을 그렸다. 대학에 설치된 교양 강좌에서 한국어를 가르치며 느끼는 정황을 나타내었다.

작품의 주제는 낯선 과정으로의 변신에 대한 수용 심리이다. 메모를 보내다가 연락이 끊긴 애인(배승한)을 등장시켜 분위기를 신비스럽게 이끌었다. 국내에 체류하는 외국인 학생들에 대한 배려하는 마음도 잘 나타내었다. 생경한 분위기로의 발화 처리가 잘 된 셈이다.

'선물'을 살펴보겠다. 여고 시절에 아기를 출산해 결과적으로 해외에서 입양하도록 했던 주인공이다. 주인공은 인터넷을 통해 처지가 비슷한 의사를 만났다. 의사의 아들은 괴한하게 유괴되어 죽고 말았다. 상실감을 지닌 상태에서 둘은 만나고 나중에는 음악회까지 함께 갔다. 음식점에서 나오면서 노점상으로부터 패용 장신구를 사서 의사가 주인공에게 선물했다.

작품의 주제는 상실감의 극복을 통한 새로운 희망이다. 인터넷 공간에서 실제의 만남으로 장면의 전환이 설정되었다. 둘 다 독신의 처지에서 서서히 공감하는 마음의 작용을 나타내었다. 절망이 절망으로만 끝나지 않도록 구성이 탄탄하게 짜여졌다. 발화 과정이 선물에 의해 은은하게 펼쳐지도록 그려진 점이 돋보인다.

'기저귀 유감'을 살펴보겠다. 변 조절이 잘 안 되는 시어머니가 주인공으로 설정된 작품이다. 자궁 근종을 지닌 며느리와의 관계가 잘 그려진 작품이기도 하다. 변 조절이 안 되기에 아들 내외가 기저귀를 사 왔다. 기저귀를 차기까지의 섬세한 갈등 심리를 잘 나타내었다. 게다가 듬직한 손자를 등장시켜 주인공의 마음을 추스르는 맵시가 놀랍다.

작품의 주제는 고부간의 진정한 마음이 담긴 사랑이다. 발화는 서로의 자존심을 건드리지 않으려는 배려의 형식으로 표출된다. 종래의 선입관인 고부간의 갈등을 따스한 배려로 전환시킨 착상이 기발하다. 작품은 독창적인 관점과 기발한 착상으로 새롭게 살아날 수 있다.

'용담(龍潭)'을 살펴보겠다. 천지를 통한 백두산의 폭발을 예견한 작품이다. 작품의 소재가 일상에서 벗어났다는 점에서는 실험적인 작품이다. 과학자인 박영광과 북한 여군(女軍) 장선애가 연인으로서 작품 초기에 등장한다. 그러다가 백두산이 폭발하면서 그들의 목숨은 스러져 버린다. 남한의 복구 지원단 행렬 중 한창원과 마광수가 북한을 찾는다. 한창원이 두만강에서 남한에 들어섰던 과거사를 얘기한다. 라이터를 통하여 포로 교환의 시대적 상황도 제시한다.

이 작품은 구성에서 결함을 드러내고 있다. 주인공인 듯이 등장시켰던 박영광을 사망하게 설정했다. 한창훈이 주인공이라면 작품 초기부터 한창원의 얘기가 펼쳐져야 마땅하다. 실험적 소재를 다루었음에도 구성의 결함으로 작품성을 상실하여 안타깝다. 하지만, 신속한 사건 전개와 정경 묘사는 가히 빼어나다. 새로운 소재로 영역을 확대하려는 의욕도 높이 평가할 만하다.

〈계절문학, 2012년 봄호 비평〉

제17장
작품의 구성과 완성도

문학의 경우에 공통점이 있다면 기승전결(起承轉結)의 구성을 통한 감동의 극대화이다. 심혈을 기울여 썼는데도 독자들에게 전달되는 감동이 없을 수도 있다. 대단히 애석하지만 이 경우의 작품은 생명을 상실한 것으로 평가된다. 작가는 무엇보다도 타인의 작품들을 부지런히 읽고 분석해야 한다. 탁월한 작품이라 판단되면 그 경지를 닮으려고 애쓸 필요가 있다. 반면에 허점이 많은 작품을 만났다면 보완할 방법을 연구해야 한다. 어떤 작품들을 읽더라도 작가의 위상을 드높이는 계기로 삼아야 한다.

'계절문학' 통권 19호(2012 여름호)에는 모두 5편의 단편소설이 발표되어 있다. 안수길의 '황혼 바라보기', 표성흠의 '움딸', 강인수의 '슬픈 인연', 구자인혜의 '70, 시간의 문', 권이삼의 '외축성디'가 여기에 해당한다.

작가가 되기 위해서 모든 작가들은 힘든 등단 절차를 겪었다. 등단할 때의 초심으로 작품을 연구하고 완성도를 높이려고 노력해야 한다. 여름호 발표작의 경우에 4편은 인간의 내면을 소재로 하고 있다. 나머지 한 편은 지역 활성화 행사를 소재로 하고 있다. 발표 순서대로 작품에 대한 논의를 하겠다.

'황혼 바라보기'에는 한 아파트 이웃 주민들 간의 얘기다. 시어머니를 부양하는 405호의 며느리의 눈에 비친 406호 할머니의 얘기다. 406호 할머니는 3년 전부터 이사해 와 주인공과 마주치게 된다. 미국에 박사 아들이 있다며 이웃에 떠들고 다니던 406호 할머니다. 다른 사람들은 고분고분한데 유독 405호 며느리만 냉담하여 눈에 거슬린다. 이런 할머니의 마음과 405호 며느리의 마음이 때때로 충돌한다. 406호 할머니가 변고를 당하자 며느리의 남편이 할머니를 병원으로 옮긴다. 할머니의 미국의 박사 아들보다는 평범한 남편에게 고마움을 느끼는 며느리다.

본인들의 기준에 따라서는 엄청나게 수용하기 힘든 세계가 자존심의 세계다. 쉽게 칭찬하며 어울릴 수가 있음에도 벽을 만들어 경계하는 현대인들이다. 자신이 설정한 기준에 미달하면 가혹하게 매도하는 것이 현실이기도 하다. 어우르지 못하는 현대인들의 일상을 과장하지 않고 침착하게 묘사한 작품이다. 인간의 심리를 침착하게 묘사하는 작가의 능력에서 작품의 완성도를 느낀다.

'움딸'은 죽은 딸의 자리를 사위한테서 승계한 여인을 말한다. 혈족 구성 관계가 일상적이지 못한 특별한 소재로 다루어진다. 주인공의 움딸은 베트남 여인이다. 주인공은 죽은 딸의 어머니이면서 대길이의 외할머니인 영산 댁이다. 사위인 김 서방이 아내인 베트남 여인을 상습적으로 구타한다. 베트남 여인이 기댈 데라곤 주인공인 대길의 외할머니다. 매를 맞고 베트남 여인이 주인공을 찾아오자 주인공이 격분한다. 주인공이 김 서방을 찾아가 따지려고 시도했지만 외손자 때문에 참는다.

움딸과 외손자를 데리고 장거리를 팔러 시장에 들른다. 움딸은 아들한테 살짝 어디 간다고 말하고는 시장에서 사라진다. 주인공이 일찍 물건을 팔고는 장을 본다. 그러고는 움딸의 행방을 파악하느라 신경을 쓴다. 움딸을 넘보는 장 씨의 경운기가 마음에 걸리는 주인공이다.

이 작품에서는 외손자에 대한 애정이 강렬히 살아 있다. 움딸에 대해 신경을 쓰는 근원도 결국 외손자에 대한 애정이다. 외손자는 죽은 딸의 혈육이기 때문에 외할머니로서의 정감이 전해진다. 또한 주인공 자신도 시어머니에 대해서는 움딸의 신세다. 이래저래 혈육의 정은 외손자 대길에게 쏠린다. 신세 한탄으로 흐를 소재를 절제된 정감으로 묘사한 역량이 빼어나다. 소재에 관해 새로운 무게를 부여하는 것은 작가의 역량이다. 새로운 관점의 기량에 의해 완성도 높은 작품을 만나 기쁘다.

'슬픈 인연'은 24년 전의 베트남 난민을 구해 준 얘기다. 90명에 달하는 난민을 구해 주고는 선장이었던 주인공은 실직한다. 한국인 2세라는 여인인 아웅티엔. 미국에서 간호사로 지내다가 24년이 흘러 주인공을 만나고 싶다고 말했다. 구해 준 고마움으로 하룻밤을 주인공과 함께 보낸다. 아웅티엔이 미국으로 돌아가기 전에 대화를 나누면서 '슬픈 인연'이라 들려준다. 아웅티엔이 결혼하여 남편을 데리고 와서 주인공을 만났더라면 좋았을 것이다. 독신녀로 남아 주인공을 만난 회한이 슬픈 인연의 배경이었을 것이다.

90명의 난민을 구해 준 결과가 실직으로 연결된 서글픈 상황. 좋은 일을 하고서도 세상으로부터 버림받은 정경이 잘 그려져 있다. 정답이 없는 막막한 현실을 형상화한 기량이 빼어나다.

'70, 시간의 문'에서는 상당히 실험적인 구성을 취한 면이 보인다. 아버지의 생명과 애완견의 생명을 평형점 위에 놓고 묘사한 점이다. 얼마나 아버지와의 관계가 삭막했으면 애완견의 생명에 비견하려 했을까? 주인공의 성장기에 곁에 없었던 아버지에 대한 애절함이 절절하다. 해외를 떠도는 아버지한테 돈을 달라고 말해야 하는 정황도 눈물겹다. 다정하고 가까워야 할, 아버지와의 관계가 단숨에 회복되기는 어려우리라 여겨진다. 섬세한 심리의 전개와 대상을 대비시키는 작법(作法)이 빼어난 작품이라 판단된다.

하지만, 작가의 의도가 과도하게 드러나는 점은 작품의 완성도를 떨어뜨린다. 주인공을 탄생시킨 아버지의 생명과 애완견의 생명이 같을 수는 없다. 아버지의 수첩을 통한 부녀간의 화해가 이루어졌다면 완성도는 달라졌으리라 여겨진다.

'외축성디'는 Y시의 외나무다리 축제를 성공적으로 추진한 사례담이다. Y시 출신의 주인공이 귀향하여 아이디어를 제공하여 축제를 성공적으로 이끌었다. 시장과 국회의원이 행사의 공연자로 나서고 시인의 부인까지 참여한다는 내용이다. 충분히 내용도 참신하고 추진력과 박진감도 돋보이는 작품이다. 이 정도의 수준이면 충분한 완성도를 지니고 있다고 판단된다.

하지만 극적 효과를 드높일 기법을 사용한다면 완성도는 증가하게 된다. 사람들의 마음이 다 같지는 않는 법이다. 아홉 명이 찬성해도 한 사람이 격렬하게 반대할 수도 있다. 그 한 사람이 결정적인 영향력을 행사하는 사람이라면 어떨까? 처음에는 심하게 반대했다가 나중에야 크게 돕는 체제도 있을 것이다. 소설의 구성에서 '갈등'은 극적 효과를 드높이는 중요한 요소라 여겨진다. 작품을 들여다보며 완성도의 증가를 검토하는 것도 비평의 역할이라 판단된다.

〈계절문학, 2012년 여름호 비평〉

제18장

과거 시간으로의 산책

세상의 이야기란 근원적으로 모두 소설로 전환될 수가 있다. 하지만 이야기만 늘어놓는다고 하여 죄다 소설이 되는 것은 아니다. 이야기와 소설의 차이점을 명확히 알아야 한다. 역사적 사실을 그대로 진술해도 소설이 되리라 여기는 사람들도 있다. 하지만 소설적 요건을 갖추지 않으면 절대로 소설이라고 말하지 못한다.

수기나 기행문을 아무리 재미있게 쓴다고 해도 소설이 되지는 못한다. 소설에는 독자에게 전하려는 주제가 선명해야 한다. 작품에서 작가의 의도가 드러나지 않으면 생명을 상실한 작품으로 분류된다. 주제의 전달은 말만 늘어놓아서 될 일이 아니다. 주제를 강도 높게 전달하는 방식 중의 하나가 '갈등'의 처리이다. 갈등을 겪은 뒤의 성취가 독자들을 한층 내면으로 흡입하기 때문이다. 또 다른 하나가 '낯설게 하기'라는 장치이다. 첫 줄만 읽어도 결과가 예측되는 작품이라면 밋밋하기 그지없을 것이다.

낯설게 하기란 장치를 거쳐서 독자들에게 신비로움과 긴장감을 고조시켜야 한다. 이야기가 어떻게 전개될 것인지에 호기심이 유발되게 해야 한다. 갈등과 낯선 장치를 배열시킨 골격을 구성이라고 한다. 구성이 빼어나고 주제가 명료하면서 문장이 정갈해야 한다. 이런 요건을 죄다 갖추기란 쉽지 않다. 그렇지만 목표를 설정하여 도전해야만 품격 높은 작품을 이루게 된다.

'계간문예' 통권 42호인 겨울호에는 소설 2편이 실려 있다. 조관선의 '장수잠자리'와 조은경의 '아버지의 땅'이 여기에 해당한다. 두 작품에는 과거 시간을 떠올리는 공통점이 깔려 있다.

먼저 조관선의 '장수잠자리'를 살펴보기로 한다. 장수잠자리는 왕잠자리과에 속하는 한국에서는 가장 큰 잠자리에 해당한다. 3년의 유생 시기를 거쳐야 성체가 되는 곤충이기도 하다. 작품에서는 주인공이 호수를 거닐다가 울면서 떼를 쓰는 아이를 발견한다. 아이가 떼를 쓰는 원인이 장수잠자리를 잡아 달라는 것임을 알아차린다. 아기의 보챔에 관련되어 주인공의 의식이 과거로 줄달음질친다.

주인공이 어린 시절에 왕잠자리와 여치를 잡던 추억들이 작품에 펼쳐진다. 실제로 경험했음을 느끼게 해 주는 생생한 장면들이 펼쳐진다. 망초로 잠자리채를 만들어 잠자리를 내려치는 과정이 사실적으로 표현되어 있다. 힘의 강도에 따라 잠자리의 몸이 으깨어지거나 토막이 나기도 한다. 체험하지 않고는 묘사할 수 없는 정경들이다. 여치집을 만드는 일도 꽤 자세하게 묘사되어 있다. 골판지를 구해 대나무 바늘을 촘촘히 꽂아 만든다는 얘기다.

잠자리를 잡는 과정에서 중학생 급우와 맞대결하는 장면도 실려 있다. 자칫하면 단조로울 뻔했던 어린 시절의 보완물이 되는 장면이다. 왕잠자리와 여치를 팔아 왕사탕을 사 먹는 장면들은 친밀감을 자아낸다. 작가는 유년기의 체험을 작품 전편에 자세하게 기술해 놓았다. 소설은 작가의 체험이 실렸을 경우에 독자에게 강한 흡인력을 유발시킨다. 유년기의 체험을 생생하게 반영하여 표현한 점은 빼어나다고 생각된다. 이와 관련하여 독자들에게도 유년기를 떠올릴 기회를 제공한 점도 탁월하다.

하지만 작품을 구조적인 관점에서 분석할 필요가 있다. 이런 점은 작가에게만 해당되는 일이 아니라 독자들의 관점에서도 필요하다. 독자들 중에서도 미래의 작가가 많이 배출될 수가 있기 때문이다. 주인공의 유년기 회상 장면이 너무 길게 배치되었다고 여겨진다. 아기의 보채는 장면을 대하여 주인공이 과거를 회상하다가 떠난다는 구성이다. 소설적 장치로서는 다소 빈약한 구성이라 여겨진다. 이런 구성에서는 갈등이나 낯설게 하기가 거의 깔려 있지 않다.

이런 상태에서는 작가가 무엇을 전달하려는지 명확하지 않을 수가 있다. 단지 주인공의 경험담을 알려주려는 것이 주제는 아니리라 여겨지기 때문이다. 또한 이런 구조에서는 깊은 감동을 독자들에게 안겨주기가 어려워진다. 작품에는 수필적 요소가 많이 느껴진다. 소설다운 골격으로 변화시키려면 약간의 보완이 필요하리라 여겨진다. 이런 보완의 문제는 작가가 해결해야 할 과제라 생각된다.

장수잠자리를 원하면서 발버둥치는 아기의 정경에서부터 신비로움이 제시될 수도 있다. 당장 수면 위로 달려들지 못한다는 영역의 한계가 느껴지는 탓이다. 하지만 작품에서는 이런 단절된 영역과 신비로운 부분의 연관이 없다. 아기의 보챔과 주인공의 회상이 병렬되는 형태로 그칠 따름이다. 아기의 발버둥질과 주인공의 회상 사이의 연관이 결여되어 있다. 주인공이 장수잠자리와 여치를 잡았던 일이 아기의 몸짓과 연결되어야 마땅하다. 주인공이 호수를 배회하다가 절망에 잠긴 사람을 구조한다는 등의 설정이다.

구조의 분석에 있어서는 소설과 평론 장르를 겸비하면 유리해지리라 판단된다. 평론만의 한계는 작가의 창작 배경을 간과하게 된다는 사실이다. 작가의 집필 의도가 무엇인지를 분석해야만 온전한 평가를 하기 마련이다. 흔히 발생되는 평론의 한계점은 창작 배경을 도외시하려는 경향에 있다. 창작 배경을 알아야 작가의 창작 의도가 충실히 분석되리라 간주된다.

다음으로는 조은경의 '아버지의 땅'에 관하여 살펴보기로 한다. 나주호(羅州湖)에서 북동쪽으로 10km만큼 떨어져 있는 화순군 능주면이 소설의 공간이다. 주인공이 남편의 질환(위암)으로 시골의 빈집으로 찾아든 곳이 능주면이다. 능주면인 것을 알고 찾아들었지만 주인공 아버지의 고향인 줄은 몰랐다. 주인공의 남편에게는 상봉이라는 친구가 있다. 상봉의 소개로 찾아든 곳이 주인공 아버지의 고향이다. 상봉의 아내는 위암을 앓다가 사망했다.

주인공의 어머니는 신장염을 앓다가 죽었다. 주인공의 어머니가 죽고 아버지가 새 어머니를 얻었다. 새 어머니는 아버지 병원에 근무하던 간호사였다. 아버지가 새 어머니를 얻을 때에 주인공의 외삼촌이 말했다. 주인공의 아버지가 전라도 사람이라서 배신을 잘 한다고. 전라도 사람이란 단어로 인하여 주인공은 내면에 상처를 입는다. 광주에 진입했던 계엄군도 경상도 사람들이라는 유언비어에도 주인공은 흔들렸다. 그런데 주인공의 남편은 경상도 사내다. 경상도와 전라도는 예전부터 지리적인 악감으로 대립하는 처지였음을 일깨운다.

아버지가 죽자 새 어머니는 주인공의 시야에서 사라졌다. 아버지의 고향이었던 마을에서 예술가들을 후원하는 작가로 살고 있음이 드러난다. 새 어머니도 아버지의 고향을 찾은 상태다. 주인공도 상봉의 소개로 아버지의 고향에 들어서게 되었다. 주인공의 남편이 주인공 아버지의 고향에서 건강을 회복하는 중이다.

전라도 사람인 아버지의 후예라는 점으로 주인공이 심리적인 피해를 입었다. 그러다가 경상도 남편을 맞이하고 살다가 부부가 능주면에서 기거하게 된다. 능주면은 주인공 아버지의 고향이다. 전라도 사람인 주인공 아버지의 고향에서 남편이 정착한다는 것을 부각시킨다. 예로부터 내려온 경상도와 전라도의 지리적 감정을 다룬 작품이다. 자칫하면 감정이 격앙될 요소가 많은 문제를 다룬 작품이기도 하다.

이 작품은 비교적 소설적 구조에 충실하다고 여겨진다. 주제는 누적된 지리적 악감으로부터의 해방이다. 해방감을 느끼도록 설정하기 위한 구성에도 신경을 썼다. 전라도 사람인 아버지와 경상도 사람인 남편을 의도적으로 배합시켰다. 아버지가 사망한 뒤에 새 어머니가 아버지의 고향으로 들어가서 살았다. 아버지 사망 직후의 재산 처리 과정에서 알력이 발생했다. 새 어머니가 아버지의 재산을 모두 처분했기 때문이다. 결론 부분에서는 새 어머니가 작가로서 예술인들에게 베풀면서 산다고 설정되었다.

남편이 환자라는 점과 남편의 취미가 연극이었다는 점도 잘 배합시켰다. 환자인 상태에서 남편이 연극하다가 쓰러져 죽는 장면의 연출은 사실적이다. 환자라는 선입관념으로 인하여 실제로 죽지 않았는지 의혹이 들도록 만들었다. 그러면서 느닷없다는 점을 불식시키는 면도 착실히 고려되어 있다. 사전에 남편의 취미가 연극이었다는 점이 명시되어 있었다. 또한 연극에서 죽는 행위를 했다는 사실마저 사전에 제시되어 있었다. 이런 면밀한 장치로 인하여 독자들은 느닷없다는 느낌으로부터 벗어나게 된다.

주인공이 아버지의 고향에 찾아드는 부분에서도 명확한 사전의 제시가 있었다. 들어가 살려는 곳이 공교롭게도 아버지의 본적지라는 말이 제시되어 있다. 이런 장치가 없이 능주면에서의 새 어머니와의 상봉이 다루어졌다면 어땠을까? 상당히 작위적인 느낌이 전해지면서 독자들이 선뜻 수긍하지 못했으리라 여겨진다. 소설은 엄밀히 말하여 작가의 의도로 구성된 창작물이다. 작가의 창작물이 매끄럽게 독자들에게 스며들게 하려면 면밀하게 배려해야 한다. 자신만 알고 독자들이 따라오지 못하게 글을 쓴다면 어떨까? 독자들은 대번에 거북함을 느끼게 될 것이다.

작품이 상당히 짜임새가 있다는 점은 곳곳에서 드러난다. 사전의 은밀한 제시를 했음에도 낯설게 하기의 효과를 일으킨다는 점이다.

낯설게 하기의 목적은 신비로움과 긴장감의 형성에 있다. 신비롭거나 긴장할 요소가 없으면 금세 독자들은 지루함을 느끼게 된다. 특히 소설에서 독자들이 지루함을 느끼기 시작하면 읽히지 않게 마련이다. 소설의 묘미는 손에 들면 끝까지 읽게 만드는 힘에 달렸다. 분량이 적은 시는 누구든 대번에 끝까지 읽을 수 있다. 수필도 길이가 소설에 비하여 짧기에 금세 읽힐 수 있다.

하지만 소설의 경우에는 독자들이 지루함을 못 느끼게 배려해야 한다. 소설에서 가장 피해야 할 형태가 기행문 형식의 글쓰기이다. 기행문에는 소설적 장치가 들어 있지 않기 때문이다. 낯설게 하기나 의도된 갈등 구조가 깔려 있지 않다는 얘기다. 기행문에 준하는 것이 단순한 과거의 회상에 해당한다. 과거를 회상하더라도 반드시 현실과의 연관이 있어야만 의미가 있다. 과거의 장면으로 인하여 현실의 결말에 영향을 미쳐야 의미가 있다. 그냥 단순한 사건의 나열만으로는 지루함을 털어내기 어렵기 때문이다.

이 작품에서는 문학 작품이 추구하는 본질이 잘 밝혀져 있다. 주인공의 머리를 번잡하게 만들었던 앙금들이 말끔히 해소됨이 제시되어 있다. 묵직한 주제인 지역감정까지를 다루다가 결말에서 해소되도록 설정했다. 작품은 구성에 충실한 구도를 취했음이 드러난다. 아버지 사망 직후의 새 어머니의 재산 처리 문제를 부각시켰다. 이 부분은 결말의 반전을 위한 전형적인 낯설게 하기에 해당한다. 독자들이 작품을 읽고는 누구든 답답했던 상태에서 해방감을 느끼도록 만들었다. 이런 관점에서 이 작품은 소설의 구도를 충실하게 지켰다고 간주된다.

지금까지 두 작품을 소설의 골격 위주로 살펴보았다. 삶에 있어서 소설적인 요소를 지닌 이야기 거리는 주변에 산재한다. 소설적 구성에 신경을 써서 접근시킨다면 이야기들이 소설로 전환되게 된다. 기존의 발표작들도 이런 소설의 구조에 입각하여 들여다볼 필요가 있다. 왕왕 일어나는 문제들이 구성이 불완전한 것을 소설이라고 들이미는 경우다. 객관화된 분별의 척도는 없지만 작품을 많이 읽으면 식별되게 마련이다.

신인으로 진출하는 사람들이나 문학상을 취득하려는 기성인들도 유념할 일이 있다. 소설은 요건을 갖추지 못하면 생명이 사라진다는 사실이다. 아무리 수필을 길게 써도 소설이 되지 못하는 이치에 해당된다. 차기에 발표되는 작품들은 이러한 기본 골격을 충실히 갖추기를 기원한다.

〈계간문예, 2016년 봄호 비평〉

제19장

심리(心理)에 대한 저공비행

    소설을 한 마디로 정의하기는 무척 어렵다. 하지만 표현 방식만 다를 뿐이지 근본 견해는 같으리라 여겨진다. 독자들에게 감동을 실어 전달하는 이야기라고 말할 수 있을 것이다. 감동을 싣도록 이야기를 얽는 것을 구성이라고 한다. 독자들에게 작가가 드러내 보이려고 하는 내용이 주제이다. 구성된 이야기를 문장을 통해 펼쳐 나가는 과정을 서사(敍事)라고 한다.

    기행문이나 역사 기록물은 그 자체로서는 소설이 되지 못한다. 독자들에게 전달될 감동을 포함하도록 구축된 '구성'이라는 구조물이 없기 때문이다. 감동(感動)의 국어사전의 뜻은 '크게 느끼어 마음이 움직임'이라고 되어 있다. 꽃의 향기에도 여러 종류가 있듯 감동의 종류도 다양하기 마련이다. 환희에 벅찬 감동이나 가슴 처절한 감동 등으로 다채로우리라 여겨진다.

소설의 문법은 지극히 간단하지만 이것을 구현하는 과정은 너무나 어렵다. 어떤 작품에서나 감동을 극대화하기 위해서는 갈등 구조를 설정해야 한다. 갈등 구조를 설정하는 과정에서도 숱한 변화가 일어난다. 갈등 구조의 배치가 자연스러우면 사실적으로 느껴진다. 만약 부자연스러우면 작위성이 드러나서 독자들이 고개를 돌리기 마련이다. 소설이 허구의 작품이지만 구성상으로는 실화 이상의 치밀한 설정이 필요하다.

'계간문예' 통권 43호의 작품에서는 심리의 흐름을 살펴보기로 한다. 동일한 작품일지라도 어떤 각도에서 들여다보는지는 매우 중요하다. 심리의 흐름들이 어떤 물줄기를 이루어 감동을 자아내는지 살펴보기로 한다. 구성과 서사에 담긴 창작 의도를 최대한 밀착하여 들여다보기로 한다.

'계간문예' 통권 43호인 봄호에는 소설 2편이 실려 있다. 김경의 '게르'와 김광수의 '홰 울음'이 여기에 해당한다. 이들 작품들은 인간 심리를 면밀히 분석한 공통점을 드러내 보인다. 무인 정찰기가 산야를 저공비행하듯 심리의 내면을 상세히 파헤쳤다고 여겨진다. 심리의 흐름을 소재로 잡으면 대개는 단조롭거나 지루한 특성을 내보인다. 이런 속성의 제약을 극복하고 두 작품은 튼실한 구조를 선보인다.

먼저 김경의 '게르'를 살펴보기로 한다. 게르(ger)는 몽골인들의 이동식 천막집이다. 나무를 골조로 하여 그 위를 펠트(felt)로 덮어서 만든다. 펠트는 짐승의 털에 열이나 압력을 가하여 만들어진 천이다.

작품에는 나(주인공)의 애인과 아버지의 가출이 다루어져 있다. 아버지의 가출로 정신적인 충격을 받는 사람은 나의 어머니다. 항쟁 때에 실종된 주인공의 삼촌을 찾으려고 아버지의 가출이 이루어졌다. 그러다가 아버지의 가출이 점차 출가의 색채로 변질됨을 보여준다.

애인과는 초등학교 4학년 때 피아노 학원에서 알게 되었다. 당시의 개인 사정으로 곧바로 소녀는 이사를 가 버렸다. 그러다가 대학교에서 내가 소녀를 만나 애인이 되었다. 애인은 좋지 못했던 성장 환경으로 가출을 일삼았다.

세월이 흘러 나는 애인과 더불어 대학을 졸업했다. 그런 뒤에 병역을 마치고 돌아왔을 때부터는 애인은 보이지 않았다. 3년 전에 아버지의 가출 현장인 보리사에서 애인을 다시 만났다. 수련 법회 현장에서 아버지도 만나고 애인도 함께 만났다. 이야기의 구성에서는 톱니바퀴와 같은 치밀한 인과성이 요구된다. 교회의 목사에게 현혹되었던 애인이 보리사의 법회에 나타난 점이 걸린다. 종교를 뛰어넘어 법회에 참가할 만한 당위성이 드러나지 않아서 아쉽다.

어색한 침묵이 흘렀다. 그녀가 목소리를 낮췄다. 목사라고 해서 다 같은 목사가 아니야. 우리 목사님은 신의 부름을 받은 분이지. 신과 동격으로 봐야 해.

위의 예시문에서 보면 애인은 목사한테서 과거에 신성(神性)을 느꼈다. 목사한테서 신성을 느낄 정도로 교회에 몰입된 애인이었다. 이런 애인이 합당한 정황도 없이 개종을 하여 절을 찾았다니? 누구든 개종을 하기가 절대로 쉽지는 않다. 믿음의 틀이 바뀐다는 것은 우주의 틀이 바뀐다는 의미로도 해석된다. 물론 사람에 따라서는 개종도 가능하고 성직자가 환속하기도 한다. 그렇다면 이에 합당한 정황이 충분히 제시되어야 마땅하다고 여겨진다.

어쨌든 보리사에서 애인을 만나고서부터 최근 10개월간은 애인과 교류를 가졌다. 애인이 작가로 변신하여 다시는 가출하지 않으리라 여겼다. 하지만 신년 초에 애인이 자취를 감추고 말았다. 느낌으로 다시는 만나지 못할 듯한 가출임을 느낀다. 아래의 문구에서 회귀 불능의 가출의 정경이 묘사되어 있다.

어머니의 화법이 옳다. 떠나는 행위는 진작부터 아버지의 일상이 아니던가? ……실은 아버지보다는 그녀야말로 영원히 돌아오지 않을 확률이 백 퍼센트다. 설령 돌아온대도 또 떠날 것이기에 돌아온다는 게 무의미하다는 말이다.

게르를 매개로 하여 아버지와 애인의 가출을 형상화시켰다. 게르를 뜯어서 다시 옮겨 짓는 스산한 정경이 느껴질 정도다. 아버지를 떠나게 만든 원인은 항쟁의 피해자인 삼촌이었다. 애인을 떠나게 만든 요인은 그녀의 가정환경 탓이었다. 그녀 아버지의 폭력과 어머니의 사망에 뒤이은 환경 변화 탓이었다.

이 작품에서는 가출할 수밖에 없는 스산한 심리가 묘사되어 있다.

설사 돌아온다고 해도 가출이 반복될 것임을 나타낸다. 어떤 요인도 정신적 충격을 겪은 사람들을 안정화시키지 못함을 시사한다. 작품은 평범한 일상의 조우도 한없이 소중함을 독자들에게 일깨운다. 바로 이 점에 작품의 창작 배경이 담겨 있다고 여겨진다.

다음으로는 김광수의 '홰 울음'를 살펴보기로 한다. '홰'는 닭장에서 닭이 앉도록 설치해 놓은 기다란 막대기다. 뛰어올라 앉을 수 있는 50~100cm 높이에 설치가 많이 된다. 홰를 설치하는 이유는 맨땅보다는 벌레들로부터 격리되어 잠들기에 유리하기 때문이다. 홰 울음은 아침에 수탉의 울음을 신호로 닭들이 울어대는 현상이다. 아침이 밝아 옴을 알려주는 자연 현상의 일종이다.

고교 교사인 내(주인공)가 6년 연하의 아내를 31살 때에 만났다. 선배의 소개로 대구에서 아내를 만나서 교류하다가 결혼했다. 교육자였던 장인이 제자와의 불륜으로 이란성 쌍둥이 동생들을 출산했다. 이란성 쌍둥이 중의 딸만 본가로 데려와 아내의 동생으로서 키웠다. 아내는 교사로서 나를 만나 결혼하게 되었다. 아내가 장인의 바람기로 태어난 자식들 때문에 시댁 식구들한테 시달린다. 예시된 아래의 문구가 만만치 않은 정황을 드러낸다.

부잣집 맏딸이 용심 많은 집안의 둘째 아들에게 시집 와서, 조선 시대보다 혹독한 시집살이를 했다. 일곱 아이 출산 당일 밥 짓고 빨래한 것을 자랑으로 여기는 시어머니, 고향을 뜬 시숙, 생과부 손위 동서, 매사 거듭되는 실패로 악만 남은 손위 시누이, 스물넷 넘기면 노

처녀로 아는 스물여섯 시누이, 손아래 시댁 식구, 고만고만한 다섯 조카, 최악의 상황이었다.

죄도 없는 아내가 궁핍한 시댁 식구들로부터 엄청난 압박감을 받았다. 경제적 처지가 다른 환경에서 드러날 수 있는 상황이다. 여기에다가 장인의 비도덕성까지 곁들여 아내가 시댁 식구들한테 정신적으로 시달렸다.

세월이 흘러 나와 아내가 퇴직하여 평온한 생활을 즐길 때였다. 아내한테 원인 모를 병이 생겼다. 결혼한 지 39년이 흐른 시점이었다. 부산의 내 집에서 한 달간 치료했지만 차도가 없었다. 그래서 아내는 대구의 그녀의 여동생한테 가서 치료하기로 했다.

다시 한 달이 흐른 뒤에 아내가 부산으로 돌아왔다. 집 재산 문서를 모두 나한테 맡기며 아내가 울음을 터뜨렸다. 아무래도 힘들어서 관리하지 못하겠다고 아내가 말했다. 그러면서 과거에 가슴에 맺혔던 얘기를 털어놓았다.

시누이가 출근하는 아침마다 시누이한테 시어머니가 라면을 끓여 먹였다. 며느리인 아내한테는 시어머니가 라면을 먹어 보라는 말조차 없었다. 열등감에 시달리던 손위 시누이는 걸핏하면 아내에게 언어폭력을 휘둘렀다.

"우리 집안이 어떤 집안이며, 내 동생이 어떤 인물인 줄 뻔히 알면서 건방 떨지 말라구. 가진 건 돈밖에 없는 집안이니 현금이나 팍팍 쓰라고. 그것만이 네 년이 사는 길이다, 이거야!"

이런 시누이나 시어머니한테 일일이 대꾸하지 못할 입장의 아내였다. 그래서 모든 억눌림을 시린 미소로 응답했다. 이런 현상으로 말미암아 더욱 시누이들이 독기를 품고 닦달했다. 나한테는 전혀 내색하지 않던 어머니와 누나와 누이동생이었다. 어쩌면 이들이 아내한테 그토록 독설을 내뱉었을지를 생각하니 참담할 지경이었다. 이런 시린 정경들을 말없이 웃음으로 삼켰던 아내였다. 내면으로만 삭이려 들다가 급기야 병이 되기에 이르렀던 셈이다.

아내가 설운 울음을 터뜨리자 나도 함께 울었다. 그 우는 정경이 닭들의 아침 홰 울음에 비견되리라 여겨졌다. 아내가 내가 같은 마음으로 공감하며 울음을 터뜨린 다음 날이었다. 아내의 몸짓에 활기가 돎을 느끼게 되었다는 얘기다.

환경적 차이를 극복하기 위해 아내가 숱한 괴로움을 견뎠다. 조금이라도 마음을 열고 도와주어야 할 시댁 식구들이 표독스럽게 느껴진다. 그 표독스러운 집단의 구성원이 나였다는 점에 더욱 부끄러움을 느낀다. 아내가 말하지 않았으면 바보같이 평생 몰랐을지도 모르지 않았는가? 오죽하면 참고 견디다가 심신에 병을 얻었겠는가? 몸이 시리면서도 온몸에서 땀이 줄줄 흘러내리는 증상을 보였다니?

이 작품은 아픔을 극복하고 활기를 되찾는다는 행복한 결말을 제시한다. 자칫하면 실어증이나 정신병에 이르렀을지도 모를 정황임이 느껴진다. 하지만 작가는 크게 과장하지 않고 차분히 심리의 흐름을 추적했다. 작가의 과장이 섞이는 순간에 작품은 진실성을 잃게 된다.

이 작품에서는 소설의 구도에 신경을 쓴 흔적이 역력하게 느껴진다. 작가의 실화로 느껴질 정도로 차분히 썼기에 사실성이 느껴진다. 할 말이 있어도 참아야만 할 차가운 정황이 제시되어 있다. 불륜으로 쌍둥이 자매를 출산한 아버지의 자식이라는 점이 강력한 속박이다. 아무리 몸부림을 치더라도 불륜의 아버지의 자식이라는 명에를 벗지는 못한다. 소문이란 항시 달리는 말보다 더 빨리 사람들에게로 다가들기 때문이다.

지금까지 살펴본 바에 따르면 다들 소설 작법에 충실하다고 여겨진다. 두 작품 공히 심리의 내면을 정밀하게 조명했다. 심리의 물줄기에 따라 도달된 결론은 다르다. '게르'가 애석한 이별에 도달했다면, '홰 울음'은 순화에 이르렀음을 나타낸다. 세상의 일이 모두 같을 수는 없듯 다들 소중한 결론들이다. 합치될 수 없는 결론이 제시된 작품에서는 애틋한 정감이 느껴진다. 평범해 보이는 주변 일상들이 얼마나 소중한 관계임을 일깨워 준다. 작가는 작품으로 강력한 목소리를 들려준다.

억압된 정감을 합리적으로 발산함으로써 활기를 찾은 작품의 향취도 그윽하다. 절제된 서사를 통하여 감동을 증폭시켰다고 여겨진다. 구성에 있어서 견실한 두 작품을 대하게 되어 기쁘다.

〈계간문예, 2016년 여름호 비평〉